BRUXA AKATA

NNEDI ⚙ OKORAFOR

BRUXA AKATA

Tradução
João Sette Câmara

1ª edição

—Galera—
RIO DE JANEIRO
2018

CIP-BRASIL. CATALOGAÇÃO NA PUBLICAÇÃO
SINDICATO NACIONAL DOS EDITORES DE LIVROS, RJ

O36b
Okorafor, Nnedi
    Bruxa Akata / Nnedi Okorafor; tradução João Sette Câmara. – 1. ed. – Rio de Janeiro: Galera Record, 2018.

    Tradução de: Akata witch
    ISBN 978-85-01-11491-4

    1. Ficção juvenil americana. I. Câmara, João Sette. II. Título.

18-48512
CDD: 028.5
CDU: 087.53

Título original:
Akata Witch

Copyright © Nnedi Okorafor 2011

Todos os direitos reservados.
Proibida a reprodução, no todo ou em parte, através de quaisquer meios.
Os direitos morais do autor foram assegurados.

Texto revisado segundo o novo Acordo Ortográfico da Língua Portuguesa.

Editoração eletrônica: Abreu's System

Direitos exclusivos de publicação em língua portuguesa somente para o Brasil
adquiridos pela
EDITORA RECORD LTDA.
Rua Argentina, 171 – Rio de Janeiro, RJ – 20921-380 – Tel.: (21) 2585-2000,
que se reserva a propriedade literária desta tradução.

Impresso no Brasil

ISBN 978-85-01-11491-4

Seja um leitor preferencial Record.
Cadastre-se e receba informações sobre nossos
lançamentos e nossas promoções.

Atendimento e venda direta ao leitor:
mdireto@record.com.br ou (21) 2585-2002.

Para Sandra Marume, a valente garota igbo de língua afiada
e modos misteriosos, que por acaso era albina. Faz algum
tempo, mas espero que eu tenha conseguido retratá-la bem.

E para minha mãe, que tinha pavor de bailes de máscaras quando
criança, e ainda tem. Este livro dança com elas. Aproveitem.

Aqui, na nova aventura, o extraordinário, o mágico, o maravilhoso e até o estranho emergem do ordinário e do familiar.

— *Wizard of the Crow* ("Feiticeiro do corvo"), de Ngũgĩ wa Thoing'o

* Símbolo nsibidi que significa "jornada"

PRÓLOGO
A vela

As velas sempre me fascinaram. Olhar para a chama me acalma. Aqui na Nigéria, a CEN sempre corta a luz, então guardo velas no quarto por via das dúvidas.

CEN é a sigla para "Companhia Elétrica da Nigéria", mas as pessoas dizem que, na verdade, significa "Cortaram a Energia Novamente". Em Chicago, tínhamos a empresa ComEd, e a eletricidade sempre funcionava. Aqui, não. Ainda não. Quem sabe no futuro.

Certa noite, depois que a luz caiu, acendi uma vela, como de costume. Depois, também por costume, deitei no chão e fiquei observando a chama.

Minha vela era branca e grossa, como as da igreja. Deitei de bruços e fiquei olhando e olhando fixamente para a chama. Muito laranja, como o abdômen de uma libélula. Foi bom e relaxante, até que... ela começou a bruxulear.

Depois, pensei ter visto alguma coisa. Alguma coisa séria e grande e assustadora. Cheguei mais perto.

A vela simplesmente tremeluziu, como qualquer outra chama. Cheguei ainda mais perto, até que a chama estivesse a poucos centímetros de meus olhos. Eu estava vendo alguma coisa. Cheguei ainda mais perto. Eu estava quase lá. Estava apenas começando a entender o que tinha visto quando a chama beijou alguma coisa acima de minha cabeça. Então senti o cheiro e o quarto subitamente ganhou tons brilhantes de amarelo-alaranjado. Meu cabelo estava pegando fogo!

Gritei e bati na cabeça com o máximo de força que pude. Meu cabelo em chamas queimou minha mão. Quando me dei conta, minha mãe estava lá. Ela arrancou seu *rapa** e o jogou sobre minha cabeça.

A luz subitamente voltou. Meus irmãos correram para dentro de casa, seguidos por meu pai. O cômodo tinha um cheiro horrível. Metade de meu cabelo fora queimada, e minhas mãos estavam doloridas.

Naquela noite, minha mãe cortou meu cabelo. Cerca de setenta por cento de meu lindo cabelo comprido desaparecera. Mas aquilo que vi naquela vela foi o que mais me marcou. Eu havia visto o fim do mundo em sua chama. Incêndios devastadores, oceanos em ebulição, arranha-céus derrubados, terra seca, pessoas mortas e moribundas. Foi terrível. E estava chegando.

Meu nome é Sunny Nwazue, e confundo as pessoas.

Tenho dois irmãos mais velhos. Assim como meus pais, meus irmãos nasceram aqui na Nigéria. Depois, minha família se mudou para os Estados Unidos, onde nasci, na cidade de Nova York. Quando eu tinha 9 anos, voltamos para a Nigéria, próximo à cidade de Aba. Meus pais acharam que ali seria um lugar melhor para criar a mim e a meus irmãos — pelo menos é o que minha mãe diz.

---

* Corruptela da palavra *wrapper*, roupa tradicional da África Ocidental usada tanto por homens quanto por mulheres e que se amarra à cintura. (*N. do T.*)

Somos igbos, um grupo étnico da Nigéria; então, acho que sou americana e igbo.

Está vendo por que confundo as pessoas? Sou nigeriana por sangue, americana por nascimento e nigeriana de novo, porque moro aqui. Tenho feições típicas da África Ocidental, assim como minha mãe, mas, apesar de o resto da família ter a pele marrom-escura, eu tenho cabelo amarelo, pele da cor de "leite azedo" (ou pelo menos é isso que as pessoas imbecis me dizem) e olhos castanho-esverdeados, um testemunho de que Deus carecia da cor certa. Sou albina.

Ser albina fez do sol meu inimigo; minha pele queima com tanta facilidade que quase me sinto inflamável. É por isso que, apesar de ser muito boa no futebol, eu não podia me juntar aos garotos quando jogavam depois da escola. De qualquer forma, jamais permitiriam que eu jogasse, porque sou menina. Eles têm a mente muito fechada. Eu só podia jogar de noite, com meus irmãos, quando eles tinham vontade.

É claro que tudo isso aconteceu antes daquela tarde com Chichi e Orlu, quando tudo mudou.

Agora, pensando bem, vejo que havia sinais daquilo que estava por vir.

Quando eu tinha 2 anos, quase morri por causa de uma malária grave. Eu me lembro. Meus irmãos costumavam dizer que eu era bizarra porque conseguia me lembrar de coisas tão antigas.

Eu estava pelando, ardendo de febre. Minha mãe ficou ao pé de minha cama, chorando. Não me lembro de meu pai ter passado muito tempo ali. Meus irmãos entravam de vez em quando e faziam carinho em minha testa ou beijavam minhas bochechas.

Isso durou vários dias. Depois, me veio uma luz, como uma pequena chama amarela ou raio solar. Era risonha e morna, mas um tipo bom de morno, como quando a água da banheira fica parada por alguns minutos. Talvez seja por isso que eu goste tanto de velas. A chama flutuou sobre mim por muito tempo. Acho que estava tomando conta de mim. Às vezes, mosquitos voavam em sua direção e evaporavam.

Deve ter decidido que eu não iria morrer, porque, depois de algum tempo, foi embora e eu melhorei. Portanto, não posso dizer que coisas estranhas não tinham acontecido comigo antes.

Sabia que minha pele pálida me fazia parecer um fantasma. E era boa em ficar quieta como um fantasma. Quando era mais jovem, se meu pai estava no cômodo principal bebendo sua cerveja e lendo seu jornal, eu entrava ali despercebida. Era capaz de me mover como um mosquito quando quisesse. Não os mosquitos americanos, que zumbem no ouvido, mas os nigerianos, que são silenciosos como os mortos.

Eu me aproximava de meu pai sem fazer barulho, ficava de pé a seu lado e esperava. Era incrível como ele não conseguia me ver. E eu ficava ali parada, escancarando um sorriso e esperando. Finalmente, ele se virava para o lado, me via e dava um pulo quase até o teto.

— Garota idiota! — reclamava ele, porque eu realmente o havia assustado e porque ele queria me bater porque sabia que eu sabia que ele se assustara. Às vezes eu odiava meu pai. Às vezes achava que ele me odiava também. Eu não tinha culpa pelo fato de não ser o filho que ele queria, ou a filha linda que teria aceitado em vez disso. Mas eu não conseguia não ver o que vira naquela vela. E não pude evitar me tornar o que acabei me tornando.

O que é uma pessoa-leopardo?

As pessoas-leopardo são conhecidas por diversos nomes ao redor do mundo. A expressão "pessoa-leopardo" foi cunhada na África Ocidental, e vem de ekpe, uma palavra do povo efik, que significa "leopardo". Todas as pessoas com verdadeiras habilidades místicas são pessoas-leopardo. E, à medida que a humanidade evoluiu, as pessoas-leopardo existentes se organizaram. Há dois mil anos houve um enorme massacre das pessoas-leopardo em todo o mundo. Ele começou no Oriente Médio, depois do assassinato de Jesus Cristo (isso será tratado no capítulo 7: "Um breve relato histórico antigo"). Sua morte repercutiu pelo mundo. Não havia lugar seguro. O massacre ficou conhecido como a Grande Tentativa. No entanto, digo a você que somos invencíveis e, portanto, voltamos à vida. Obviamente, um juju foi usado para encobrir o fato de que a Grande Tentativa havia ocorrido, um juju muito forte. Quem fez isso? Especula-se muito, mas não há nada de concreto (mais uma vez, ver o capítulo 7).

Extraído de *Fatos rápidos para agentes livres*,
por Isong Abong Effiong Isong

1

Orlu

No instante que Sunny entrou no pátio da escola, as pessoas começaram a apontar. As garotas começaram a dar risadinhas também, inclusive as garotas com quem costumava se encontrar, suas supostas amigas. *Idiotas*, pensou Sunny. Ainda assim, ela podia culpar alguma daquelas pessoas? Seu lanoso cabelo louro, cujo comprimento muitos haviam invejado, tinha desaparecido. Agora a menina exibia um penteado black power bufante e de comprimento médio. Ela lançou olhares de ódio para seus amigos e emitiu alguns muxoxos em voz alta. Teve vontade de socar a boca de cada um deles.

— O que aconteceu? — perguntou Chelu. Ela nem sequer fez a cortesia de parar de escancarar aquele sorriso imbecil.

— Eu quis mudar o visual — respondeu Sunny, e foi embora. Ainda conseguia ouvi-los rindo às suas costas.

— Agora está *realmente* feia. — Ouviu Chelu comentar.

— Ela deveria usar uns brincos maiores, ou *alguma coisa assim* — acrescentou Buchi. Os antigos amigos de Sunny riram mais ainda. *Se pelo menos vocês soubessem que seus dias estão contados*, pensou. Ela tremeu e afastou da mente as imagens que vira na vela.

Seu dia ficou ainda pior quando a professora de literatura e ortografia devolveu para a turma o último dever corrigido. A ideia era escrever uma redação sobre um parente. Sunny tinha escrito sobre o arrogante irmão mais velho, Chukwu, que acreditava ser uma dádiva de Deus para as mulheres, apesar de não ser nada disso. É claro que o fato de seu nome significar "Ser Supremo" não ajudava em nada.

— A redação de Sunny recebeu a nota mais alta — anunciou a Srta. Tate, ignorando as zombarias e os comentários desdenhosos do resto da turma. — A redação não estava apenas bem escrita, como também era cativante e engraçada.

Sunny mordeu o interior da bochecha e abriu um sorriso amarelo. Não era sua intenção escrever uma redação engraçada. Havia escrito com *seriedade*. Seu irmão era um *bundão* arrogante de verdade. Para piorar as coisas, todos os colegas de classe tiraram notas péssimas. De 0 a 10, a maioria ficara entre 3 e 4.

— É uma perda de tempo tentar ensinar ortografia a vocês — gritou a Srta. Tate. Ela pegou a redação da carteira de um dos garotos e leu em voz alta: — "Minha irmã sempre mindiga mais consegue dinheiro bom. Ela gosta de ter, mas não de dar. Ela num vai mudar." — Com um tapa forte, a professora devolveu a redação à carteira do garoto. — Você vem aqui para contemplar o nada? *Hein?* E vocês foram muito pouco criativos em suas redações. Quem quer ouvir "minha mãe é muito legal", ou "minha tia é pobre"? E tudo muito mal escrito, ainda por cima! Foi por isso que pedi que escrevessem sobre um *parente*. Era para ser *fácil!*

À medida que falava, ela batia os pés com força contra o chão da sala de aula, o rosto ficando cada vez mais vermelho. Então parou em frente à carteira de Sunny.

— Fique de pé, por favor.

Sunny olhou para os colegas de classe à volta. Todos apenas devolveram o olhar com rostos entediados e expressões raivosas.

Lentamente, a garota se levantou e ajeitou a saia azul-marinho do uniforme.

A Srta. Tate deixou-a ali de pé enquanto se dirigia para a própria mesa, na frente da turma. Abriu uma gaveta e retirou dali sua vara amarela. Sunny ficou boquiaberta. *Oh-oh, vou levar uma surra de vara*, pensou ela. *O que será que eu fiz?* Ficou se perguntando se era pelo fato de ter 12 anos e ser a mais nova da turma.

— Venha para cá — chamou a professora.

— Mas...

— Agora — mandou ela, com mais firmeza.

Sunny lentamente foi para a frente da turma, ciente de que os olhos dos colegas estavam pregados em suas costas. Soltou um leve suspiro quando ficou de pé diante da professora.

— Estenda a mão. — Já inchada de raiva, a Srta. Tate estava com a vara pronta. Sunny fechou os olhos e se preparou para a dor lancinante. Mas a dor não veio. Em vez disso, ela sentiu a vara ser depositada em sua mão. Rapidamente, a menina abriu os olhos.

A Srta. Tate olhou para a turma.

— Cada aluno virá até aqui, e Sunny vai bater três vezes em sua mão esquerda. — Ela sorriu ironicamente. — Talvez assim *ela* consiga lhes incutir algum bom senso.

A barriga de Sunny desabou à medida que os colegas de turma formavam uma fila diante de si. Todos pareciam estar com muita raiva. Não o tipo de raiva vermelha que logo se extingue, mas o tipo preto, que é levado para fora da sala de aula.

Orlu era o primeiro da fila. Tinha a idade mais próxima da sua, era só um ano mais velho. Nunca haviam se falado muito, mas ele parecia simpático. Ele gostava de construir coisas. Sunny o tinha visto durante o intervalo: os amigos do garoto estavam sempre conversando, e ele ficava em um canto construindo torres e o que pareciam ser pequenas pessoas feitas de chapinhas de Coca-Cola e Fanta e papéis de bala. Ela definitivamente não queria provocar hematomas naquelas mãos.

Ele ficou parado, simplesmente olhando para Sunny, esperando. Não parecia estar com raiva, como os outros, mas sim nervoso. Se tivesse falado, a Srta. Tate teria lhe dado uns cascudos.

Àquela altura, Sunny estava chorando. Sentiu uma onda de ódio pela Srta Tate, até aquele dia sua professora favorita. *A mulher perdeu o juízo*, pensou ela com tristeza. *Talvez eu devesse bater* nela.

Sunny ficou ali de pé, levando as coisas da maneira que, sabia, a mãe odiava. Era patético e infantil. A menina sabia que o rosto pálido estava corado. Soluçou com força e jogou a vara no chão. Isso deixou a Srta. Tate com mais raiva ainda. Ela empurrou Sunny para um canto.

— Sente-se! — gritou a professora.

Sunny cobriu o rosto com as mãos, mas encolheu o corpo a cada *golpe* da vara. Depois, a pessoa atingida chiaria ou gemeria ou arquejaria ou o que quer que fosse mais apropriado para sua dor. Ela podia ouvir as carteiras ao redor serem ocupadas pelas pessoas que eram castigadas e depois iam se sentar. Alguém atrás da garota chutou sua cadeira e resmungou:

— Sua bruxa *akata* imbecil e de cara pálida! Seus dias estão contados!

Sunny fechou os olhos com força e engoliu o choro. Odiava a palavra *akata*; significava "animal selvagem" e era usada para se referir a americanos negros ou a negros nascidos no estrangeiro. Uma palavra muito, muito grosseira. Além do mais, Sunny conhecia a voz da garota.

Depois da aula, a menina tentou evitar o pátio do colégio. Chegou longe o bastante para que nenhum dos professores a visse ser atacada. Jibaku, a garota que a ameaçara, liderava a multidão. Ali mesmo, na extremidade do pátio, três garotas e quatro garotos bateram em Sunny enquanto gritavam provocações e xingamentos. Ela queria revidar, mas sabia que era melhor não. Eram muitos.

Aquilo era uma surra em pleno pátio da escola, mas nenhum de seus ex-amigos veio acudi-la. Simplesmente ficaram parados, olhando. Mesmo que quisessem fazer alguma coisa, não eram páreo para Jibaku, a garota mais popular, durona, alta e rica da escola.

Foi Orlu quem finalmente colocou um fim a tudo. Desde que aquilo começou, ficara berrando para que todos parassem.

— Por que não a deixamos falar? — gritou Orlu.

Talvez tenha sido porque precisassem recobrar o fôlego, ou talvez estivessem realmente curiosos, mas o fato é que todos pararam. Sunny estava suja e cheia de hematomas, mas o que poderia dizer? Em vez disso, quem falou foi Jibaku, que dera um tapa tão forte na cara de Sunny que lhe arrancou sangue dos lábios. Sunny lançou um olhar de fúria para a garota.

— Por que deixou a Srta. Tate nos bater? — O sol atingiu Sunny, fazendo a pele sensível coçar. Tudo o que queria era ir para a sombra. — Por que *você mesma* não fez? — disparou Jibaku. — Você é esquelética, não teria doído muito! Poderia ter fingido que era fraca quando nos acertasse. Ou será que *gostou* de ver aquela branquela nos castigando daquele jeito? Por acaso isso a deixa feliz porque é branca também?

— Não sou branca! — exclamou Sunny em resposta, finalmente conseguindo falar.

— Meus olhos me dizem outra coisa — retrucou um garoto gorducho chamado Caramujo. Chamavam-no assim porque ele gostava de sopa de caramujo.

— Cale a boca, seu comedor de caramujo! Sou *albina*! — declarou Sunny, limpado o sangue dos lábios.

— "Albina" é um sinônimo de "feia" — rebateu ele.

— Oooh, está usando palavras difíceis agora. Talvez devesse usar algumas dessas palavras em sua redação imbecil. Ignorante idiota! — Ela engrossou a voz e pronunciou a palavra "idiota" com seu sotaque mais nigeriano, fazendo a palavra soar como *idi-ot*. Algumas pessoas riram. Sunny sempre era capaz de fazê-los rir, até mesmo quando tinha vontade de chorar. — Acha que sou capaz de sair por aí batendo em meus colegas de turma? — esbravejou ela, enquanto pegava sua sombrinha preta. Ela ficou de baixo da sombrinha aberta e imediatamente se sentiu melhor. — Você também não teria feito isso — argumentou ela. — Ou talvez *sim*, Jibaku.

Ela os observou resmungando uns para os outros. Alguns deles até se viraram e começaram a voltar para casa.

— O que quer de mim? Por que motivo me desculparia?

Houve uma grande pausa. Jibaku soltou um muxoxo alto, olhando Sunny de cima a baixo com nojo.

— Sua bruxa *oyibo** akata* imbecil — disse ela, cuspindo. Então acenou para os outros. — Vamos embora.

Sunny e Orlu observaram enquanto eles iam embora. Seus olhares se encontraram, e Sunny rapidamente olhou para o outro lado. Quando voltou a olhar, Orlu ainda a observava. Ela se obrigou a encará-lo, para vê-lo de verdade. Ele tinha os olhos rasgados, quase como os de um gato, e maçãs do rosto salientes. Até que era bonito, mesmo que não falasse muito. Ela se curvou para pegar seus livros.

— Está... tudo bem? — perguntou ele, enquanto a ajudava.

— Estou bem. Não graças a você — respondeu ela, franzindo o cenho.

— Seu rosto está todo vermelho. Socado, na verdade.

---

* Palavra da língua pidgin usada para se referir a pessoas de pele branca ou negros africanos ocidentalizados. (*N. do T.*)

— Quem se importa? — replicou ela ao guardar o último livro na mochila.

— Sua mãe vai se importar — respondeu ele.

— Então por que você não os impediu? — gritou Sunny. Então jogou a mochila sobre o ombro e caminhou para fora dali. Orlu foi atrás.

— Eu tentei.

— Se você diz.

— Tentei mesmo. Você não viu Caramujo e Cálculo fazerem isso aqui? — E virou a cabeça para que a garota pudesse ver sua bochecha inchada.

— Ah — respondeu ela, e imediatamente se sentiu envergonhada. — Sinto muito.

Quando chegaram ao cruzamento onde seus caminhos para casa divergiam, Sunny se sentiu um pouco melhor. Parecia que ela e Orlu tinham várias coisas em comum. Ele concordou que as atitudes da Srta. Tate eram muito exageradas, gostava de ler livros por diversão e também reparou nos pássaros tecelões que moravam na árvore ao lado da escola.

— Moro um pouco mais para lá — comentou Orlu.

— Eu sei — respondeu ela, olhando para a estrada asfaltada. Assim como a sua, a casa dele era branca, com uma cerca simples. Seus olhos se fixaram na cabana de barro, com infiltração nas paredes, ao lado da casa do amigo.

— Você conhece a senhora que mora ali? — indagou ela.

Havia fumaça saindo dos fundos da casa. *Provavelmente vem de uma fogueira feita para cozinhar*, pensou ela. Só vira a mulher que morava ali uma vez, fazia alguns anos. Sua pele era lisa e morena, levemente avermelhada pelo azeite de dendê que passava no corpo. A maioria das pessoas que habitavam aquela área achavam que ela era um tipo de bruxa, e por isso a deixavam quieta.

— Aquela é a casa de Nimm. Ela mora ali com a filha — explicou Orlu.

— Filha? — perguntou Sunny. Havia presumido que a mulher morava sozinha.

— Ei! — gritou alguém atrás deles. — Orlu! Quem é a *onyocha*?*

— Meu Deus — grunhiu Orlu. — Esse drama não vai terminar nunca?

Sunny deu meia-volta.

— Não me chame disso — exigiu ela, antes de olhar direito para a garota. — *Detesto* quando as pessoas me chamam assim. Por acaso pareço europeia? Você nem me conhece!

— Já a vi por aí — respondeu a outra garota. Tinha o corpo delicado, pele escura, e era pequena, mas a voz parecia alta, potente e arrogante. Assim como o sorriso. Usava um vestido vermelho, amarelo e azul, de aparência velha, e estava descalça. Caminhou pavoneando até Sunny, e as duas ficaram ali, avaliando uma à outra.

— Quem é você? — perguntou finalmente Sunny.

— Quem é *você*? — retrucou a garota. — Alguém te atropelou, por acaso?

Orlu soltou um suspiro alto e revirou os olhos.

— Sunny, *esta* é Chichi, minha vizinha. Chichi, esta é Sunny, minha colega de escola.

— Como nunca a vi no colégio? — indagou Sunny, ainda irritada. Ela sacudiu a poeira de suas roupas imundas. — Você aparenta ter a idade que tem, apesar de ser um tanto... pequena.

— Nunca precisei de sua escola imbecil. — Antes que Chichi pudesse dizer algo mais, ela e Orlu trocaram olhares. — E eu jamais vou lhe dizer minha idade. Posso tanto ser mais nova quanto mais

---

* Sinônimo de *oyibo*, palavra da língua pidgin usada para se referir a pessoas de pele branca ou a negros africanos ocidentalizados. (*N. do T.*)

velha que você. Jamais saberá, mesmo que *seja* meio humana e meio fantasma — disse ela, sorrindo com superioridade e olhando Sunny de cima a baixo, obviamente querendo comprar uma briga. — Até quando fala igbo, você não *parece* igbo.

— É meu sotaque. Sou americana — replicou Sunny, rangendo os dentes. — Passei a maior parte da vida lá. Não tenho *culpa* por falar assim.

Chichi ergueu uma das mãos, fingindo se desculpar.

— Ah, fui indelicada com meu comentário? *Mil* desculpas — debochou, rindo.

Sunny seria capaz de lhe dar um tapa. Àquela altura, outra briga não teria feito muita diferença.

— Bem — interferiu Orlu rapidamente, ficando entre as duas —, isso não está indo muito bem.

— Você mora ali? — indagou Sunny, inclinando o corpo na direção de Orlu e apontando para a cabana.

— Sim — respondeu Chichi. — Eu e minha mãe precisamos de poucas coisas.

— Por quê? — perguntou ela.

Orlu recuou um passo, perplexo.

— Nunca vou contar a você — respondeu Chichi, com um sorriso esperto. — Há coisas mais importantes no mundo que casas grandes. — Ela riu entre dentes e se virou. — Tenha um bom fim de tarde, Orlu. Vejo você por aí, Sunny.

— Sim, isso se eu não a esganar antes — replicou Sunny.

— Sim, e se eu conseguir *vê-la* chegando, garota-fantasma — disparou Chichi por sobre o ombro.

Orlu apenas balançou a cabeça.

Lar

Seu lar jamais será o mesmo quando você souber quem é. Toda a sua vida irá mudar. A Nigéria já é repleta de grupos, círculos, culturas. Temos muitos modos distintos. Você pode ser iorubá, hauçá, ibibio, fulâni, ogoni, tiv, nupé, canúri, ijaw, annang e por aí vai. Se acrescentar a essa lista as pessoas-leopardo, os grupos se subdividem em milhares de outros grupos. O mundo fica muito mais complicado. Viajando para o exterior, a coisa se torna ainda mais complexa. Além do mais, você é uma pessoa-leopardo vivendo em um mundo de ovelhas idiotas, e isso não ajuda em nada. Tem sorte porque ser um agente livre deixa você (ainda que de forma desconfortável) entre o restante de nós, pessoas-leopardo, e confortavelmente entre as ovelhas. Sua ignorância vai aparar as arestas de suas interações com o mundo do qual costumava fazer parte.

Extraído de Fatos rápidos para agentes livres.

2
Chichi

Ao longo das duas semanas seguintes, Orlu e Sunny criaram o hábito de caminhar juntos para casa. Uma amizade nascia entre os dois. Para a menina, essa era uma boa distração daquilo que vira na vela. Mas também havia outro motivo para que voltassem em dupla naqueles dias.

O motivo tinha nome: Chapéu Preto Otokoto; um assassino ritualista à solta. Os jornais locais constantemente publicavam matérias aterrorizantes, com notícias como: CHAPÉU PRETO OTOKOTO FAZ OUTRA VÍTIMA; ASSASSINO MATA COM TRANQUILIDADE MAIS UMA VEZ; e NOVOS ASSASSINATOS RITUAIS EM OWERRI.

Os alvos de Chapéu Preto eram sempre crianças.

— Não deixe de voltar para casa com aquele garoto Orlu — insistiu a mãe de Sunny. Ela havia gostado de Orlu desde o dia em que Sunny apareceu cheia de hematomas e lhe contou como Orlu havia separado a briga.

Quase todos os dias, Chichi estava lá para cumprimentá-los, e Sunny começou a se acostumar com a menina. Chichi disse que passava quase todo o tempo ajudando a mãe na cabana. Quando não o fazia, se dedicava ao que chamava de "viagem", como ir ao mercado, ao rio, ou andar quilômetros e quilômetros pelo interior do país. Sunny não tinha certeza se acreditava na história de Chichi, que dizia ter caminhado 55 quilômetros para ir e voltar de Owerri em uma tarde.

— Comprei este *rapa* naquele mercado dali — comentou ela, enquanto mostrava um corte de tecido colorido.

De fato, a peça era muito bonita.

— Parece caro — observou Sunny.

— Sim — concordou Chichi, escancarando um sorriso. — Meio que roubei.

Então riu do asco estampado no rosto de Sunny.

Chichi também adorava chamar a atenção e trapacear. Ela se gabava de, às vezes, abordar homens desconhecidos e lhes dizer como eram bonitos só para ver como reagiriam. Se fossem amigáveis demais, ela os repreendia por serem pervertidos e obscenos, lembrando-os de que tinha apenas 10 ou 13 anos, ou qualquer outra idade que ela decidisse assumir no momento. Depois, saía correndo, rindo.

Sunny jamais conhecera alguém como Chichi, seja na Nigéria ou nos Estados Unidos. A menina não sabia onde estava o pai, e isso era tudo o que ela dizia. Mas Orlu contou a Sunny que o pai de Chichi era um músico que costumava ser o melhor amigo da mãe de Chichi.

— Eles nunca se casaram — revelou ele. — Quando ele ficou famoso, foi embora para investir na carreira.

Sunny quase entrou em combustão espontânea quando ele confessou se tratar de Nyanga Tolotolo.

— Ele é o músico favorito de meu pai! — exclamou Sunny. — Escuto suas músicas no rádio o tempo todo!

Quando ela confrontou Chichi sobre isso, a garota simplesmente deu de ombros.

— Sim, e daí? — respondeu ela. — Tudo o que eu tenho de meu pai são três CDs antigos com algumas músicas, além de um DVD com seus clipes, que ele mandou faz muito tempo. Nunca enviou dinheiro. Aquele homem é um imprestável.

Passado algum tempo, Sunny decidiu que Chichi não era tão ruim. Com certeza era mais interessante que qualquer um de seus ex-amigos. Certo dia, Sunny acabou voltando para casa sozinha. Orlu precisara ir a algum lugar depois da aula. "Nos vemos amanhã", foi tudo o que disse antes de entrar em um ônibus. *Se ele não vai me contar aonde está indo, não sou eu quem vai perguntar*, pensou. Por sorte, Jibaku e companhia somente lhe gritaram zombarias e soltaram risinhos enquanto ela saía do pátio do colégio.

Sem Orlu para conversar, ela começou a espreitar à procura de Chapéu Preto Otokoto. Depois, seus pensamentos foram para um território ainda mais sombrio, para o que vira na vela... o fim do mundo. Mais um dia havia se passado, e o término se aproximava. Ela tremeu e caminhou mais rápido.

— Qual é *seu* problema?

Ela se virou para encarar Chichi, o rosto na iminência de uma expressão irritadiça. Mas se sentia secretamente satisfeita.

— Por que você é tão grossa? — perguntou Sunny.

— Falo o que me dá na telha. Isso não me faz grossa — retrucou Chichi, escancarando os dentes e dando um amigável aperto de mão em Sunny. Aquele dia ela usava um vestido verde esfarrapado e, como de costume, nenhum sapato.

— No caso, faz sim — argumentou Sunny, rindo.

— Como quiser — replicou Chichi, arrastando as palavras. — Está indo para casa?

— Sim. Tenho dever de casa para fazer.

Chichi mordeu o lábio inferior e desenhou um arco na terra com o dedão do pé.

— Então você e Orlu agora são melhores amigos?

Sunny deu de ombros.

— Bem — comentou Chichi —, se virar melhor amiga de Orlu, então vai ter de virar minha amiga também.

Sunny franziu o cenho. Ela havia pensado que Chichi *já era* meio que sua amiga.

— Por quê?

— Porque você é a amiga dele do colégio, e sou a amiga dele de fora do colégio.

— Não sou namorada de Orlu — respondeu Sunny, rindo e balançando a cabeça.

— Ah, nem eu. Somos apenas amigos.

— Ok — concedeu Sunny, franzindo a testa. — Hum... bem, então... então, ok.

— Não sei muito sobre você. Não o bastante para dizer que somos amigas — disse Chichi, inclinando a cabeça. — Mas pressinto que você tem algo mais. Sinto isso.

— Como assim, algo mais?

Chichi deu um sorriso misterioso.

— As pessoas comentam sobre gente como você. Que são fantasmas... ou meio fantasma meio gente, com um pé neste mundo e um no outro. — Ela fez uma pausa. — Que... podem ver certas coisas.

Sunny revirou os olhos. *De novo não*, pensou ela. *Que clichê. Todo mundo acha que a senhora muito idosa, o corcunda, o louco e o albino têm poderes mágicos do mal.*

— Se quiser acreditar nisso, fique à vontade — resmungou ela. Ela não queria pensar na vela.

— Você tem razão — concordou Chichi, rindo. — São estereótipos bobos sobre os albinos. Mas, nesse caso, acho que têm um fundo de verdade. — Ela hesitou, como se estivesse prestes a dizer algo muito importante. — Sabe, Orlu consegue desmontar coisas... desfazer coisas ruins.

— Vejo que ele não para, consertando rádios e coisas desse tipo. E daí? — respondeu Sunny, franzindo a testa.

— E daí que não é o que você pensa.

— O que quer dizer, Chichi?

— Bem, que, se for virar amiga de Orlu, você deveria saber a verdadeira história.

Elas estavam de pé na beira da estrada. Um carro se aproximou, deixando para trás uma nuvem de poeira vermelha que as encobriu.

— Me conte algum segredo seu — disparou subitamente Chichi. — Isso vai selar nossa amizade, acho.

— Me conte um segredo sobre *você* primeiro — retrucou Sunny, entrando no jogo. Era algo bastante esquisito.

Chichi franziu a testa e mordeu o lábio de novo.

— Ei, você precisa voltar para casa agora?

Sunny pensou no assunto. O dever podia esperar um pouco. Ela pegou o celular, ligou para a mãe e disse que estava com Chichi. Depois de uma longa pausa, a mãe concordou que ficasse uma hora ali, desde que prometesse fazer a tarefa ao pisar em casa.

— Venha — chamou Chichi, e pegou sua mão. — Vamos para minha casa.

A cabana de Chichi parecia a ponto de se dissolver quando a temporada de chuvas chegasse. As paredes tortas eram de barro vermelho, e as trepadeiras, árvores e arbustos ao redor chegavam perto demais da estrutura. A entrada da frente não tinha porta e era coberta por um tecido azul simples. O nariz de Sunny foi atingido em cheio pelo odor de flores e incenso. Ela espirrou à medida que observava o ambiente.

As únicas fontes de luz eram três lampiões de querosene, um que pendia do teto baixo, e outros dois que ficavam sobre pilhas de livros. O lugar era *cheio* de livros: sobre uma mesinha no centro do cômodo, guardados embaixo da cama e dispostos contra a parede numa pilha que chegava ao teto. Os cantos do telhado eram repletos de teias habitadas por enormes aranhas. Uma lagartixa passou correndo e se escondeu atrás de uma pilha de livros. Sunny espirrou de novo e fungou.

— Me desculpe — pediu Chichi, enquanto dava tapinhas no ombro de Sunny. — Aqui é um pouco empoeirado, acho.

— Não tem problema. Meu quarto é do mesmo jeito. — Sunny deu de ombros.

Seu quarto não era tão ruim quanto a cabana de Chichi, mas estava chegando lá. Sunny ficara sem espaço nas estantes; então havia começado a guardar livros embaixo da cama. A maioria era de brochuras baratas que a mãe encontrava no mercado, mas ela conseguira trazer alguns livros dos Estados Unidos, incluindo seus favoritos: *Her Stories*, de Virginia Hamilton, e *As bruxas*, de Roald Dahl.

Os exemplares da cabana pareciam mais velhos e mais grossos, e provavelmente não eram romances. A mãe de Chichi lia, empoleirada sobre uma pilha de livros. Quando ergueu a cabeça e as viu, a mulher usou uma folha para marcar a página do livro. A primeira coisa que Sunny reparou foi que a mãe de Chichi tinha os cabelos mais compridos, cheios e grossos que já vira. O cabelo ia bem além da cintura.

— Boa tarde, Nimm — cumprimentou Chichi. — Esta é Sunny.

Sunny ficou parada com olhos arregalados. *É assim que ela chama a própria mãe?*

— Boa tarde — coaxou a garota finalmente.

— Fico feliz em ouvir que tem voz — comentou a mãe de Chichi, mas não em tom de grosseria.

— Eu... eu tenho voz... — Foi o que Sunny conseguiu dizer.

A mãe de Chichi riu entre dentes.

— Gostaria de beber um chá?

Sunny hesitou. O que a mãe de Chichi usaria para ferver a água? Teria ela de sair da cabana e acender uma fogueira? Mas também era falta de educação agir como se não houvesse lugar para ferver a água.

— Hum, sim, por favor — respondeu ela.

A mãe de Chichi pegou uma chaleira e saiu da cabana.

— Sente aqui — indicou Chichi, apontando para um livro grosso. — Nós já o lemos tantas vezes que não precisamos mais dele.

Sunny não conseguia ler o título na lombada.

— Ok.

Chichi sentou-se a seu lado no chão de terra e escancarou um sorriso.

— Então, eu moro aqui.

— Uau, quantos livros! E quando chove?

Chichi riu muito da pergunta.

— Não se preocupe. Morei aqui a vida toda e jamais vi um livro ser danificado.

Elas ficaram em silêncio por um instante, o único som que se ouvia era o assobio da chaleira do lado de fora. *Isso foi rápido*, pensou Sunny. *Deve haver uma fogueira lá fora*. Mas ela não se lembrava de ter visto nenhuma fumaça antes de entrarem na cabana.

— Então sua mãe leu todos estes livros? — indagou Sunny.

— Nem todos — respondeu Chichi. — A maioria. Eu também já li muitos deles. Trazemos livros novos para trocar pelos quais já enjoamos.

— Então é isso o que você faz em vez de ir à escola.

— Quando não estou viajando por aí.

Sunny começou a ficar inquieta. Estava ficando tarde.

— Hum... que segredo você vai me contar? — Antes que Chichi pudesse responder, sua mãe chegou com o chá. Sunny pegou uma das xícaras de porcelana. A borda estava lascada, e a asa, quebrada. As outras duas xícaras não estavam em melhor estado.

— Obrigada — agradeceu ela, educadamente. Depois tomou um gole e sorriu. Era chá da marca Lipton, apenas levemente adoçado, do jeito que ela gostava.

— Você é filha de Ezekiel Nwazue, não é? — perguntou a mãe de Chichi, enquanto voltava a se sentar na sua pilha de livros.

— Sim. Você conhece meu pai?

— E sua mãe — revelou a mulher. — E sei de você, já a vi por aí.

— Quem *não* nota a presença dela? — comentou Chichi. Mas ela sorria.

— Você está lendo o quê? — indagou Sunny.

— Este livro velho e ressecado? — respondeu a mãe de Chichi. — Este é um dos poucos que já li muitas, muitas vezes, e jarnais vou trocá-lo por outro.

— Por quê?

— Ele contém muitos segredos que ainda precisam ser decifrados. Quem pensaria que este seria o caso, em se tratando de um livro escrito por um homem branco, não é?

— Qual é o título?

— *In the Shadow of the Bush*, de P. Amaury Talbot. De 1912. Sombras, matas, florestas, o Continente Negro. Parece muito estereotipado, mas há muita coisa interessante neste velho livro. O homem que o escreveu conseguiu preservar algumas informações importantes, sem nem ter consciência disso.

Sunny queria saber mais, porém alguma outra coisa a incomodava. Seu pai acreditava que tudo o que se precisa para ter sucesso na vida é educação. Ele estudara por muitos anos para se tornar advogado, e acabou sendo o filho mais bem-sucedido de sua família. A mãe de Sunny era médica e costumava contar como um bom desempenho no colégio abriu oportunidades para ela que as garotas, vinte anos antes, normalmente não tinham. Portanto, Sunny também acreditava na educação. Mas lá estava a mãe de Chichi, rodeada por centenas de livros que ela já lera, e morando numa cabana velha de barro com a filha.

Elas tomaram chá e falaram de amenidades. Depois de algum tempo, a mãe de Chichi se levantou e disse que tinha de resolver algumas coisas.

— Obrigada pelo chá, senhora... — Sunny foi parando de falar, envergonhada. Ela não sabia se a mãe de Chichi usava o sobrenome do pai de Chichi ou não. Ele sequer *sabia* qual era o sobrenome de Chichi.

— Pode me chamar de Srta. Nimm — disse a mãe de Chichi. — Ou você pode me chamar de Asuquo, pois esse é meu nome.

Sunny se deu conta de uma coisa depois que a mãe de Chichi saiu.

— O nome de sua mãe... Ela é efik?

— Sim. E meu pai é igbo, como você.

Fez-se um silêncio incômodo.

— Há quanto tempo você conhece Orlu? — perguntou Sunny finalmente.

— Desde que tínhamos uns 4 anos. Nós...

Como se a menção a seu nome o tivesse invocado, elas ouviram o portão da casa de Orlu se abrir. Chichi escancarou um sorriso, se levantou e saiu.

— Orlu — chamou ela depois de um instante. — Venha aqui.

Chichi mal havia voltado a se sentar quando Orlu abriu o tecido e espiou dentro da cabana.

— Chichi, eu acabei de... Ah, Sunny — disse ele, franzindo a testa para ela. — Que surpresa ver você aqui. — Ele entrou.

— Acho que Chichi me deixou entrar para seu clube secreto — respondeu ela.

— Clube? — indagou ele, enquanto franzia a testa intensamente para Chichi.

— Quer um pouco de chá? — ofereceu rapidamente Chichi.

— Claro — respondeu ele, e lentamente se sentou sobre uma pilha de livros.

Ela saiu para os fundos da cabana, deixando Sunny e Orlu apenas olhando um para o outro. Sunny queria romper o silêncio incômodo; então disse a primeira coisa que lhe veio à mente:

— Orlu, você realmente consegue "desfazer coisas"?

Sem vacilar, Orlu se virou para a porta dos fundos e gritou:

— Chichi!

— O que foi? — gritou ela de volta.

— Venha cá — exigiu ele.

— O que houve? — indagou Sunny. — Eu disse alguma coisa...

Chichi voltou pisoteando o chão.

— Não fale comigo nesse tom, Orlu.

— Ah-ah, por que você tem a boca tão grande? — bradou Orlu. — Você não consegue... — Ele apertou os lábios. — Sua mãe ainda está em casa?

— Não — respondeu ela, enquanto olhava para os próprios pés.

Sunny franziu a testa. O fato de Chichi não ter gritado algo em resposta era raro.

Os três ficaram em silêncio. Sunny olhou incomodada de Orlu para Chichi, e de volta para Orlu. O garoto lançou um olhar de fúria para a vizinha, que olhou para o teto. Depois, Orlu deu um tapa forte no joelho e disse:

— Explique-se, Chichi. *Por quê?*

— Não! — berrou Sunny. — *Você* é que precisa se explicar, Orlu! Supostamente somos amigos. Conte para mim e depois pode repreendê-la!

— Não é de sua... — Ele se virou para Chichi. — Você por acaso é burra? Só porque fica sozinha com seus mil e um segredos, isso não quer dizer que todos temos de fazer o mesmo! *Eu* escolhi não ser assim! *E* sei guardar segredos!

— Não vamos perder a amizade de Sunny. Confie em mim. Pode contar a ela — disse Chichi. — Olhe só para ela!

— E daí? O fato de ela ser albina não quer dizer nada! É apenas um problema de saúde. Todos temos nossas peculiaridades físicas!

— Não neste caso. Até a minha mãe concorda — retrucou Chichi.

— Esperem! — Sunny gritou tão alto que os dois pularam de susto. — *Calem a boca e esperem!* Podem *me* dizer o que está acontecendo?

Orlu e Chichi se encararam por um bom tempo. Depois, o garoto suspirou e disse:

— Está bem. — Ele tirou um pedaço de giz do bolso. — Mas só pode ser deste jeito — explicou ele, quando Chichi começou a reclamar. — Não tem outro jeito. Temos de nos certificar.

Chichi emitiu um muxoxo alto e virou a cara.

— Você deveria contar primeiro a ela. Se ela é tão sua amiga assim, deveria confiar nela.

— Isso não tem a ver com confiança — argumentou ele, enquanto pegava livros e mais livros. Ele escolheu um encadernado em couro. Na quarta capa, usou um giz para desenhar:

Estranhamente, o giz marcou com clareza a superfície lisa de couro do livro. Ele murmurou alguma coisa e sombreou o centro do círculo. Em volta do círculo e das linhas, escreveu rapidamente uma série de símbolos que parecia o tipo de coisa que os americanos tatuavam em seus braços e canelas.

— Ficou muito bom — elogiou Chichi, impressionada.

— Faça a marca — reclamou ele, ignorando-a.

Chichi apertou seu polegar sobre o círculo sombreado. Quando voltou a erguer o dedo, este estava coberto de giz branco.

— Faça a mesma coisa, Sunny — instruiu Orlu, com a voz mais suave.

— O que é isso? — perguntou ela.

— Se quiser saber qualquer coisa, tem de fazer isso primeiro.

Sunny nunca havia visto o juju ser praticado, mas ela sabia do que se tratava quando viu.

— Minha mãe diz que este tipo de coisa é do mal — comentou ela, baixinho.

— Com todo o respeito, sua mãe não entende muito de juju — retrucou Orlu. — Confie em mim.

Ainda assim, ela hesitou. No fim das contas, a curiosidade falou mais alto, como sempre costumava acontecer, especialmente depois do que viu na chama da vela. Rapidamente, antes que pudesse pensar muito sobre o assunto, ela pressionou o polegar no mesmo ponto em que Chichi havia pressionado o dela. Orlu fez o mesmo. Depois, ele sacou uma faca do tamanho de sua mão. Chichi reclamou.

— Isso é necessário? — indagou, irritada.

— Quero que seja poderoso — respondeu o garoto.

— Você mal sabe como fazer — replicou Chichi.

Orlu a ignorou e levou a faca à língua. Ele encolheu o corpo, e estava terminado. Com cuidado, entregou a faca a Chichi. Ela fez uma pausa, esticando os lábios. Depois, ela fez o mesmo que Orlu e entregou a faca a Sunny.

— Segure com cuidado — orientou Orlu.

— Você quer que eu... — Havia sangue na faca. Vieram-lhe à mente pensamentos sobre AIDS, hepatite e todas as outras doenças sobre a qual ela havia aprendido na escola ou com a mãe. Ela mal conhecia Chichi, ou Orlu, para falar a verdade.

— Sim — respondeu ele. — Mas depois que fizer isso, não pode se arrepender.

— Do quê?

— Você não vai saber a não ser que faça — insistiu Chichi, com um sorriso de escárnio.

Sunny já não aguentava mais. Ela olhou para a faca. E respirou fundo.

— Ok.

Ela cortou a língua com a parte da faca em que não havia sangue. Como era afiada a faca! Mal havia tocado a coisa na língua. Mas, Deus do céu, como ardeu! Ela ficou se perguntando se o objeto não estava coberto por algum produto químico, pois tudo ao redor pareceu estranho.

— Espero que saiba o que está fazendo. — Ela ouviu Chichi dizer a Orlu.

— Já veremos — murmurou Orlu. Os dois observaram Sunny atentamente.

— O que está acontecendo? — sussurrou ela.

Nada estava mudando... mas tudo estava. O cômodo, os livros, Orlu e Chichi, a mochila a seu lado: tudo permaneceu como era. Ela podia ouvir um carro passando do lado de fora da casa. Mas tudo estava... diferente. Era como se a realidade estivesse desabrochando, se abrindo, e se abrindo um pouco mais. Tudo permanecia igual, mas era como se houvesse mais de tudo.

— Vocês... estão vendo isso? — perguntou Orlu com os olhos arregalados.

— Faça isso parar — pediu Sunny.

— Viu só? Eu tinha razão! — exclamou Chichi.

— Ah, pare — retrucou Orlu. — Você não sabe ao certo. Ela pode ser apenas sensível.

Mas Chichi parecia muito arrogante.

— Você jura solenemente, por seus entes mais queridos e pelas coisas de que mais gosta, que jamais vai falar para ninguém de fora o que estou prestes a lhe contar? — indagou Orlu.

— Fora de onde? — gritou Sunny. Ela só queria que aquilo parasse.

— Apenas jure — insistiu ele.

Ela teria jurado qualquer coisa.

— Juro. — Antes que ela conseguisse falar qualquer algo mais, tudo parou, se assentou, ficou quieto, normal.

Chichi se levantou, pegou as xícaras de chá vazias e saiu da casa. Sunny olhou para o livro. As marcações haviam desaparecido. Ela ainda podia sentir o gosto de sangue em sua boca.

— Pronto, pode me perguntar, e eu vou lhe dizer qualquer coisa que queira saber — assegurou Orlu.

Mil coisas passaram pela mente de Sunny.

— Só me conte.

— Contar o quê?

— O que foi que acabamos de fazer? — grunhiu ela, irritada.

— Demos nossa palavra — respondeu ele. — Foi nosso laço de confiança. Ele vai impedir que você fale disto para qualquer pessoa, até para sua família. Se não tivéssemos feito o laço de confiança, eu não poderia lhe dizer nada.

— Chichi contaria — disse ela.

— Bem, fico feliz que não tenha perguntado a ela. Chichi não faz as coisas que deve fazer. Todos estaríamos em sério perigo se você deixasse escapar algo depois de ela ter lhe contado.

— Deixasse escapar *o quê*?

Orlu juntou as mãos.

— Chichi e eu, nossos pais são...

— Não se dê o trabalho de contar para ela assim — reclamou Chichi, retornando. Ela trazia uma bandeja com três novas xícaras de chá. — Ela é ignorante.

— Ei, não sou, não.

— Além do mais, ela entende melhor as coisas quando você mostra a ela — prosseguiu Chichi. — Já entendi um pouco como ela funciona.

Orlu balançou a cabeça em negação.

— Não, é cedo demais.

— Na verdade, não — replicou Chichi. — Mas primeiro conte a ela o que você pode fazer.

Orlu olhou para Sunny, e depois desceu o olhar e suspirou.

— Não acredito nisso. — Ele pareceu se recompor. — É difícil explicar. Posso desfazer coisas ruins... juju. É como se fosse instintivo. Não precisei aprender.

— E todo juju é ruim? — perguntou ela.

— Não — responderam seus dois amigos.

— É como todas as outras coisas: algumas são boas, outras são ruins, e outras apenas são — explicou Chichi.

— Então vocês são... bruxos, ou algo do tipo?

Eles riram.

— Acho que sim — disse Orlu. — Aqui na Nigéria, nós nos chamamos de pessoas-leopardo. Antigamente, havia grupos poderosos chamados de *ekpe*, as sociedades-leopardos. O nome acabou pegando.

Sunny não podia negar o que vira. O mundo meio que havia desabrochado de um jeito estranho, e, apesar de isso ter parado de acontecer, ela ainda podia senti-lo dentro de si. Sabia que aquilo podia acontecer de novo. *E quanto à vela?*

— Chichi consegue se lembrar de coisas que ela já viu — disse Orlu. — Então, sua mente está repleta de todos os tipos de juju. Olhe para todos estes livros: peça para que ela recite um parágrafo de uma determinada página, e ela o fará.

Sunny se levantou devagar.

— Você está bem? — indagou Orlu.

— Isso é... eu não... eu... Acho que preciso ir para casa — disse ela, sentindo-se mal.

— Você tem alguma coisa marcada para este fim de semana? — perguntou rapidamente Chichi.

Sunny balançou a cabeça devagar enquanto pegava sua mochila.

— Amanhã é sábado — disse Chichi. — Venha para cá de manhã, por volta das nove horas. E deixe o resto do dia livre.

— Para... fazer o quê? — perguntou Sunny, colocando a mochila no ombro. Ela caminhou em direção à porta.

— Apenas venha — respondeu Chichi.

Sunny assentiu e saiu dali o mais rápido que pôde.

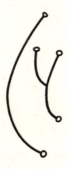

* Símbolo nsibidi que significa "bem-vindo".

O que é chittim?

Chittim é a moeda das pessoas-leopardo. Os chittim são sempre feitos de metal (cobre, bronze, prata e ouro) e têm sempre o formato de barras curvadas. Os mais valiosos são os grandes feitos de cobre, que são mais ou menos do tamanho de uma laranja e grossos como o polegar de um adulto. Os menores são do tamanho de um ovo de pomba. Os chittim menos valiosos são os feitos de ouro.

Quando os chittim caem, eles nunca machucam ninguém. Portanto, uma pessoa pode ficar debaixo de uma chuva de chittim e jamais ser atingida. Há somente uma maneira de ganhar chittim: adquirindo conhecimento e sabedoria. Quanto mais inteligente você se tornar, quanto mais conhecimento você transformar em sabedoria, mais chittim cairão, e, portanto, mais rico você se tornará. Na condição de agente livre, não espere ficar rico.

Extraído de *Fatos rápidos para agentes livres*

3

Iniciação

Quando Sunny voltou para casa, tudo parecia normal. Ela jogou um pouco de futebol com os irmãos. Facilmente roubou a bola e os driblou com seus pés velozes; eles achavam isso irritante e ficaram falando como ela se parecia com uma garota branca. Sua mãe, que havia chegado mais cedo, fez um ensopado vermelho de frango apimentado. Seu pai chegou tarde e comeu sozinho, lendo o jornal. Nem uma vez o mundo desabrochou ou começou a mudar.

Minha nossa, como ela estava cansada. Exausta. Tentou ler algumas páginas de *Hibisco roxo*, um livro que implorara à mãe para que comprasse, mas logo dormiu. Sunny dormiu como os mortos. Chegada a manhã, ela se sentia melhor. Ficou deitada pensando no que havia acontecido no dia anterior. Decidiu que, o quer que Chichi e Orlu tivessem feito a ela, abriria sua mente para aquilo. Por que não?

Rapidamente vestiu uma calça jeans, camiseta amarela, sandálias de couro e seu colar de ouro favorito. Era o único presente caro que o pai lhe dera.

— Volte às quatro da tarde — avisou à mãe durante o café da manhã. Sunny estranhou o fato de ela não lhe ter feito uma série de perguntas. Então levantou-se rapidamente, antes que sua sorte mudasse.

— Aonde está indo? — perguntou seu irmão Chukwu.

— À rua — respondeu ela. — Tchau.

Em uma das mãos, ela levava sua sombrinha preta. Na outra, sua bolsa azul com brilho labial, protetor solar, um pano de prato, uma manga, seu celular e dinheiro suficiente para o almoço e para qualquer bobagem.

— Sunny! — gritou Chichi, quando a viu subindo a rua. Chichi estava arrumada, pelo menos para seus padrões; usava um *rapa* verde com círculos amarelos e uma camiseta branca. Também calçava sandálias. Hesitante, Sunny estendeu uma das mãos para cumprimentá-la.

— Ai, pare! — exclamou Chichi. — Relaxe. — Ela deu o braço a Sunny, e as duas caminharam em direção à casa de Orlu. Ele estava no portão.

— Bom dia — cumprimentou ela.

— Bonito tênis — elogiou Chichi, olhando para o par de All Stars vermelhos novos de Orlu.

— O irmão de minha mãe veio de Londres nos visitar — explicou. — Foi ele quem me deu de presente.

— Então aonde vamos? — perguntou Sunny.

Chichi e Orlu trocaram um olhar.

— Você disse a seus pais que só ia voltar por volta das três? — perguntou Orlu a ela.

— Às quatro — respondeu ela, com orgulho.

— Muito bem — elogiou Chichi, escancarando um sorriso.

— Perguntei a minha mãe sobre isso — comentou Orlu para Chichi. — Ela ficou muito irritada comigo por eu ter feito aquele laço de confiança com Sunny.

Lá vamos nós de novo, pensou Sunny. *Mais coisas que eu não sei. De novo, eles não estão me dizendo nada.*

— Sunny *tem* de participar — replicou Chichi, parecendo irritada. — Eu já falei o que minha mãe disse.

— Bem. — Orlu falou devagar. — Eu perguntei a meus pais. Ela não pode pisar em Leopardo Bate... a não ser que ela passe totalmente pela *iniciação*. — Chichi tentou esconder um sorriso. — Chichi, você *sabia* que a regra era essa!

— Sabia mesmo — respondeu ela, rindo. — E existe maneira melhor de iniciá-la?

— Mas... — Parecendo muito irritado, Orlu parou de falar.

Sunny já não aguentava mais.

— Chega, gente, podem começar a se explicar. Leopardo Bate? Iniciação? O que está acontecendo?

Orlu apenas balançou a cabeça. Chichi pegou o braço de Sunny de novo.

— Venha ver você mesma.

— Até parece que ela tem escolha — disparou Orlu. — Até parece que qualquer um de nós tem escolha agora.

— Orlu, acredito que ela é uma de nós — insistiu Chichi. — Minha mãe também.

— *Você* por acaso gostaria de passar por uma coisa dessas sem saber de nada? — perguntou ele a Chichi. A garota apenas deu de ombros.

— É o único jeito.

— *Por favor*, parem de falar como se eu não estivesse aqui — grunhiu Sunny.

Chichi diminuiu o tom de voz.

— A pior coisa que pode acontecer é...

— *É o quê?* — gritou Sunny.

— Nunca mais podermos falar com você, e você jamais poder falar sobre nada disso.

Eles começaram a caminhar sem ela. Por um instante, Sunny simplesmente ficou ali, em pé, observando-os partir. Depois, ela se recompôs e os seguiu.

— Aonde estamos indo? — perguntou após vários minutos. — Só me contem isso, caso não queiram me contar mais nada.

— Para a cabana de Anatov, Defensor dos Sapos e de Todas as Coisas Naturais — respondeu Chichi.

Eles pegaram um táxi na rua principal.

— Queremos ir ao mercado de Ariaria — pediu Orlu, e deu ao motorista alguns nairas. Orlu dispensou Sunny quando ela tentou oferecer um pouco de dinheiro. — Não, é por minha conta.

Aquele era um típico táxi nigeriano: o carro fedia a peixe seco, *egussi** e fumaça do cano de descarga. Havia buracos enormes no chão. Os três saltaram no mercado, mas não entraram. Em vez disso, atravessaram a rua tomada pelo trânsito e seguiram na direção oposta. Caminharam por algum tempo, passando por prédios e evitando vendedores ambulantes, que vendiam castanhas-de-caju, espetos de carne típicos chamados *suya*, cartões telefônicos, acessórios para celulares e chips de banana-da-terra.

Eles dobraram uma esquina e caminharam, dobraram outra esquina e caminharam. Sunny conhecia o lugar, mas agora se sentia perdida. Pararam em frente a uma pequena trilha que conduzia para uma área de mata frondosa. Um grupo de homens mais velhos vinha na direção contrária. Alguns deles vestiam calças jeans e camisas, e outros, *rapas* coloridos e camisetas.

— Bom dia — saudaram ao mesmo tempo Orlu, Chichi e Sunny.

---

* Egussi são sementes de abóbora e outras cucurbitáceas, como a melancia, por exemplo, que são moídas e usadas como condimento e para engrossar uma sopa muito apreciada na África Ocidental. (*N. do T.*)

Os homens olharam cada um deles nos olhos e balançaram a cabeça.

— Bom dia, crianças.

— Você sabe onde está indo? — perguntou um deles.

— Sim, senhor — respondeu Orlu.

— Não, eu estava falando com ela — corrigiu o homem, apontando para Sunny. A menina sentiu o rosto ficar quente.

— Ela está conosco — comentou Chichi.

Isso pareceu satisfazê-lo, e ele voltou a se juntar ao grupo.

— Aonde *estamos* indo? — indagou Sunny, à medida que caminhavam pela trilha sombreada. A mata parecia se fechar em volta deles. Se antes fazia calor, a temperatura agora era sufocante.

— Eu já disse — reclamou Chichi. — Vamos encontrar Anatov.

— Sim, mas *quem* é ele? — Ela parou de falar. — Chichi, Orlu, parem. — Ela pegou a bolsa, com a sombrinha fechada debaixo do braço.

— O que está acontecendo? Aonde estamos indo? O que está *acontecendo*?

Os dois pareciam incomodados.

— Anatov vai explicar, Sunny — disse Orlu, finalmente. — Apenas confie em nós.

— Por quê?

— Porque somos seus amigos — retrucou o garoto.

— E mudamos sua vida... talvez — comentou Chichi. Depois, ela desviou o olhar. — Apenas deixe Anatov explicar.

Eles voltaram a caminhar.

— Ele é malvado? — perguntou Sunny. A trilha havia se estreitado, e agora eles andavam em fila indiana, com Sunny por último. A garota ouviu Orlu rir para si mesmo.

— Anatov é Anatov — explicou Chichi, dando meia-volta e escancarando um sorriso.

Ótimo, pensou Sunny. *Que amigos. Não me contam nada.* No pior das hipóteses, poderiam ser cúmplices de Chapéu Preto Otokoto. *Qualquer coisa é possível. Até o pior é possível. A vela me mostrou que sim.* O pior era mais que possível. O pior era inevitável. Mas agora estava envolvida demais. Os pais não sabiam onde ela estava; nem *ela mesma* sabia onde estava! Com um tapa, a menina espantou um mosquito do braço.

Sunny ouviu antes de ver. A princípio, soava como um grupo de pessoas sussurrando de leve, mas ela não viu nada na floresta. Alguns minutos mais tarde, o barulho aumentou e parecia uma queda-d'água. Era um rio tão violento que suas águas revoltas lançavam no ar uma névoa branca. *Nunca ouvi falar deste rio*, pensou ela. Atravessando o fluxo, havia uma ponte de madeira que parecia fraca e escorregadia. Ela não tinha corrimão.

— Como alguém consegue atravessar? — indagou ela, horrorizada.

— Basta atravessar — replicou Orlu, e pisou em um pedregulho que ficava em frente à ponte. Ele esfregou as palmas das mãos na superfície lisa e preta da pedra. — Depois da névoa fica a entrada para Leopardo Bate.

Ela esperou até que ele fosse na frente.

— O nome completo é *Ngbe Abum Obbaw*, que em efik significa "Leopardo Bate a Pata" — explicou Chichi. — Há muito tempo, uma mulher efik criou um juju que impediu um leopardo de atacá-la. O juju fez o leopardo bater a pata contra algo duro, e a dor o espantou. Os construtores chamaram o lugar de Leopardo Bate a Pata por conta do juju forte. O povo efik tem o juju mais poderoso do mundo.

— Na opinião de quem? Com certeza não na dos igbo — retrucou Orlu, irritado. — Sunny, há pessoas-leopardo no mundo todo, de todas as tribos, raças, seja lá o que for. Nenhuma delas é melhor que as outras.

— Ah, seja realista! — exclamou Chichi, revirando os olhos.

Mas Sunny não estava prestando muita atenção. Não conseguia desgrudar os olhos daquela ponte estreita. As águas revoltas se agitavam e espumavam abaixo.

— Somente a verdade vai permitir que você atravesse — asseverou Orlu.

— Todas as vezes — acrescentou Chichi.

— Então vocês já *atravessaram* isso? — gritou Sunny. — Ela é muito fraca! Essa coisa nem parece que é... — Ela parou de falar e ficou apenas olhando fixamente para a travessia.

— Relaxe — aconselhou Chichi, enquanto passava o braço em volta dos ombros de Sunny. — Não vamos atravessar a ponte agora. Vamos naquela direção. — Ela apontou para uma pequena trilha que seguia para a direita, ao lado do rio. Ela pegou Sunny pela mão e a puxou.

— Não estou gostando disso — comentou Sunny.

— Você só não está acostumada — rebateu Orlu.

— Não — discordou ela, balançando a cabeça. — Não estou gostando disso. Vocês dois são doidos.

Chichi deu um risinho.

A cabana de Anatov era muito maior que a de Chichi. Ela era comprida e tinha um telhado de sapê. As paredes vermelhas eram decoradas com símbolos brancos e caricaturas de pessoas. As portas duplas frontais de madeira batiam na cintura e pareciam abrir para os dois lados, como as portas de um *saloon* de faroeste americano. Eram pintadas com quadrados brancos e negros. Em letras brancas rebuscadas em uma das portas lia-se ENTRADA", e na outra, SAÍDA. Ela reparou que eles passaram pela porta de SAÍDA para entrar.

Ali dentro o ar estava carregado por um incenso tão forte que ela se sentiu um pouco enjoada. Abanou uma das mãos em frente ao rosto. Através dos olhos irritados pela fumaça, viu que as paredes internas da cabana também eram decoradas com trabalhos artísticos em giz branco.

Na outra ponta do cômodo, havia um homem sentado em uma poltrona que mais parecia um trono. Quando ele se levantou, Sunny arquejou. Era o homem mais alto que ela já vira, mais alto que qualquer massai ou jogador de basquete americano. Ele tinha a pele clara e dreadlocks castanhos curtos e cheios, e uma pequena argola de ouro na narina esquerda.

Sunny estava tentando ser educada quando prendeu um espirro, mas o espirro acabou saindo tão forte que, em vez disso, ela soprou catarro nas mãos. *Que ótima primeira impressão*, pensou ela. Seu rosto e mãos estavam imundos.

— A garota não é adequada — disse Anatov para Chichi. Ele falou em inglês, com sotaque americano. Ele se virou para Orlu e olhou, apontando seu nariz para ele. — Expliquem-se. Mal consigo suportar a presença de tantos *Ekpiris* aqui. Confunde as vibrações, sabe como é? E, além de tudo, vocês me trazem uma inadequada? Vocês não pensam.

— *Oga** Anatov, esta é Sunny Nwazue — apresentou Chichi rapidamente. — Pedimos desculpas... O senhor está ocupado?

Subitamente, Anatov caminhou a passos largos na direção de Sunny, que ainda estava com as mãos no rosto. Ele franziu o cenho para ela.

— Qual é seu problema? — perguntou ele, passando a falar igbo.

— Eu preciso... preciso de um lenço de papel.

Ele tirou um lenço de pano do bolso e estendeu-o para ela. Aumentando ainda mais o constrangimento da menina, ele observou atentamente à medida que ela limpava o catarro das mãos e do rosto, e assoava o nariz.

---

* Na Nigéria, forma de tratamento respeitosa, equivalente ao nosso "senhor". (*N. do T.*)

— Amarela — garantiu ele, quando ela finalmente terminou de se limpar. — Ela é amarela em todos os níveis.

— Sei que sou amarela — disparou Sunny. — Sou albina! Nunca viu uma...

— Fique quieta — ordenou Anatov. — Sente-se, ou vou botá-la daqui para fora e tornar sua vida pior do que ela já é. Nem imagina no que se meteu.

— Sunny, sente-se — reforçou Chichi.

— Está bem! — aquiesceu ela, e se sentou.

— Que bom — disse Anatov. Ele percorreu um círculo em volta da garota. — Ok — murmurou ele. Depois botou uma das mãos no bolso e tirou dali um punhado de um pó branco e começou a salpicá-lo no chão enquanto percorria outro círculo ao redor de Sunny. Depois que terminou o círculo de pó, pegou uma faca. Havia joias vermelhas encrustadas no cabo. A lâmina era brilhante e parecia muito afiada.

Sunny olhou de soslaio para Orlu, que lhe deu um pequeno sorriso de encorajamento. Tudo em que ela conseguia pensar era em Chapéu Preto. Anatov estava próximo demais para que Sunny fugisse porta afora.

— Com licença — gaguejou ela — O que o senhor...

— Você vai se lembrar *disto* por muito tempo — interrompeu Anatov, rindo entre dentes.

Ela se inclinou para longe do homem, erguendo as mãos como escudos, à medida que ele levantava a faca afiada e brilhante. Ela se preparou. Mas não veio nenhum golpe. O sujeito parecia desenhar no ar. Um símbolo vermelho suave — um círculo com uma cruz no meio — flutuou sobre a cabeça de Sunny, como fumaça. Lentamente, a forma se precipitou sobre ela.

— Prenda a respiração — exigiu Chichi no momento que o círculo tocou o rosto de Sunny, virado para cima. Mas, antes que ela conseguisse obedecer, foi puxada para baixo. Puxada com força, como uma boneca de retalhos. Ela foi sugada primeiro para dentro do chão de terra da cabana, e depois para dentro da terra de cheiro doce abaixo.

À medida que Sunny era puxada para baixo, sua boca se encheu de terra. Ela não conseguia gritar! A terra forçava a entrada pela garganta da menina, puxava suas pálpebras, arranhava os olhos, esfarrapava sua roupa e lhe pressionava a pele.

E tudo piorou.

Sua pele mudou de fria para quente e para fria de novo, como se ela estivesse passando por várias partes vivas e mortas da terra.

Por fim, ela parou de descer e, lentamente, começou a subir. Tudo estava escuro. Ela estava contente. Não queria ver onde estava. Todo seu corpo reclamava de dor. Como era possível que ainda estivesse viva? Como ainda estava respirando?

Enquanto subia, ouviu um grunhido baixo e molhado. Ele ficou mais alto. De repente, ela surgiu na água. Tinha de ser aquele rio terrível. A água era fria e agitada, e ameaçava despedaçá-la, mas seu corpo se movia rápido demais, arrastado em meio a fustigantes detritos do rio e bolhas e barulhos subaquáticos e correntezas.

Depois, tão subitamente quanto havia sido arrastada — bum! — ela apareceu de volta na cabana. Sunny respirou o ar carregado de incenso. Espirrou, mas pelo menos agora conseguia respirar. Sentiu o gosto da lama áspera na respiração, e esse gosto invadiu seus lábios, garganta e narinas. Várias coisas pequenas, porém pesadas, caíam em volta da menina. Batiam umas contra as outras, emitindo um *tim tim tim tim* metálico.

— Não. Dê um passo para trás. — Ela ouviu Anatov dizer. Ele murmurou uma frase, e depois ela sentiu alguma coisa áspera se enrolar em seu corpo.

— Quem teria imaginado? — Agora era Chichi quem sussurrava. Sunny decidiu abrir os olhos. O rosto parecia retesado e ardia. Quando ela olhou ao redor, tudo era profundo, colorido e quase vivo demais, como quando eles fizeram o laço de confiança.

— O que aconteceu? — murmurou ela, e permaneceu imóvel. Sua voz era grave e rouca, como a de uma mulher sensual e glamorosa que fumava cigarros demais. Quando se levantou, os movimentos eram fluidos, incríveis, cheios de elegância e graça.

Ela se levantou com os ombros para trás e a cabeça erguida e reta. Quando tocou o próprio rosto, ela o fez com braços delicadamente erguidos, mãos levemente curvadas e dedos um tanto separados, como uma bailarina.

— Olhe só para ela. — Ela ouviu Orlu sussurrar. — Nunca vi esse tipo antes.

— Ah, é? E quantos "tipos" diferentes você já viu? — Ouviu Chichi retrucar. — Por que você não cria um pouco de decência e se vira de costas?

Quando Sunny olhou para eles, viu que Chichi, que havia virado o rosto, tinha faíscas rosadas saltando pelo corpo, e Orlu pingava uma água azul quase invisível. Ela não olhou para Anatov.

— Ok — sussurrou ela. — Chega. Podemos parar agora? — Ela sentiu a coisa que a erguia se encolher dentro de si, como se a coisa fosse um gênio, e ela, a lâmpada. Sunny cambaleou e se sentou com o corpo pesado. Quando olhou para baixo, viu que usava um tipo de vestido feito de fina ráfia marrom. Ela tocou o pescoço e ficou aliviada ao descobrir que, pelo menos, o colar de ouro ainda estava lá. Suas sandálias ainda estavam nos pés também.

— Você passou! Eu *sabia*! — exclamou Chichi, que abraçou Sunny e ergueu-a no ar. — Eu *sabia* que tinha razão.

— Minhas roupas! — Pelo menos a voz havia voltado ao normal. — Onde...?

— Esqueça suas roupas — disse Chichi. — Você passou!

Anatov foi em direção a elas, com a poltrona de palha seguindo atrás dele por vontade própria, como um cão fiel. Ele se sentou.

— Orlu — chamou Anatov. — Coloque o *chittim* na bolsa dela.

Ela olhou fixamente à medida que Orlu pegava a bolsa e a enchia com punhados de barras de cobre em formato de ferradura e do tamanho de um punho fechado.

— Que raro — comentou Anatov, ainda a encarando. — Assim como é raro que uma garota igbo pura tenha a pele e os cabelos da cor de papel desbotado, também é raro que alguém seja uma agente livre. Nenhum de seus pais é, presumo?

— O quê? — indagou ela.

— Pessoas-leopardo.

— Eu... eu acho que não — respondeu ela. — Não que eu saiba.

— Se você não sabe, é porque não são. Você tem alguma tia, tio ou avós misteriosos?

— Bem — falou ela. Sua garganta estava dolorida, e ela queria tirar o gosto de terra da boca. — Minha... minha avó materna era... um tanto estranha, acho. Quem sabe tinha alguma doença mental. Minha mãe não fala muito dela.

— Ah — reagiu ele. — E deixe-me adivinhar: ela faleceu.

— Faz alguns anos. — Ela assentiu.

— Ela se parecia com você?

— Não.

— Sabe o nome dela? O nome dela de verdade, antes de ela se casar.

A menina balançou a cabeça.

— Humm — disse ele. — De qualquer modo, você é o que chamamos de pessoa-leopardo agente livre. Você pertence a uma linhagem espiritual dos leopardos... de algum modo. Não é uma coisa que se herda por sangue. A habilidade do leopardo não transita no mundo físico. Mas o sangue tem relações com o espírito.

"Você pode ter herdado isso de sua avó, ou talvez ela tenha sido apenas louca, quem sabe? Isso acontece de vez em quando, mas raramente. A maioria das pessoas-leopardo são como seus amigos aqui, filhos de dois pais feiticeiros, com fortes conexões ancestrais. Eles costumam ser os mais poderosos. Aqueles que somente têm um dos pais feiticeiro não conseguem fazer muita coisa, a não ser que tenham uma faca juju especialmente cara ou algo do gênero, ou se eles têm uma mãe particularmente habilidosa. O poder viaja com mais intensidade da mãe para a criança, pois é ela que tem o laço espiritual mais profundo com o feto em desenvolvimento.

"E para lhe dizer o que acabou de acontecer: você foi iniciada. — Ele fez uma pausa. — Você usa computadores?"

Ela piscou diante da pergunta estranha. Depois, assentiu.

— É claro que sim — disse ele. — Imagine que você é um computador que veio com programas e aplicativos já instalados. Para usá-los, eles devem ser ativados; você deve, em certo sentido, despertá-los. É isso o que é iniciação. Você provavelmente já estava pronta para ser iniciada na mesma época que esses dois aqui foram, há dois anos. Alguma coisa estranha aconteceu com você recentemente?

A boca de Sunny ficou seca.

— O que houve? — perguntou ele, mais atentamente.

Foi um alívio contar a ele o que vira na chama da vela. Mas, quando ela terminou, não gostou da expressão estampada no rosto de Anatov.

— Tem certeza de que foi isso o que viu? — indagou ele em voz baixa. Ela assentiu. — Hum. Que... interessante.

— Por que não começa do começo, *Oga*? — perguntou Orlu. — Você está apenas a confundindo.

— Essa tarefa é sua — retrucou, irritado, Anatov. — Ensine as regras a ela também. Espero vocês de volta aqui em quatro noites. À meia-noite em ponto.

— O *quê?* — protestou Sunny. — Não posso...

— Agora você é uma garota-leopardo — asseverou Anatov, e se levantou. — Dê um jeito. — Terminados os trabalhos, ele se virou para Orlu e escancarou um sorriso.

— Adivinhe quem chegou hoje?

— Já? *Sério* — grunhiu Orlu.

— Sua mãe não lembrou a você? — perguntou Anatov, rindo. — A mãe dele, Keisha, e eu estivemos falando sobre isso por uma semana. Talvez sua mãe queira fazer uma surpresa.

— Odeio surpresas — resmungou Orlu.

— Se não fosse por Sunny, não teríamos vindo hoje — disse Chichi, rindo.

— As coisas encontram um jeito de se acertar — declarou Anatov. — É como eu lhes ensinei: o mundo é maior e mais importante que vocês.

Orlu bufou.

— Então — perguntou Chichi, olhando ao redor — onde ele está?

— Quem? — indagou Sunny, enquanto esfregava a testa. Estava com dor de cabeça.

— Sasha! — chamou Anatov. Uma voz respondeu de algum lugar fora da cabana. Irritado, Anatov soltou um muxoxo. — O que você está fazendo? Venha para cá — ordenou ele, em seu inglês com sotaque americano.

— Sasha? — sussurrou Chichi para Sunny em ibo. — Que tipo de garoto tem esse nome?

Sunny estava cansada e confusa, mas não conseguiu fazer outra coisa além de dar risinhos. Aquele *era* um nome de menina. Ainda assim, o garoto que entrou na cabana não era de modo algum afeminado.

— Por que demorou tanto? — perguntou Anatov em inglês, severamente.

— Eu estava cochilando — respondeu Sasha, enquanto piscava e coçava os olhos. Também falava com um forte sotaque americano. — Ainda estou me recuperando do *jet lag*, cara. — Ele esfregou o rosto com uma das mãos.

— Sasha, apresento a você Orlu, Sunny e Chichi — disse formalmente Anatov.

— Oi — cumprimentou Sasha, de modo indiferente, e depois colocou as mãos nos bolsos. — E aí?

Tudo no garoto gritava "Estados Unidos": a calça jeans folgada, a camiseta branca com uma logotipo no peito e o tênis Nike extremamente branco. Ele era alto e magricela como Sunny, tinha tranças afro bem apertadas e que se estendiam até abaixo do pescoço, e usava uma argola de ouro no nariz, assim como Anatov.

— Boa tarde — disseram em uníssono e em inglês os três amigos.

O olhar de Sasha se fixou em Sunny.

— Sasha é de Chicago — comentou Anatov. — Foi mandado para cá para... se acalmar. Enquanto isso, vai aprender e passar pelo *Mbawkwa* comigo.

— Você acabou de chegar aqui? — indagou Chichi.

— Sim, faz três dias — respondeu Sasha. — Foi a primeira vez que viajei de avião. Mal posso esperar até passar no *Ndibu*, para nunca mais ter de pegar um maldito avião.

— O que faz você ter tanta certeza de que vai passar no *Ndibu*? — perguntou Chichi.

— Aguarde e confira — respondeu ele. Chichi pareceu gostar da tirada.

— E você gosta daqui? — Quis saber ela.

— Até que é legal. — Ele deu de ombros e riu para si mesmo.
— Não, é quente, quente à beça. Mas é legal. Eu gosto de Leopardo Bate. Só queria que tivéssemos um espaço de convivência para nossa comunidade, como o que temos em Chicago. A maioria de nós vive escondida, em minha opinião.

— Ah, nós vivemos escondidos aqui também — comentou Chichi. — Mas a gente se vira.

— Orlu, as coisas de Sasha já estão a caminho da casa de seus pais. Vocês já podem ir — disse ele, espantando os jovens para fora. — Tenho coisas a fazer. Vejo vocês dentro de quatro noites. — Ele fez uma pausa e olhou para Sunny. Depois, deu um sorriso pretensioso. — E cuidem dela.

— Nós cuidaremos — garantiu Orlu.

— É claro — acrescentou Chichi.

Antes que Sunny pudesse perceber, Anatov já os havia expulsado pela porta de ENTRADA.

— Qual é o problema desse cara? — Ela foi se recostar em uma árvore próxima, sentindo-se enjoada, cansada e irritadiça. Não era uma boa combinação de sensações. — E por que ele tem aquelas placas de entrada e saída, se ninguém respeita?

— Para ele, a cabana fica *fora* do mundo ordinário e cheio de lixo — explicou Orlu, olhando para trás. — Ele reluta muito em sair.

— Tome — disse Sasha, depois de botar a mão no bolso e retirar dali um palito de mascar. — Mastigue isso por um tempo. Vai se sentir melhor.

— Obrigada — agradeceu ela. O gosto era mentolado. E ela, de fato, se sentiu melhor.

— Não há de quê. Cara, eu queria ter sabido com antecedência. Nunca vi uma iniciação *Ekpiri* em um agente livre. Estava cochilando do lado de fora da cabana quando escutei seu retorno. Bum! — Ele riu.

— Foi tão alto assim?

— Foi — confirmou Sasha. — Como um monte de entranhas podres caindo no chão.

— Por que me sinto ressecada agora?

— É assim que a coisa funciona.

Chichi olhou para Orlu, como se esperasse que ele dissesse algo. Como ele não disse, ela se virou para Sasha e perguntou:

— Está pronto para ir?

Sasha apontou para Orlu com a cabeça.

— Por que não é *ele* quem me pergunta isso? — exigiu, olhando para Orlu. — É com ele que vou morar.

— Porque não falo com gente perigosa — resmungou Orlu em igbo.

— Cara, qual é seu problema?

Orlu se virou para Sasha.

— Sei sobre *você* — retrucou ele, em inglês, franzindo o cenho para Sasha. — Meus pais me contaram *tudo*. Por que eu iria querer morar com alguém assim?

— Orlu! — repreendeu Chichi.

Sunny se recostou contra a árvore, mascando seu palito de menta.

— Por que não conta a elas o motivo de você estar aqui? — zombou Orlu. — Compartilhe alguns detalhes.

— Africano presunçoso — murmurou ele, depois de enfiar as mãos nos bolsos.

— Negro *americano*. Adora uma confusão — disparou Orlu. — Criminoso *akata*.

— Epa! — exclamou Sunny.

— Até parece que não sei o que *isso* significa — retrucou Sasha, com uma expressão ligeiramente irritada.

— E até parece que me importo — rebateu Orlu.

— Calem a boca os dois! — ordenou Chichi. — Ai, não aguento mais! Sasha, que história é essa? Conte para nós.

— E por que eu deveria? — perguntou ele.

— Porque nós pedimos — respondeu Sunny baixinho, sentada ao pé da árvore.

O americano fez uma pausa e, depois, deu um suspiro.

— Então — prosseguiu Sunny —, eu também nasci nos Estados Unidos. Voltei para cá com meus pais quando tinha 9 anos. Isso foi há três anos. — Ela esperou por um momento e lançou um olhar expressivo a Orlu. — Posso não falar muito disso, mas na maioria das vezes eu me sinto muito como uma... *akata*.

Orlu olhou para os próprios pés, claramente constrangido. *Bem-feito! Quem mandou ser tão inconsequente?*, pensou Sunny.

— Tudo bem. Ok, como se isso importasse. — Sasha parecia mais calmo. Ele passou as mãos pelas tranças. — Eu me envolvi em muitas brigas na escola. Meus pais fizeram a burrice de se mudar para uma vizinhança onde todos, além de brancos, eram ovelhas.

— Ovelhas? — indagou Sunny.

— Pessoas sem juju — explicou ele. — Não havia um feiticeiro, curandeiro ou clarividente em um raio de quilômetros. De qualquer forma, é por causa disso e pelo fato de eu não levar desaforo para casa que me envolvi em muitas brigas. E — acrescentou ele rapidamente — talvez eu tenha feito umas coisas com alguns garotos que estavam me criando problemas.

— Ele lançou um mascarado em três garotos de sua turma! — Orlu riu com desdém.

— O *quê?!* — exclamou Chichi.

— Eles estavam falando mal de meus pais e enchendo o saco de minhas irmãs! — gritou Sasha.

— Você consegue *fazer* isso? — perguntou Chichi, impressionada. — Isso é um juju de nível *Ndibu*!

— Quem se importa com o nível? — replicou Orlu. — Ele é *Ekpiri*, como nós.

— Cara, existem livros por aí, e eu gosto de ler — argumentou Sasha. — Além do mais, foi só um mascarado simples.

— *E daí?!* — exclamou Orlu. — Existem *regras*! E dois desses garotos ficaram com problemas mentais por conta do que *você* fez. Ouvi meu pai falando com o seu no telefone logo depois do acontecido.

— Bem — disse Sasha, dando de ombros —, eles não deviam ter desrespeitado meus pais ou mexido com minhas irmãs.

— Você também não comentou que trocou a mente de dois policiais — acrescentou Orlu.

— Estavam perturbando a mim e a meus amigos — retrucou Sasha. — Estavam fazendo bullying contra uma garota que eu conheço. E estavam simplesmente... abusando do poder que tinham! Vocês não sabem o que um homem negro tem de enfrentar nos Estados Unidos. E vocês, com certeza, não conhecem os policiais do lado sul de Chicago. Aqui, todos são negros; então, vocês não têm...

— Ah, pare com isso! — interrompeu Orlu. — Você inventa desculpas para tudo. É por isso que seus pais o mandaram para cá.

— Já chega — reclamou Sunny. — Desse jeito, como vocês dois vão morar juntos? Sasha, vire a página, ou faça algo do gênero. Vai ser mais fácil se você e Orlu tentarem ser amigos.

Sasha e Orlu trocaram olhares e, depois, viraram os rostos.

— Você vai se sentir melhor se andar um pouco — recomendou Chichi, enquanto ajudava Sunny a se levantar. — Vamos levá-la a Leopardo Bate.

— O quê? — perguntou Sunny, quase se sentando de novo.

— Relaxe — disse Chichi. — Vai ficar bem.

Orlu deu uma risada abafada.

— Eu fui até lá ontem — comentou Sasha, com o rosto se iluminando. — Meus pais amariam aquele lugar.

— Então, vamos lá — sugeriu Chichi, com um sorriso. — Enquanto almoçamos, podemos explicar mais coisas a Sunny.

Sunny tentou ficar de pé com a coluna reta e tropeçou para o lado.

— De jeito algum! Não vou atravessar aquilo...

— Tome — falou Chichi rapidamente, entregando nas mãos de Sunny. — Pegue sua bolsa.

— Uau! — exclamou Sunny. — Como está pesada!

— Eu diria que aí dentro tem pelo menos cem *chittim*. Talvez haja mais — comentou Orlu.

— O que é *chittim*? — indagou ela.

— Dinheiro — explicou Orlu. — Você ganha quando aprende alguma coisa. Quanto maior o conhecimento, mais *chittim* ganha. Não ganhei nem metade dessa quantidade quando passei pelo *Ekpiri*!

— *Ekpiri* é o primeiro nível — explicou Chichi. Ela se virou para Orlu. — Isso é porque você *sempre* soube quem era. Sunny é uma agente livre. Ela não sabia de nada.

Nem Sunny poderia contestar isso.

O que são os Mascarados?

Até o presente momento, você conhece os mascarados como meras manifestações simbólicas de ancestrais ou de espíritos. Homens e meninos se vestem com elaboradas fantasias de pano e ráfia, dançam, gritam zombarias ou fazem piadas, dependendo de quem eles estão manifestando. Até o presente momento, você acreditou que os mascarados não passavam de mitos, folclore, teatro e tradição. Agora que você é uma pessoa-leopardo, saiba que seu mundo acabou de se tornar mais real. Criaturas são reais. Fantasmas, bruxas, demônios, metamorfose e mascarados, todos são reais. Mascarados sempre são perigosos. Eles podem matar, roubar sua alma, se apoderar da sua mente, se apoderar do seu passado, reescrever seu futuro e até provocar o fim do mundo. Como agente livre, você não vai se envolver com os mascarados de verdade, senão é morte na certa. Se você for inteligente, vai deixar os verdadeiros mascarados para aqueles que sabem o que fazer com o juju.

Extraído de *Fatos rápidos para agentes livres*

4

Leopardo Bate a Pata

— Achei que hoje seria um dia divertido — murmurou Sunny, quando eles chegaram à ponte. Ela ajeitou o vestido de ráfia. — Ai, como isso pinica!

— Prefere se divertir a aprender o sentido da vida? — indagou Chichi.

— Nada disso aqui tem "sentido".

— Pode deixar que carrego isso — disse Orlu, enquanto pegava a bolsa de Sunny.

— Obrigada.

Ele esfregou a mão na pedra preta enterrada no começo da ponte e começou a atravessá-la. À medida que Orlu caminhava, Sunny podia jurar que tinha visto uma coisa estranha acontecer com a cabeça do garoto. Sentiu seu corpo ficar frio. Caminhando com facilidade pela ponte superestreita, andando casualmente, ele logo desapareceu na névoa.

Enquanto Sasha seguia Orlu pela ponte, Chichi pegou o rosto de Sunny e virou-o em sua direção.

— Concentre-se em mim — disse ela.

— O que acontece quando se atravessa a ponte? — Sunny ficou contente por Chichi não a deixar olhar. Ela suspeitava de que, se olhasse para Sasha, veria a coisa estranha acontecer na cabeça dele também.

— Para atravessar a ponte, você precisa saber de algumas coisas — garantiu Chichi. — Vamos contar tudo a você quando chegarmos a Leopardo Bate.

Onde será que já ouvi isso antes?, perguntou-se Sunny.

Mas, para sua surpresa, Chichi começou a lhe contar naquele momento.

— Ok, como eles disseram, ovelhas são pessoas que não têm juju. Você nunca foi ovelha, mas precisa ser iniciada para virar uma pessoa-leopardo eficaz. Esse vestido que está usando é o vestido para novos iniciados.

— E *você* teve de ser iniciada? — perguntou Sunny.

— Sim, faz dois anos. Mas eu sempre soube de minha herança de leopardo e sempre fui capaz de fazer coisas menores, como manter os mosquitos longe de mim e esquentar a água do banho, coisas desse tipo. Para mim, a iniciação significou uma coisa diferente que para você. É mais uma marca do começo da jornada de minha vida. Sua iniciação foi isso, mas também foi de fato o começo de seu *Eu*.

"Todas as pessoas-leopardo têm duas caras: a cara humana e a cara espiritual. Sempre conheci minhas caras humana *e* espiritual. Quando nasci, durante a primeira semana de vida, usei minha cara espiritual. Meus pais não souberam como era minha cara humana até o sétimo dia de minha vida. — Ela fez uma pausa e olhou para a expressão chocada de Sunny.

"Ah, relaxe — disparou ela. — A mesma coisa aconteceu com Orlu, Sasha e com todas as pessoas-leopardo de herança pura. Enfim, a cara espiritual é mais você que sua cara física; ela fica com você, não envelhece, pode controlá-la à medida que ela a controla.

Mas é falta de educação mostrá-la em público. É como ficar pelado. Acho que é porque, nessa forma, você não pode mentir ou esconder nada. Mentiras são uma coisa do mundo físico. Elas não podem existir no mundo espiritual."

Sunny achou que aquilo tudo soava como algo que um velho louco pensaria. Imagine um velho bêbado cambaleando pela rua com uma garrafa de vinho de dendê na mão e gritando: "Ah, minha cara já não é deste mundo!" Talvez Chichi, Orlu e Sasha estivessem sob o efeito de drogas.

— A ponte é uma "ligação" — prosseguiu Chichi. — É uma parte do mundo espiritual que existe no mundo físico. É por isso que Leopardo Bate foi construído aqui. Leopardo Bate fica em uma ilha conjurada pelos ancestrais... — Ela balançou a cabeça. — Alguma parte disso faz sentido para você?

— Mais ou menos. — Na verdade, Sunny achou que Chichi estava completamente louca.

Chichi sorriu.

— Então, para atravessar, você deve invocar sua cara espiritual. — Ela olhou à volta. Sunny também fez o mesmo. Estavam sozinhas.

— Vou lhe mostrar a minha — sussurrou Chichi.

— Ok — disse Sunny, apesar de não ter certeza se ela realmente queria ver a cara de Chichi, principalmente se aquilo era semelhante a estar pelada.

— Não fique achando que vou fazer isso de novo por você — comentou Chichi. — E jamais *ouse* contar a Sasha ou a Orlu como ela se parece.

Sunny pensou em dar uma resposta ainda mais malcriada, mas, então, se deu conta de que Chichi falava sério.

— Ok — repetiu ela.

Chichi deu um passo para trás. Bem diante dos olhos de Sunny, o rosto da menina derreteu, mudou e se transformou em algo inumano. Sunny abafou um grito.

A cara espiritual de Chichi parecia uma máscara cerimonial perfeitamente entalhada.

Era comprida, mais ou menos do tamanho de seu antebraço e feita de uma substância dura como mirta marmorizada. Os dois olhos eram saliências quadradas, coloridas com o que parecia ser tinta azul. Duas linhas brancas iam dos olhos até as bordas de um queixo pontudo. O nariz era comprido e contornado de branco. A boca era um sorriso arreganhado e preto. E não foi apenas o rosto que mudou. Sua linguagem corporal mudou também. Ela subitamente se tornara rápida e precisa.

— Sou Igri — disse Chichi, com uma voz grave de homem. Ela riu e deu um mortal para trás. Sunny cambaleou, assustada pela súbita flexibilidade e agilidade da amiga. Chichi sempre havia sido rápida e precisa, mas agora essas características estavam exacerbadas. A coisa mais estranha era que seu rosto espiritual de algum modo ainda era *parecido* com o de Chichi. Ela *realmente* tinha o queixo pontudo e o rosto comprido. Depois, tudo voltou à forma normal, e, por um instante, as garotas ficaram se encarando.

— O que é Igri?

— Meu nome espiritual.

— Então também tenho uma cara espiritual?

— Sim.

Sunny segurava o palito de mascar que Sasha lhe dera. Apesar de já estar todo roído, ela o colocou na boca. Ficou contente por ter um gosto mentolado.

— Então, como eu...

— Você se lembra de como se sentiu quando Anatov a trouxe de volta?

— Sim — respondeu ela. — Como a melhor bailarina da Terra. — Chichi sorriu. — Espere um minuto. Você e Orlu... e Anatov...

— Sim, todos nós vimos — admitiu Chichi, com expressão culpada. — Só olhei por um segundo, e depois virei o rosto.

— Mas você disse que é como ficar pelada.

— Sim. — Chichi deu um sorriso envergonhado.

— Ai, meu Deus! Que vergonha!

— Não fique assim, somos amigas.

— Veja bem todas as coisas que disse antes de sequer me deixar *espiar* sua cara espiritual! Ainda assim, lá estava eu, em exibição para todos! É como se minha bunda estivesse de fora!

— São contextos diferentes — argumentou Chichi, rindo. — E sua cara espiritual não se parece *nada* com sua bunda.

— Pelo menos Sasha não estava lá — murmurou ela. — Então... qual era minha aparência?

— Foi engraçado. — Chichi gesticulou para a sombrinha de Sunny. — Se lembra de quando me disse que precisa disso ao meio--dia? Bem, sua cara espiritual... você parecia o sol!

— O *quê?* — Sunny se encolheu.

Chichi deu de ombros.

— Então você se sentiu como uma bailarina?

— Sim. — Sunny piscou e assentiu. — Muito graciosa e... — Ela diminuiu a voz. — Sempre amei balé, mas não posso dançar.

— Ok, bem... tome. — Chichi colocou a mão no bolso e tirou de lá uma faca com cabo de jade e uma lâmina bronzeada. Ela cortou o ar diante de Sunny e disse algumas palavras. Sunny não compreendeu, mas reconheceu que era efik, a língua e o grupo étnico da mãe de Chichi. Música clássica começou a tocar subitamente. Bem acima da cabeça de Sunny, à esquerda, à direita, ela não sabia dizer de onde vinha.

Sunny sempre havia sentido uma atração estranha, às vezes dolorosa, sempre que ouvia música clássica. Era parte do motivo de ela gostar tanto de balé. Agora aquela sensação era mais forte que nunca.

— Concentre-se na música de balé e atravesse a ponte — instruiu Chichi rapidamente. — Sua graça vai impedir que caia... Acho.

— Você *acha?* — perguntou ela. Mas alguma coisa a dominava. Ela podia sentir aquela sensação retesando seu rosto. Uma languidez no corpo. E, então, atravessou a ponte a passos largos, sem se importar com sua estreiteza.

Ela se sentiu tão bem e confiante que riu e pensou: *Cara, isso vai ser fácil.* Em sua visão periférica, ela podia ver pontos dourados irradiando de seu rosto. Sua cara espiritual também tinha raios de sol! Ela riu de novo, sentindo uma onda de prazer à medida que a música clássica alcançou um crescendo. Ela dançou na ponte estreita com seu par de sandálias e, de vez em quando, dava saltos que a deixavam perigosamente perto da borda. Ela não sentiu um pingo de medo.

Abaixo dela, a água batia, fazia redemoinhos, espirrava, se revoltava. Ela observou a correnteza à medida que dançava, e viu de soslaio um rosto escuro, enorme e redondo sob a água. O que quer que fosse a criatura, a força do rio não a afetava. A criatura a observava. Ela deu um salto, um *chaîné* e uma pirueta para o monstro. Olhou-o nos olhos e abafou outra risada na garganta. A alguns metros de distância, a névoa branca dava voltas e mostrava o fim da ponte e o que quer que houvesse além dela.

De repente, sua confiança vacilou.

O vento soprou mais forte, e Leopardo Bate se abriu diante de si, como a silhueta dos prédios de Nova York. Não era tão grande quanto a metrópole, mas *era* grandioso. Havia cabanas em cima de cabanas, como chapéus numa chapelaria. Não havia um prédio em estilo europeu à vista. Tudo aquilo era africano.

Ela rapidamente andou até o fim da ponte. Quando chegou lá, alguma coisa a obrigou a fazer um *arabesque.* A música parou abruptamente. Ela sentiu sua cara espiritual introverter-se e arquejou, balançando na madeira escorregadia da ponte. Diretamente abaixo de si, viu algo ondular. A criatura do rio! Ela esticou os braços para manter o equilíbrio.

— Ah! — gritou ela, enquanto caía. Alguma coisa puxou seu pescoço com força. Sasha a segurava pelo colar de ouro. Ele a puxou para a frente, e ela foi cambaleante para seus braços. Enquanto ele a segurava, ela olhou para trás com os olhos rasos d'água.

— Pronto — disse Sasha, enquanto a ajudava a se sentar em uma mesa de piquenique sob uma enorme árvore iroco. — Sente-se.

— Você está bem? — perguntou Orlu, enquanto corria até ela. Ela assentiu.

— Obrigada, Sasha.

— Agradeça a seu colar — retrucou ele.

— O que aconteceu? — perguntou Chichi um minuto mais tarde, depois de emergir da névoa.

— O que você acha? — indagou Orlu.

— Ah — respondeu ela. — O juju deveria ter durado mais que...

— Ora, o monstro do rio consegue desfazer esse juju com facilidade — comentou Orlu. — Ele provavelmente esperou até que ela estivesse quase em segurança para tornar a queda mais dramática.

— Qualquer dia desses, alguém vai se livrar daquela coisa — comentou Chichi, enquanto se ajoelhava diante de Sunny.

— Fala sério, garota — respondeu Sasha, rindo. — Anatov me disse que esse monstro é ainda mais velho que o meu. Ele vai continuar aqui, criando confusão muito depois de nossa morte.

Sunny estremeceu, pois sabia que eles teriam de atravessar de novo a ponte para voltar. Já era meio-dia. *Vou atravessar essa ponte quando chegar o momento*, pensou ela secamente.

À medida que as batidas de seu coração diminuíam, ela olhou ao redor.

Então isso era Leopardo Bate. A entrada era ladeada por dois irocos altos. Lenta e constantemente, eles deixavam cair uma chuva de folhas, mas suas copas permaneciam saudáveis e frondosas.

Ao pé de cada árvore havia pequenas pilhas de folhas. Além delas ficava o lugar mais estranho que Sunny já vira.

Ela havia viajado para Jos, no nordeste da Nigéria, para visitar parentes. Ela também já havia estado em Abuja, a capital da Nigéria. Havia viajado para Amsterdã, Roma, Brazavile, Dubai. Ela, seus pais e seus irmãos era viajantes experientes. Mas aquele lugar era uma coisa completamente diferente.

Os prédios eram feitos de argila grossa cinzenta e barro vermelho, com telhados de sapê. Eles faziam com que ela se lembrasse da casa de Chichi, só que eram mais sofisticados. Quase todos eram muito grandes. Muitos tinham mais de um andar; vários tinham três ou quatro. Não fazia ideia de como argila e barro conseguiam suportar esse tipo de uso. Todos os prédios eram cheios de janelas de vários tamanhos e formas. Grandes quadrados, círculos, triângulos: um prédio tinha uma janela em forma de coração. Todos eram decorados com desenhos brancos complexos: cobras, garranchos, bois, estrelas, círculos, pessoas, rostos, peixes. A lista de coisas era infinita. Fumaça rosa emanava do centro de uma enorme cabana térrea.

Os prédios eram muitos próximos uns dos outros. Ainda assim, altas palmeiras e arbustos cresciam entre eles, e uma estrada de terra cheia de pessoas serpenteava pelo espaço. De algum lugar próximo soava um *highlife* agitado. Ela se virou e viu mais pessoas saindo da névoa. Ela foi para perto de Chichi, sentindo-se como uma intrusa.

— Talvez seja melhor eu ir para casa — sussurrou ela. Então pensou de novo no monstro e xingou.

— Hein? Por quê? — perguntou Chichi, com expressão surpresa.

— Eu não deveria *estar* aqui.

— Você tem mais de cem *chittim* na bolsa! — argumentou a outra, rindo. — Confie em mim, você é *muito* bem-vinda aqui.

Ela pegou Sunny pela mão, e as duas seguiram Orlu e Sasha. Havia algumas pessoas na frente do grupo. Chichi parou. Folhas de iroco caíam à volta. À medida que ela observava isso, uma das pilhas de folhas tomou uma forma humanoide. Então rolou cambaleante até um homem e se desfez, enterrando o homem sob suas folhas verdes. Enquanto as folhas cobriam-no, o homem parecia mais irritado que assustado. Quando a coisa de folhas ganhou uma forma humanoide outra vez, um revólver se apertava contra seu peito.

— *Biko*, por favor! — implorou o homem, enquanto levantava as mãos e sorria, constrangido. — Esqueci que estava carregando isso.

A pessoa-folha rolou de volta para seu lugar em frente à árvore e voltou a ficar imóvel. Orlu e Chichi ficaram dando risinhos.

— Idiota — xingou baixinho Sasha. — Para que ele está portando uma arma? Tenho jujus mais poderosos que isso em um dedo da mão. Homens adultos provavelmente nem alcançavam o *Mbawkwa*.

Sunny olhou de perto para a pessoa-folha à esquerda quando elas se cruzaram. Até de perto era simplesmente um monte de folhas.

— Esta é a dianteira — explicou Chichi a ela. Chichi acenou para um garoto que passava e bateu a mão contra a dele. O menino usava jeans folgados e tênis, assim como Sasha, mas Sunny podia perceber que era nigeriano. Havia algo no modo como usava suas roupas em estilo americano, mas *parecia* ser nigeriano. Provavelmente iorubá.

— Amigo meu — comentou Chichi.

— Sim, Chichi tem *vários* amigos — comentou Orlu.

— Cale a boca — retrucou Chichi, com falsa modéstia. — Voltando ao assunto, a maioria destes lugares são lojas. Esta é Plumas Doces, uma loja de pós de juju.

Plumas Doces era um dos primeiros prédios, uma cabana geminada de um andar, decorada com milhares de pequenos círculos que lhe davam uma aparência quase reptiliana. A porta da frente era redonda e coberta com um pano prateado, que se movia para a frente e para trás, como se o próprio prédio respirasse. À medida que eles passaram por ali, ela começou a sentir um cheiro sulfuroso, como o de ovos podres.

— Eles vendem bons produtos, exceto quando você atinge um juju realmente, realmente avançado. Mas isso é de se esperar — acrescentou Chichi. — Quando você chegar a esse ponto, é melhor moer o próprio pó.

Eles passaram por mais lojas. Muitas delas vendiam coisas normais, como roupas, joias, programas de computador e acessórios para celulares. Sunny e Orlu esperaram do lado de fora enquanto Chichi e Sasha entravam em uma tabacaria para comprar cigarros herbais da marca Banga.

— Eles supostamente são mais saudáveis que cigarros de tabaco. E tem um cheiro melhor também — explicou Orlu, dando de ombros. — Mas, em minha opinião, cigarro é cigarro. É um hábito horrível.

— Concordo — comentou Sunny.

Depois, pararam do lado de fora de um lugar chamado Loja de Livros do Bola.

— Vamos ser rápidos — garantiu Chichi, quando Orlu lhe lançou um olhar. Todos estavam famintos. Chichi pegou a bolsa pesada de Sunny. — Vamos lá, Sunny.

Do lado de dentro, a loja era grande e arejada. No centro, cadeiras de palha estavam dispostas em volta de uma mesa baixa, também de palha. Uma mulher usando um enorme turbante azul-metálico e um vestido tradicional de aspecto caro e combinando com o turbante lia um livro empoeirado. Quando ela virou a página, salpicou um pouco mais da poeira do livro em suas lindas roupas. As mãos também estavam cobertas pela poeira do livro. *Que livro é tão interessante assim?*, pensou Sunny. Ela queria vê-lo, mas Chichi a levou para outro lado.

Havia livros escritos em hauçá, urdu, iorubá, árabe, efik, alemão, igbo, hieróglifos egípcios, sânscrito e até um escrito em uma língua que Chichi chamava nsibidi.

— Você sabe ler em n... nsibidi? — perguntou Sunny, enquanto ria e pegava o livro. Que nome é esse? A palavra soava como um espirro prendido.

— Mas tarde eu explico, Sunny — respondeu Chichi, pegando o exemplar da mão dela e o devolvendo ao lugar. — Estou morta de fome. Vamos ser rápidas aqui.

Todas as pessoas dentro da loja estavam em silêncio, lendo e folheando os livros com tanta intensidade que ela sentiu muita vontade de examinar alguns dos títulos também. Elas passaram por uma seção vazia, que tinha um aviso na parte de cima: ENTRE E COMPRE POR SUA PRÓPRIA CONTA E RISCO.

— Aqui está! — exclamou Chichi. Elas pararam diante de uma estante em que havia a seguinte marcação: INTRODUÇÕES/ REVELADOS/OLHOS ABERTOS. Ela pegou um livro fino e de capa flexível intitulado *Fatos rápidos para agentes livres.* — Vamos logo — chamou. — Orlu vai entrar em combustão espontânea se não nos apressarmos.

Sunny segurava sua bolsa pesada enquanto Chichi procurava dentro dela um *chittim* de cobre e o entregava ao homem atrás da mesa. Ele olhou para o *chittim*, botou a mão no bolso e tirou de lá uma pitada de algo parecido com areia, que ele esfregou no *chittim*. Imediatamente houve uma explosão de uma névoa úmida. Ela cheirava a rosas. O homem sorriu e esfregou as mãos na névoa. Chichi fez o mesmo. Sunny a imitou e descobriu que, depois, as mãos também cheiravam a rosas.

— Só para me certificar — desculpou-se o homem.

— Depois de todos esses anos você ainda não confia em mim? — indagou Chichi.

— As mulheres e garotas efik são as trapaceiras mais habilidosas que existem — asseverou o homem.

— Meu pai era igbo, não se lembra, Mohammed? — Chichi riu.

— E daí? — retrucou o homem, que entregou a ela o livro e cinco brilhantes *chittim* de prata. Para Sunny, esses *chittim* pareciam bem mais valiosos que os de cobre, que eram foscos. — As filhas inevitavelmente são crias de suas mães — argumentou com Sunny. — Este livro é para ela?

— Sim. Esta é Sunny — respondeu Chichi, e entregou o livro para a amiga, que botou os *chittim* e o livro na bolsa, e acenou timidamente para o homem.

Ele olhou para Sunny por um bom tempo, depois disse:

— Deveria levá-la até minha segunda esposa para uma sessão de adivinhação.

— Eu sei — retrucou Chichi. — Mas hoje não. Diga a sua esposa que nos aguarde num futuro próximo.

— Ela provavelmente já sabe quando irão aparecer por lá.

Eles estavam famintos, e já eram quase duas da tarde; então Sasha sugeriu que visitassem a barraca da Mama Put. O pequeno restaurante ao ar livre era rápido. Era comandado por uma mulher gorda, chamada Mama Put, assim como muitas nigerianas que eram donas de barracas de comida. Ela estava de pé atrás de um balcão, recebendo dinheiro e gritando ordens para os empregados. Sunny pediu uma porção grande de arroz de *jallof* e frango assado e apimentado, e uma garrafa de Fanta laranja. Ela pagou com um *chittim* de prata, e Mama Put devolveu-lhe o troco com seis pequenos *chittim* de ouro.

Eles se sentaram à mesa mais sombreada. O arroz parecia agradavelmente apimentado, e o frango, saboroso. Assim que seu estômago se acalmou, ela disse:

— Ok, desembuche. Não me importo se você cuspir a comida ou engasgar enquanto fala. Apenas comece a explicar tudo.

— Ahh! — exclamou Sasha com a boca bem aberta. Ele havia acabado de provar sua sopa de pimenta. — Uhu! Isso é que é pimenta! Isso é que é *pimenta*! — Ele engoliu e depois usou o guardanapo para assoar o nariz. — Caramba!

— Mas é gostosa? — perguntou Orlu.

— Ah, sim. Realmente muito boa! — respondeu, tossindo. — Uau! Vou ficar mal-acostumado com a comida daqui. Nem a melhor comida dos Estados Unidos chega perto disso!

— Mama Put usa pimentas contaminadas — garantiu Orlu.

— Essas são pimentas que crescem perto de lugares onde houve vazamentos... Lugares onde as pessoas descartam poções mágicas usadas — explicou Chichi para Sunny. — São muito populares na África e na Índia.

— E definitivamente *não* nos Estados Unidos — acrescentou Sasha.

Sunny armazenou essa informação.

— Ok. Bem, vamos lá. Me diga o que você sabe.

Orlu encheu a boca com um pedaço grande de inhame cheio de azeite de dendê e, depois, deu uma mordida em seu enorme biscoito amanteigado. Sasha, que agora suava em bicas, voltou a tomar a sopa de pimenta.

— Tudo bem, vou contar — concedeu Chichi, irritada. — De qualquer forma, sou a mais culta entre nós. — Nenhum dos garotos discordou. — Vamos começar pelo começo. Então, existem as pessoas-leopardo. Sempre estivemos por aí, espalhados pelo mundo todo. Em alguns países, nos chamam de bruxos, feiticeiros, xamãs, magos... coisas desse tipo, acho. Então não se trata apenas de pessoas negras.

Sunny respirou fundo.

— Ok, tenho de perguntar: vocês todos têm alguma coisa a ver com... crianças bruxas?

Em algumas partes da Nigéria, as pessoas marcavam certas crianças como "bruxas" más. Essas pobres crianças eram culpadas por tudo o que acontecia de errado, de doenças a acidentes, e até mortes. No fim das contas, a comunidade se revoltava e lhes infligia todos os tipos de punição para se livrar de seus "poderes mágicos". Na verdade, era apenas uma forma de maltrato infantil. Sunny já tinha até visto filmes e documentários sobre crianças bruxas.

— Não — asseverou Orlu. — Não temos absolutamente *nada* a ver com isso. Isso é apenas uma superstição doentia das ovelhas e que acabou tomando um rumo torto. Aquelas crianças são apenas crianças normais, inocentes, sem mágica, que serviram de bode expiatório.

Sunny suspirou, aliviada.

— De qualquer forma, ser uma pessoa-leopardo não é uma questão de genética, na verdade — prosseguiu Chichi. — É algo *espiritual*. E o espiritual afeta o físico... é complicado. Tudo o que precisa saber é que as pessoas-leopardo têm uma tendência a transmitir seus dons para os descendentes. Mas, às vezes, esses dons pulam uma geração, como aconteceu com você. Parece que era sua avó quem tinha o espírito do leopardo. Por falar nisso, todas essas informações estão neste livro que acabei de ajudá-la a comprar. Então, não deixe de ler.

— Ah, quero ler, sim. Continue.

— Então, Leopardo Bate é o principal quartel-general da África Ocidental — afirmou ela. — Sasha, onde fica o quartel-general nos Estados Unidos?

— Em Nova York, claro. — Sasha deu um sorriso de escárnio. — Mas eu não considero aquele lugar o quartel-general de nada. Os negros não têm representação lá. *Somos* a minoria, acho. Por falar nisso... tudo lá se inclina mais para o juju europeu. O quartel-general dos afro-americanos fica nas ilhas Gullah, na Carolina do Sul. Nós o chamamos de Nação do Piche.

— É um bom nome — elogiou Sunny, rindo.

— A gente se esforça — retrucou Sasha, com orgulho.

— Sabe como você teve de ser iniciada para poder vir aqui? — indagou Chichi.

— Sim.

— Bem, porque nós temos pais Leopardos, Orlu e eu pudemos entrar aqui a vida toda. Conhecíamos nossas caras espirituais, então conseguíamos atravessar até aqui. Nós dois passamos pelo primeiro nível, a iniciação, faz dois anos. Ele se chama *Ekpiri* — explicou ela. — A maioria das pessoas passa por esse nível por volta dos 14, 15 anos.

— Mas eu tenho 12 — comentou Sunny.

— Sim, você é precoce — replicou Chichi. — Assim como Orlu.

— Eu também — disse Sasha. — Passei por ele ano passado. E tenho 13.

— E você, quantos anos tinha, Chichi? — perguntou Sunny.

Ela apenas sorriu. Mais uma vez, esconderia sua idade.

— O segundo nível é o *Mbawkwa*; costuma-se passar por ele por volta dos 16 ou 17 anos. É aí que você realmente começa a aprender coisas sérias. É necessário passar por algumas provas bem difíceis para poder entrar.

— Consigo passar por todas elas agora mesmo — orgulhou-se Sasha.

— Eu também — gabou-se Chichi em resposta. — E de olhos fechados.

— Bem, mas as regras dizem que vocês ainda não podem — zombou Orlu.

— Que se danem as regras! — exclamou Sasha. — Regras foram feitas para serem quebradas.

— Somente depois de você dominá-las — argumentou Orlu, baixinho.

— Então, o terceiro nível é um pelo qual pouquíssimas pessoas passam, e se chama *Ndibu*. É como fazer um doutorado. Para passar desse nível, você precisa comparecer a uma reunião de mascarados *e* conseguir o *consentimento* de um mascarado. Mas um mascarado *de verdade*, e não apenas um bando de homens e meninos fantasiados.

— Um de verdade? — perguntou Sunny, timidamente, como se falar deles muito alto fosse invocar os espíritos em suas moradas no outro mundo.

— Sim — respondeu Chichi. — E isso significa que você tem de morrer de alguma forma, ou algo assim. Na verdade, não entendo muito bem esse nível.

— E qual é o último nível? — indagou Sunny.

— *Oku Akama*. Ninguém sabe como chegar lá. Na Nigéria, apenas oito pessoas conseguiram. Quatro delas vivem perto de Leopardo Bate. Anatov é um deles: ele é o "acadêmico do lado de fora".

— Mas ele nem é tão velho assim — comentou Sunny.

— Não é mesmo. Ele deve ter 50 e poucos, acho.

— Credo, como um cara tão mau pode ser tão importante?

— Às vezes, conhecimento em excesso pode torná-lo mau, pois você sabe coisas demais.

Orlu soltou um muxoxo alto.

— Você sempre arranja desculpas para ele. Sua puxa-saco.

— *Você* bem que queria ser também — replicou Chichi, petulante. — Voltando ao assunto, Kehinde e Taiwo são gêmeos que passaram do último nível, e eles se tornaram os "acadêmicos dos elos". Uma velha chamada Sugar Cream é a quarta pessoa, a "acadêmica do lado de dentro". Na maior parte do tempo, ela mora na Biblioteca de Obi. Ela é a mais velha e mais respeitada; a Bibliotecária-chefe.

— Bibliotecária? — Sunny franziu o cenho. — Por que isso é tão importante...

— Deixe eu esclarecer uma coisa: Chichi e Sasha têm dificuldade em demonstrar respeito — alertou Orlu, enquanto pousava o garfo na mesa. — As pessoas-leopardo, todas elas, pelo mundo todo, não são como as ovelhas. As ovelhas acham que o dinheiro e as coisas materiais são o que há de mais importante no mundo. Você pode trapacear, mentir, roubar, matar, ser burro como uma porta, mas, se pode se gabar de ter dinheiro e muitos bens, e se isso for verdade, esse fato ultrapassa tudo. Dinheiro e coisas materiais o fazem rei ou rainha no mundo das ovelhas. Pode fazer o que quiser; nada do que fizer é errado.

"As pessoas-leopardo são diferentes. A única maneira que temos de ganhar *chittim* é *aprendendo algo*. Quanto mais se aprende, mais *chittim* se ganha. O conhecimento é o centro de todas as coisas. A Bibliotecária-chefe da Biblioteca Obi de Leopardo Bate é a guardiã do maior estoque de conhecimento da África Ocidental. — Orlu se recostou. —Algum dia vamos levá-la até a Biblioteca de Obi. Você vai ver.

— Uau! — exclamou Sunny. — Gostei disso.

— É muito legal, não? — Orlu sorriu e assentiu. — As pessoas se concentram demais em dinheiro. O dinheiro deve ser uma ferramenta, e não um prêmio.

— Você fala como um mestre em pessoas-leopardo — zombou Chichi. — Não é à toa que minha mãe gosta tanto de você.

Agora Sunny entendia por que Chichi e sua mãe viviam daquele jeito.

— Sua mãe não liga para coisas materiais, né?

— Nem eu — retrucou Chichi. — Minha mãe passou por todos os níveis, exceto... — Ela fez uma pausa, pois não queria falar o nome do nível. — Pelo último. E as pessoas acham que algum dia ela vai conseguir.

— A mãe de Chichi é uma sacerdotisa Nimm — explicou Orlu. — Ela é uma das últimas princesas da linhagem espiritual da Rainha Nsedu.

Antes que Sunny pudesse perguntar o que era isso, Sasha disse:

— Nem todas as pessoas-leopardo seguem a filosofia dos Leopardos.

Orlu assentiu.

— Como em qualquer outro lugar, há assassinos até aqui em Leopardo Bate. Há pessoas que buscam apenas dinheiro e poder, que não ganham nenhum *chittim*, que preferem roubar o que é dos outros. Alguns são ricos de *chittim*, mas, ainda assim, insistem em conseguir poder e riqueza, como as ovelhas. Acho que essas pessoas são as mais perigosas.

Aquilo fazia sentido. Havia também tipos diferentes no "reino dos Leopardos", eles explicaram. Os pais de Orlu, por exemplo, eram donos de uma casa razoavelmente grande e tinham outra em Owerri. Diferente da mãe de Chichi, gostavam de coisas boas.

Sasha franziu a testa e olhou para Chichi.

— Sabe do que mais? Nós somos um clã *Oha*, não somos?

Orlu soltou um muxoxo.

— Deixe disso, somos jovens demais — rebateu ele, no momento que Chichi sorriu para Sasha e disse:

— Você também acha?

— Pense bem — disse Sasha. — Primeiramente, somos quatro. Não há mais pessoas no grupo, certo?

— Não — respondeu Chichi.

— Certo. Em segundo lugar, um de nós é um forasteiro: eu, que venho de um país diferente e sou descendente de escravos e tudo mais. Correto, Orlu?

Orlu deu de ombros, recusando-se a responder. Sasha abafou uma risada.

— E um de nós é virado do avesso. — Ele apontou para Sunny. — Preta por dentro, mas branca por fora.

Sunny soltou um muxoxo, mas não disse nada.

— Estou apenas falando a verdade — disse Sasha, tranquilamente.

— E somos duas meninas e dois meninos — acrescentou Chichi.

Então, ao mesmo tempo, Chichi e Sasha disseram:

— Equilíbrio.

— Seja lá o que for — resmungou Sunny. — O que é um clã Oho?

— *Oha* — corrigiu Sasha. — Um clã *Oha*. É um grupo de combinação mística, criado para a defesa contra algo ruim.

— Então o que isso tem a ver conosco? — indagou ela. — Que coisa ruim vamos...

De repente, todos olharam acima da cabeça de Sunny. Sasha xingou alto. A menina olhou para cima no momento que o que quer que fosse aquilo explodiu. Ar morno e úmido que cheirava a carne podre a envolveu. Ela botou os braços acima da cabeça e desviou para o lado, caindo da cadeira.

Coisas acertaram sua cabeça, e seus braços caíram sobre a mesa. Ela ouviu Sasha cuspir vários outros xingamentos conforme lascas brancas choviam sobre eles, tilintando. Uma coisa preta tombou de leve na mesa.

Sunny se levantou rapidamente e olhou ao redor.

— O que é... esse *cabelo*?

Havia tufos por toda a mesa, que mais parecia o chão de uma barbearia.

— E... e que diabos é aquilo? — Ela apontou para nacos de carne crua entre os tufos de cabelo. Ela sentiu ânsia de vômito.

— Relaxe — disse Chichi.

— Eca, em um restaurante? — reclamou Orlu. — Que nojo!

— Pare com isso, este lugar é aberto — retrucou Sasha. — Não estamos em um lugar fechado.

Sunny olhou mais de perto para a mesa e soltou um berro agudo. As lascas brancas eram dentes!

Mama Put veio correndo de trás do balcão, pedindo desculpas. Ela gritou ordens para que um de seus empregados limpasse aquela bagunça imediatamente.

— Não foi culpa sua — garantiu Chichi para a mulher.

— É culpa do maldito *tungwa* — disse Sasha, enquanto tirava um tufo de cabelo do ombro. — Maldição. Anatov me falou deles. Nojentos!

Sunny queria gargalhar diante da nojeira e do absurdo daquilo tudo, e da atitude indiferente dos amigos. Toda a vez que ela achava já ter atingido o limite da esquisitice...

— *Tungwas* são apenas coisas que moram em Leopardo Bate — explicou Orlu. — Bolsas flutuantes de dentes, ossos, carne e cabelo. Elas explodem quando estão prontas. — Ele deu de ombros. — Não sei o que são exatamente. Talvez sejam criaturas que simplesmente não se desenvolveram bem. Lidamos com elas da mesma maneira que fazemos com mosquitos, moscas e baratas.

Sunny sentiu um calafrio. Mama Put deu de graça a cada um deles um saco de biscoitos *chin chin*. Sunny passou o dela para Sasha. No caminho de volta, ela checou a hora no celular e arquejou.

— São três e meia da tarde! Vou me atrasar!

Ela apertou o botão da discagem rápida para ligar para casa e colocou o telefone contra o ouvido, com o coração disparado. Era melhor avisar à mãe. Assim, as coisas não seriam tão ruins quando ela chegasse em casa. Mas a chamada não completava. Não havia sinal.

— Os celulares não funcionam aqui? — perguntou ela para Chichi.

— Não sei. Não tenho celular.

— Minha mãe vai me matar — disse ela, enquanto guardava o telefone na bolsa. O aparelho tilintou ao se chocar contra todos os *chittim*.

Atravessar a ponte foi muito mais fácil da segunda vez, depois que Sunny conseguiu invocar sua cara espiritual. Levou dez minutos, e Chichi teve de conjurar música clássica três vezes até que Sunny sentisse o corpo lânguido e o rosto retesado. Aparentemente, era mais difícil invocar a cara espiritual quando se estava cansado.

Mas, depois que ela se transformou, descobriu que, na verdade, não precisava da música. E, quando olhou para baixo, para a criatura agitada na água, ela riu alto e soprou um beijo para o monstro. Um pouco mais atrás, ouviu o riso de Chichi.

— Ande mais rápido! — gritou ela em meio à névoa.

Sunny não queria correr como Chichi; ela queria dançar e andar distraída. Ainda assim, apertou o passo, com a imagem do rosto furioso de sua mãe como incentivo para mantê-la concentrada, mesmo com a cara espiritual.

— Você não vai dormir bem hoje à noite — comentou Chichi. Elas estavam agora do lado de fora da casa de Sunny. Sasha e Orlu já haviam se despedido. Tiveram de ir direto à casa de Orlu para que o americano pudesse cumprimentar formalmente o Sr. e a Sra. Ezulike.

— Por quê?

— Você foi iniciada hoje. Está mais desperta que jamais esteve.

— E vai ser...

— É diferente para cada pessoa. Só queria avisá-la.

À medida que Sunny ia para casa, lembrou-se de que teriam de encontrar Anatov dentro de quatro noites. À meia-noite. Como ela conseguiria fazer aquilo?

Ela destrancou a porta.

— *Sunny, é você?* — gritou sua mãe da cozinha.

— Sim, mãe — respondeu ela. — Me desculpe pelo atraso.

Sunny olhou para o relógio. Eram seis da tarde. Estava duas horas atrasada. À medida que entrava em casa, lembrou-se do vestido de ráfia que usava. Antes que pudesse inventar qualquer desculpa, sua mãe veio correndo da cozinha, o pai logo atrás.

— Mãe, eu...

Plaft!

— Por que você não *ligou*?! — berrou a mãe, que estava com os olhos rasos d'água.

— Eu... eu tentei! — gaguejou Sunny. — O telefone não funcionava! Eu tentei, juro!

— Onde você estava? — exigiu saber o pai.

— Com Orlu, Chichi e Sasha... Ele é um amigo da família de Orlu que acabou de chegar dos Estados Unidos — respondeu ela rapidamente, encolhendo o corpo à medida que a mão de seu pai se movia em sua direção. Sua mão era sempre mais pesada que a da mãe, e muito menos previsível.

— Sua mãe ficou muito preocupada — rugiu ele. — Estava certa de que você tinha sido levada por aquele criminoso Chapéu Preto! Como você *ousa* provocar esse tipo de estresse, garota imbecil? Se chegar em casa tarde *outra vez*, ela não vai conseguir me segurar... Ah, não! Vou lhe dar uma surra implacável!

— Me desculpe — pediu Sunny, baixinho, com a cabeça abaixada. Ela sabia que ainda não estava fora de perigo. — É que ficou tarde e... — Ela esfregou a bochecha, que ardia.

A mãe fungou e limpou o rosto. Ela olhou para o vestido de ráfia de Sunny, mas não disse nada. Em vez disso, pegou Sunny e lhe deu um abraço. Foi então que Sunny soube que estava a salvo. Naquele momento, a garota odiou o pai como jamais o odiara antes. *Até parece que ele se importa comigo*, pensou ela. "Sua mãe ficou muito preocupada", ele dissera. Ele, *obviamente, não ficou. Se depender do pai, Chapéu Preto pode me levar.*

Os irmãos jamais haviam levado um tapa por chegar tarde em casa. Sequer tiveram horário para voltar, nem quando tinham sua idade. A mãe era a única que gritava e os criticava. Seu pai ficava apenas rindo, e dizia que "garotos devem se comportar como garotos". Sunny *jamais* quis ser um garoto; mas também não queria um pai que a odiasse.

Sua mãe a soltou e conduziu-a para dentro de casa.

— Vá se lavar — disse ela, baixinho. — E troque de roupa.

* Símbolo nsibidi que significa "noite".

O que é isso?

AQUELA SUBSTÂNCIA VERDE TRANSLÚCIDA

Um dos materiais mais admiráveis que você pode (mas provavelmente nunca irá) encontrar como pessoa-leopardo é uma substância rara que é mais "indestrutível" que diamante. Quando é encontrado, na maioria das vezes está incrustado em anéis cerimoniais. No entanto, às vezes, esse material é visto em lâmina de uma faca juju. Quem quer que seja escolhido por tal faca levanta a questão: "O que você fez em sua vida passada para precisar de tamanha durabilidade?" Essa substância dura, translúcida e verde é tão rara que não tem nome, e todos desconhecem sua origem. Alguns especulam que ela foi trazida de uma misteriosa floresta, acessível somente no meio do deserto do Saara, e que ela vem da cutícula exuvial do olho de um besouro, do tamanho de um carro, que vive nessa floresta.

Extraído de Fatos rápidos para agentes livres

5

Dia ensolarado

No chuveiro, cada gota de água que a atingia lhe provocava cócegas na pele. E não de um jeito divertido. Sunny sentia o corpo alerta, como se estivesse repleto de abelhas nervosas.

Quando voltou ao quarto, a primeira página do jornal estava sobre a cama. A manchete havia sido circulada: CHAPÉU PRETO OTOKOTO VOLTA A MATAR. Ela trancou a porta e sentou-se na cama para ler o jornal. No dia anterior, uma criança de 5 anos havia sido encontrada morta, sem olhos e nariz, na mata. Um chapéu preto tinha sido desenhado em seu braço com marcador permanente. Sunny sentiu um calafrio. *Não é de se espantar que minha mãe tenha surtado*, pensou ela.

Sunny pensou em ir até a mãe para tentar explicar que não era uma idiota, e que sabia como se manter longe dos perigos, mas isso não adiantaria nada. Aquela não era a única coisa que não valia a pena discutir com os pais.

Jamais poderia lhes contar que era uma pessoa-leopardo. A mãe era católica devota; teria gritado e acusado Sunny de se meter com "infiéis". Jamais deixaria Sunny se encontrar de novo com Chichi ou Orlu. E quem sabe o que o touro raivoso que era o pai faria? Alguma coisa ruim, com certeza. Sequer considerou contar aos irmãos tampouco. Ela havia feito um laço de confiança e, além do mais, não podia falar do assunto nem se tentasse.

Seja lá o que fosse acontecer, teria de enfrentar isso sozinha.

Quando Sunny tentou dormir, a cabeça zumbia. As mãos tremiam e coçavam. Seu suor atravessou o lençol. Quando fechou os olhos, viu terra marrom farelenta; também conseguia sentir o gosto e o cheiro dessa terra. Sentiu-se como se estivesse afundando na e através da cama, com o corpo tentando voltar para a terra. Então manteve os olhos abertos.

Por volta das três da manhã, Sunny estava aos prantos. Não sabia o que fazer ou como deter aquilo, e não havia ninguém para quem pudesse pedir ajuda. Por volta das quatro, seu corpo começou a se metamorfosear. Seu rosto virava sua cara espiritual; depois, voltava ao normal e, em seguida, tornava a virar sua cara espiritual.

Certa vez, quando sua cara espiritual se manifestou, ela se levantou e se olhou no espelho. Quase não conseguiu conter um berro. Depois, ficou apenas olhando fixamente para o próprio reflexo. Era ela mesma, mas aquela cara parecia ter uma identidade própria também. Sua cara espiritual era o sol, toda de um dourado cintilante e brilhante, com raios pontudos. Era dura ao toque, mas ela podia sentir que tocava o rosto. Sunny se deu uma batida, e ouviu um som oco.

Sua cara espiritual estava sorrindo. Ainda assim, de algum modo ela sabia que, se fosse necessário, aquela cara era capaz de demonstrar raiva também. Seus olhos eram fendas entalhadas; ainda assim, ela podia ver perfeitamente. O nariz tinha o mesmo formato do original. Enquanto estava parada ali, observou a si mesma mudar de novo, com seu rosto humano sugando a feição espiritual.

Ela sentiu medo, mas se sentiu animada também. Sua cara espiritual era linda. E tinha um aspecto muito doido. E era *dela*.

Durante toda a noite, lutou consigo mesma. Ou lutou para se conhecer. Ela se desesperou e voltou a se acalmar; depois se desesperou de novo, e voltou a se juntar, sem parar.

Finalmente, ela abriu a janela. Precisava de ar fresco. O quarto ficava no segundo andar da casa, então ali não havia tantos mosquitos. Pelo menos foi isso o que disse a si mesma. Ela teria sido capaz de dizer qualquer coisa a si mesma... O ar fresco era bom a esse ponto. No fim das contas, acabou dormindo ali mesmo, ao lado da janela.

Vermelho. Um rio na aurora. Ela estava nadando, e através da água podia ver o céu com ondas vermelhas acima. Um novo dia. Ela riu e deu uma cambalhota na água. Depois, olhou para baixo e deu de cara com os dois olhos grandes do monstro do rio no fundo, bem abaixo dela. Estavam próximos o bastante da superfície para vislumbrar o brilho vermelho do sol acima.

Quando Sunny acordou, o sol batia direto em seu rosto. Estivera dormindo assim por horas. Ela arquejou e rapidamente saiu da luz brutal e brilhante do sol. Seu rosto provavelmente estava gravemente queimado.

De forma hesitante, ela tocou o pescoço. Sunny congelou. Voltou a tocar a bochecha. Depois, levantou-se e correu para o espelho. Seu rosto parecia bem! Ela escancarou um sorriso. Depois, gargalhou alto e correu para ficar no sol de novo. Fechou os olhos e lagarteou. Ela não precisava ficar sob os raios luminosos por uma hora para saber — ela sabia no fundo de sua pele. Sunny sentia a luz do sol como uma amiga carinhosa, e não como uma inimiga raivosa. Ela já não precisava de sua sombrinha.

— Minha nossa — sussurrou ela. — Agora posso jogar futebol!

Perceber o que ela representava era o começo de alguma coisa, com certeza... mas também era o fim de alguma outra.

* Símbolo nsibidi que significa "espelho".

O que é um agente livre?

Um agente livre é alguém que não tem o privilégio de descender de nenhuma linhagem espiritual pura dos leopardos que sobreviveram à Grande Tentativa. Ele ou ela é uma casualidade da natureza, o resultado de uma mistura confusa de genética espiritual. Os agentes livres são os mais difíceis de entender, prever ou explicar. O aprendizado não vai ser fácil. Você somente é uma pessoa-leopardo por conta da vontade da Criadora Suprema, e, como todos sabemos, Ela não se preocupa muito com as Suas criações.

Depois da iniciação, certifique-se de que há alguém para lhe ajudar, pois você não será capaz de se conter. O mundo lhe parecerá muito novo, e seu ego, muito frágil. Você é como um recém-nascido. Estará abobalhado e desorientado. O mais importante é que...

6

A caveira

Sunny jogou o livro do outro lado do quarto. *Como se espera que eu leia isso?*, pensou ela. *Que autor pomposo, preconceituoso e idiota. Se existe racismo no mundo dos leopardos, este livro é "racista" demais contra os agentes livres!*

Ela suspirou. A última coisa que ela queria era voltar ainda ignorante para a casa de Anatov e provar que o autor tem razão. Enquanto rancorosamente se levantava para pegar o exemplar, algo começou a acontecer com ele. Pequenas pernas negras brotaram da lombada. Sunny se esforçou muito para não sair correndo. As pernas se grudaram no chão e ergueram o livro, com as páginas viradas para o teto.

Sunny correu até o outro lado do quarto conforme o objeto voltava para sua cama, escalava uma das laterais e se jogava perto dos travesseiros. As pernas voltaram para dentro da lombada do livro com um leve barulho de sucção. A menina ficou imóvel, olhando fixamente para ele, esperando que fizesse alguma coisa. Depois que nada aconteceu, ela se esgueirou em direção ao livro.

Já na cama, Sunny lentamente estendeu o braço, planejando agarrar o livro e lançá-lo para o outro lado do quarto. Quando estava a centímetros de distância, o exemplar se abriu. Ela pulou para trás. As páginas começaram a se virar. Depois pararam, e o livro se abriu e se esticou de forma tão plana que Sunny pôde ouvir a lombada rachar. Ela se inclinou perto o bastante para ver em que trecho o objeto havia se aberto. Capítulo Quatro: Suas Habilidades.

Alguns minutos depois, sentou-se ao lado do livro, pronta para sair correndo se o volume sequer desse uma tremida. Ela começou a ler.

Isso vai ser novidade para você, visto que acabou de sair da terra das ovelhas e acabou de entrar para a alta sociedade dos leopardos. As ovelhas estão em uma constante, impraticável, irracional e antinatural busca por perfeição. Eles buscam ter corpos sem máculas ou doenças; que não envelhecem; que têm olhos, narizes e lábios perfeitos, todos nos devidos lugares; que são esbeltos como os corpos de modelos, ou musculosos como os dos atletas; que são altos, sem verrugas, dedos sobressalentes, espinhas, cicatrizes; que têm sempre um cheiro fresco como o de flores etc. Não há culturas de ovelhas em que as pessoas não busquem essa coisa interior chamada perfeição, não importa qual seja a definição.

Nós, leopardos, não somos assim.

Aceitamos aquelas coisas que nos tornam únicos ou estranhos. Pois é somente nessas coisas que podemos encontrar e desenvolver nossas habilidades mais peculiares. Até você, agente livre, tem uma habilidade que lhe foi dada pela onipotente e distraída Criadora Suprema.

COMO DESCOBRIR SUA HABILIDADE

É improvável que você tenha a inteligência para decifrar algo tão importante. Mas eis aqui algo a se pensar: a habilidade de uma pessoa está naquelas coisas que a marcam. Elas podem ser talentos, como uma afinidade para a jardinagem, ou a capacidade de tocar bem violão. Muitas vezes, são coisas de que as ovelhas zombam, imperfeições. Elas podem ser físicas, psicológicas, comportamentais. E não falo de coisas que são uma consequência de suas ações, como ser gordo porque você come muito e fica sentado jogando videogame o dia todo.

Geralmente, alguém de espírito puro vai ter de lhe ajudar a decifrar isso. Mas, uma vez descoberta sua habilidade, você precisará encontrar um espírito puro que seja dedicado e paciente, e que esteja disposto a ajudar alguém tão carente e ignorante.

Depois que Sunny relevou o tom condescendente e indelicado do livro, descobriu que ele tinha muito a ensiná-la. Também percebeu que o próprio livro estava ansioso por ser lido. Ele se certificava de estar sempre por perto. Às vezes até subia em seu colo! As estranhas pernas pretas, na verdade, eram macias como caules de cogumelo, e tinham o cuidado de andar com passos delicados.

Durante os dias seguintes, quando não estava na escola ou fazendo o dever de casa, Sunny lia *Fatos rápidos*. Parar para ver televisão nem pensar. Ela se concentrou mais no "Capítulo 8: Juju muito básico para iniciantes". Era o juju chamado de *Etuk Nwan* o que mais lhe interessava. Se pudesse fazê-lo funcionar, ela conseguiria sair de casa para o encontro de sábado à noite com Anatov. O juju tinha apenas quatro ingredientes, e a maioria deles era relativamente fácil de coletar: folhas de camomila, azeite de dendê, um pouco de água da chuva. Era o quarto ingrediente que a preocupava.

No dia anterior à grande noite, ela estava no mercado ensolarado com sua sombrinha preta. Já não precisava dela, mas Sunny não queria atrair o tipo errado de atenção.

— Com licença, senhora — disse Sunny para a vendedora de carne. — Eu gostaria de comprar uma cabeça de cordeiro.

O pai de Sunny gostava muito de *nkowbi*, um ensopado feito com miolos de bode. Muita gente também apreciava bastante o prato, então ela não estava fazendo nada fora do comum. E tinha economizado dinheiro o bastante. A mulher colocou a cabeça da ovelha negra sobre uma folha de jornal e embrulhou-a com mais jornal ainda.

Sunny não conseguia pensar em outra maneira de perguntar, por isso perguntou de uma vez:

— Isso é... Meu pai, hum, meu pai me disse para eu me certificar de que é um *ebett*, um... um "cordeiro antílope dormente". — Ela sabia que seu rosto estava corado de vergonha.

— Hein? — respondeu a mulher, franzindo o cenho. — Do que está falando?

Subitamente, Sunny ficou muito consciente de seu albinismo. Qual seria sua aparência, toda alvacenta, pedindo por algo que parecia ter saído direto de um livro de magia negra culinária?

— Ah, nada não. Esta aqui... serve — respondeu Sunny. Ela esperava que servisse mesmo.

Sunny chegou em casa antes dos pais. Precisava agir rápido. Eles voltariam dentro de uma hora. Seus irmãos haviam saído para jogar futebol. *Graças a Deus*, pensou ela. *Perfeito*. Ela correu para a cozinha com seu embrulho e colocou-o sobre o balcão.

— Faça isso logo — disse para si mesma, enquanto esfregava as mãos nervosamente no short. — Quanto mais rápido, menos tempo você terá para pensar sobre isso. — Era mais fácil falar que fazer. Só de pensar na cabeça do cordeiro, sentia náuseas. Não entendia como o pai conseguia comer miolos de bode, *ou* como a mãe conseguia prepará-los. Sunny respirou fundo e, depois, tão rápido quanto pôde, desembrulhou o pacote.

A cabeça era preta, e a lã no rosto, mais preta ainda. Parecia uma das perucas de sua mãe. Sunny sentiu outra onda de enjoo. Para piorar, os olhos do cordeiro eram vidrados e secos. A boca estava aberta, e a língua roxa, caída para um lado. Os dentes amarelados jamais voltariam a pastar; sua boca jamais receberia o calor de seu hálito.

Aquilo não podia ser um "cordeiro antílope dormente". O livro dizia que um "cordeiro antílope dormente" teria uma expressão de tranquilidade quando morto. Este parecia que havia sofrido uma morte horrível.

— Bem. — Ela suspirou. — Precisamos trabalhar com o que temos.

Ela não fazia ideia de como sairia de casa se o juju não desse certo. Seus irmãos costumavam jogar videogame ou assistir a filmes até bem depois de meia-noite, e não apenas nos fins de semana. Ao menor sinal de barulho, a mãe ia até o quarto para checar. Se ela fosse pega, o pai lhe surraria de bom grado; e ela de fato estava lhe dando motivos ultimamente. Sunny *precisava* que aquele juju funcionasse.

Ela pegou uma faca de tornear, fez uma pausa, depois rangeu os dentes. Começou a raspar e cortar e arrancar. O livro dizia para usar apenas o crânio, nada mais. Ela teve de retirar toda a carne sobre e dentro do crânio.

Biologia, pensou ela à medida que trabalhava, respirando pela boca. Ela não queria sentir o cheiro da carne crua. *Pense na aula de biologia*. Ela gostava da matéria e absorvia com entusiasmo as leituras sobre micro-organismos, os sistemas dos animais, os vertebrados e invertebrados. Ainda assim, naquele momento, ela se deu conta de que, quanto menos ela pensasse sobre o fato de que aquilo havia sido uma coisa viva, que respirava, defecava, balia e comia, melhor seria.

Ela levou meia hora para remover todos os pelos, pele, miolos e músculos. Tudo o que precisava fazer agora era lavar bem a caveira e deixá-la secar até a noite. Ela ouviu seus irmãos do lado de fora da casa. Sunny começou a xingar. O balcão da cozinha estava imundo.

Rapidamente voltou a embrulhar a caveira. A qualquer momento, eles invadiriam a cozinha procurando algo para comer. Essa era sempre a primeira coisa que faziam quando voltavam para casa. Ela pegou um molho de verduras, cebolas, tomates, pimentas e temperos da geladeira e colocou-os no balcão em frente à pilha de carne. Estava pegando um pedaço de peixe seco quando eles entraram.

— Boa tarde — murmurou Chukwu, esbarrando em Sunny. Ugonna lhe deu um soco de leve no ombro. Nenhum dos dois sequer olhou para o balcão. Ela sorriu. Seus irmãos idiotas jamais cozinhavam. Ela achava que nem sabiam como! Um ser humano que precisa de comida para viver, mas que não sabe preparar essa comida para comer? Patético. Nesse caso, isso era uma vantagem. Não se interessavam por comida alguma até que fosse oferecida a eles.

— Estavam jogando futebol? — indagou ela. Os irmãos pegaram garrafas de Fanta e um saco de *chin chin*.

— Sim — respondeu Chukwu, enquanto secava o suor do rosto.

— A gente ganhou a partida — comentou Ugonna.

— Que bom! — exclamou ela, recostando-se no balcão para tapar a visão da caveira embrulhada e da bagunça.

— Ouviram as últimas notícias? — perguntou Ugonna.

Ela franziu a testa e balançou a cabeça em negativa.

— Chapéu Preto pegou um garoto em Aba.

— O quê? — Aba ficava a apenas cinco minutos de caminhada.

— Pois é — disse Chukwu. — Então, não saia sozinha. Se quiser ir ao mercado, nos avise.

Depois que eles saíram da cozinha, assim que ela ouviu o som da televisão, Sunny se recompôs e lavou a caveira. Ela se sentia incomodada, mas estava determinada. Havia ocasião melhor que agora para aprender os modos dos leopardos? Aprender um pouco de defesa pessoal lhe faria bem.

Conforme subia correndo as escadas até o quarto, viu algo vermelho com o canto do olho, uma coisa esquisita sentada no corrimão. Ela não parou para ver o que era, pois tinha de levar a caveira para cima. Entrando no quarto, fechou e trancou a porta, se recostou na madeira e soltou um suspiro de alívio.

A caveira ainda estava úmida. Eram cinco da tarde. Faltavam seis horas e quinze minutos para ela se encontrar com Orlu, Sasha e Chichi. Ela botou a caveira embaixo da cama e pegou sua bolsa cheia de *chittim*.

A menina tirou-os da bolsa e os contou. Havia 125, incluindo os de bronze, ouro e prata. Ela botou dois de cobre e seis de bronze de volta na bolsa e jogou ali seu brilho labial, alguns lenços de papel, um pacote de biscoitos, caneta e papel, e algumas notas de naira. Depois embrulhou o resto dos *chittim* em um *rapa* velho, amarrou uma trouxa e colocou-a embaixo da cama, bem no fundo.

Sunny pegou a bolsa, abriu a porta e espiou o corredor. A barra estava limpa. Ela correu para fora da casa e escondeu a bolsa atrás de um arbusto perto do portão. Depois, voltou à cozinha, limpou a bagunça e passou a hora seguinte cozinhando um ensopado vermelho e apimentado com frango e pedaços de miolos de cordeiro para seus pais e irmãos. Barrigas cheias provocariam um sono pesado à noite.

Depois do jantar — que todos, inclusive o pai, disseram estar delicioso —, ela tomou um banho rápido e vestiu short, camiseta e calçou os tênis. Às dez e meia da noite, a CEN cortou a luz e o pai ligou o gerador. Vinte minutos mais tarde, seus irmãos estavam jogando videogame e os pais já tinham ido para a cama.

Aquilo teria de ser feito exatamente às onze da noite. Seu livro dizia que aquela era a hora mais poderosa da noite. Ela repassou o feitiço juju mais uma vez:

O Etuk Nwan *é um juju muito simples. Se você não conseguir fazê-lo funcionar, sinto pena de você.* O Etuk Nwan *vai permitir que atravesse portas trancadas comuns. Certifique-se de que a porta esteja trancada.*

Sunny checou a fechadura da porta e pegou a caveira de cordeiro, que ainda estava um tanto úmida. Ela deu um gole em seu copo de água da chuva, passou azeite de dendê nas mãos, abriu um sachê de chá e salpicou as folhas de camomila nas mãos. Depois sentou-se no chão, cruzou as pernas e segurou a caveira com as mãos cheias de azeite. *OK,* pensou ela. *Agora tenho de esvaziar a mente de todos os pensamentos e me concentrar na caveira.* Ela já havia feito isso tantas vezes com velas que era fácil. Seu relógio deu um bipe marcando as onze da noite. A caveira estava quente e pesada. Subitamente, ela tombou de suas mãos e caiu com um baque no chão.

Tinha de ser por conta do azeite de dendê. Sunny tentou pegar a caveira de volta. O feitiço não funcionaria se ela não estivesse segurando a caveira. Suas mãos passaram direto pelo crânio. Sunny deu um pulo.

— Deu certo! — sussurrou, e a voz ecoou de modo estranho pelo quarto.

Ela não sentiu nenhuma sensação de leveza extrema ou de imaterialidade. Na verdade, sentiu-se bastante normal. Mas, quando olhou no espelho, percebeu que conseguia ver ligeiramente através do próprio corpo. *Se minha mãe e meu pai entrarem aqui agora, será que vão conseguir me ver?* Não importava. Precisava sair de casa nos próximos minutos. Ela olhou para a caveira no chão.

— Meu Deus, espero que eles não entrem aqui.

Ela foi até a porta trancada. Antes que pudesse se perguntar o que faria em seguida, foi puxada através da fechadura. A sensação era pinicante e um pouco dolorosa. A menina saiu do outro lado da porta. Cerca de vinte *chittim* de cobre tilintaram alto a seus pés. Ninguém veio. Ela tentou pegar um dos *chittim*. Sua mão passou direto por ele.

— Saia de uma vez — disse a si mesma. O que mais ela podia fazer?

Sunny correu para a porta da frente e passou pela fechadura também. Quando surgiu do lado de fora, sentiu o feitiço começar a se desfazer. Podia sentir o ar morno contra a pele. O som das criaturas da noite ficou mais alto, como se alguém tivesse aumentado o volume a seu redor. Ela pegou a bolsa atrás do arbusto e começou a caminhar o mais rápido que podia, espantando os pensamentos sobre Chapéu Preto e seus capangas estarem dentro de qualquer carro que passava.

Sunny encontrou Chichi do lado de fora de sua cabana, fumando um cigarro Banga. Quando ela avistou Sunny, sorriu.

— Eu consegui! Fiquei invisível! — exclamou Sunny, correndo até a amiga. Então começou a tremer incontrolavelmente. — Fiz uma coisa chamada *Etuk Nwan*. — Ela riu, e lágrimas rolaram de seus olhos. Chichi pegou sua mão e conduziu-a até a beira da estrada.

— Respire fundo — instruiu, sorrindo.

Aos poucos, Sunny se acalmou.

— Você realmente precisa parar de fumar — comentou Sunny, enquanto secava os olhos. — Já ouviu falar de câncer de pulmão?

— Os cigarros me relaxam — argumentou Chichi. — Talvez *você* precise de um.

— De jeito algum. Que nojo. — Ela balançou a cabeça em negativa.

— Quantos *chittim* você ganhou? — indagou Chichi.

— Não sei! Tive de deixá-los em frente à porta do quarto. E de onde vêm mesmo os *chittim*? Quem os joga?

— O que eu me pergunto é: para onde eles vão? Sabe, depois de certo tempo, todos os *chittim* voltam para o lugar de onde vieram. — Ela deu de ombros. — Acho que essas não são perguntas que devemos fazer, na verdade. São apenas fatos que devemos aceitar.

— Ei, você conseguiu vir — disse Orlu, enquanto saía pelo portão de sua casa.

Sunny sorriu e assentiu.

— Estão todos prontos? — perguntou Sasha, logo atrás dela. Ela deu um grito de susto. Sasha riu muito. Ele bateu a mão contra a de Chichi, que disse:

— Mandou bem.

Dessa vez, eles não foram de táxi até a cabana de Anatov. Em vez disso, pegaram o veículo mais estranho que Sunny já havia visto. Ele parecia uma combinação de um caminhão de reboque, uma jardineira e um ônibus. Chichi chamava a coisa decorada com cores chamativas de "trem futum", e eles subiram nele na rua principal.

— Simplesmente ignore o fedor — comentou Chichi à medida que entravam.

Dentro do veículo havia fileiras e mais fileiras de assentos surrados de *plush* vermelho. Quase todos estavam ocupados. Sunny e Chichi se sentaram em um dos lados, enquanto Sasha e Orlu se sentaram mais perto da frente.

Não havia teto, mas, quando o veículo se movia, o cheiro de suor, perfume, água-de-colônia, peixe seco e óleo de cozinha pairava no ar, espesso e opressor. A capota aberta tampouco abafava o hip-hop alto que soava de enormes caixas de som na traseira, ou as risadas estridentes e a conversa dos passageiros, a maioria dos quais tinha a idade dos pais de Sunny.

Além de tudo, a menina começou a ter um ataque de espirros praticamente assim que se sentou. E os espirros eram fortes e constantes. Ela espirrou por todo o trajeto. Quando eles finalmente saltaram do veículo, seus olhos estavam vermelhos e seu nariz esfolado de tanto assoá-lo. O motorista sentiu tanta pena que somente lhe cobrou um *chittim* de ouro pela passagem, em vez de dois.

— Você também ficou espirrando assim na cabana de Anatov — comentou Chichi. — Acho que você tem sensibilidade a poderes juju. O trem está imundo com eles.

A única resposta de Sunny foi espirrar mais uma vez.

Ainda estava fungando quando eles caminharam até a cabana de Anatov. O local estava iluminado com lâmpadas de halogênio que soltavam fumaça e fediam por conta dos insetos que se queimavam ali. Havia vários incensos acesos, mas dessa vez ela não espirrou. *Dessa vez não usaram nenhum poder juju para fabricá-los*, supôs.

— Sente-se — disse Anatov. Naquela noite, ele usava um *dashiki* azul, verde e amarelo, e bermuda jeans.

Eles se sentaram nas cadeiras de palha diante do trono de palha. Sunny assoou o nariz mais uma vez no lenço de papel, suspirou e, cansada, se jogou na cadeira. O assento era muito confortável. Ela observou as paredes decoradas e reparou em alguma coisa. Franziu o cenho e apertou os olhos. Seus olhos então se arregalaram, e ela agarrou o braço de Chichi e apontou.

— O que *diabos* é aquilo? — perguntou ela. A figura se parecia com um gafanhoto vermelho do tamanho de sua mão.

— É um gafantasma — sussurrou Orlu. — Eles são inofensivos.

— Tem certeza? — indagou Sunny. Em seguida, ela piscou os olhos, pois havia se dado conta de uma coisa. — Vi um desses em minha casa!

— Poderia ser muito pior. Algumas pessoas adorariam ter gafantasmas em vez de o que elas têm.

— Há mais, não? — perguntou ela. — Mais criaturas que consigo ver agora? — Um pequeno *chittim* de bronze caiu em seu colo. Ela o pegou e sorriu.

— Milhões — respondeu Orlu.

— Deveria ver as aves noturnas em Chicago — comentou Sasha. — Houve uma noite em que eu subi a Sears Tower; é de lá que você consegue ver muitas delas... se parecem com pequenos dragões.

— Que mentira! — retrucou Sunny. Ela já havia subido até o topo da Sears Tower uma vez. Era lindo lá em cima.

Com um gesto dramático, Anatov se jogou em seu trono e olhou para seus alunos.

— Bem-vinda à Escola dos Leopardos, Sunny — saudou ele.

— Sim, seja bem-vinda — ecoou Orlu.

— Bem-vinda — repetiu Sasha.

— Já não era sem tempo — zombou Chichi.

— Obrigada — respondeu ela, corando. — Estou contente de estar aqui.

Anatov uniu as palmas das mãos e escancarou um sorriso endemoniado.

— Então — disse ele, enquanto se recostava em sua cadeira — como você conseguiu fazer?

— Fazer o quê?

— Conheci seus pais — respondeu ele. — Passei para cumprimentar sua mãe em seu consultório no hospital, e seu pai no escritório de advocacia.

— Você foi *vê-los*? — Ela estava horrorizada.

— Conversei um pouco com seu pai e fingi ser um paciente antigo de sua mãe. Eles são pessoas inteligentes e trabalhadoras. Mas são severos. Especialmente sua mãe. Então, como *conseguiu* sair de casa?

— Sou albina — disse ela, com um sorriso sarcástico. — Sou praticamente um fantasma. Que fantasma não consegue sair despercebido de uma casa?

— Você não sabe como se aproximou da verdade. — Anatov riu. — Pelo menos em seu caso específico. Mas, falando sério, como conseguiu?

— Ela fez um *Etuk Nwan* — revelou Chichi. — Do livro de agente livre. Não é incrível?

— O livro dizia que era um dos feitiços mais fáceis — comentou Sunny.

— Sim, fácil para alguém com experiência — acrescentou Chichi.

— Que espécie de cordeiro você usou? — Anatov inclinou a cabeça para um lado.

— Bem, a senhora no mercado me olhou como se eu fosse louca quando perguntei sobre o *ebett*, o antílope dormente. Então, comprei uma cabeça de cordeiro comum.

Anatov riu. Até Sasha e Chichi deram risinhos.

— Sim, duvido muito de que consiga encontrar uma cabeça de *ebett* no mercado local de ovelhas — comentou Anatov. — Um *ebett* é um cordeiro albino com um sono tão profundo que aos poucos se torna invisível. Seu espírito vai para o mundo dos espíritos até que ele desperte. Você *jamais* encontraria um em um mercado de ovelhas.

— Então como o feitiço funcionou? — indagou ela.

— Você já respondeu à própria pergunta — explicou Anatov. — Você é albina. Achei que tivesse lido aquele livro para principiantes.

— Eu li. Mas é tudo muito novo. Ainda estou processando as informações...

— Releia o capítulo 4 — instruiu ele. — Aquele sobre as habilidades de cada um.

Ela assentiu.

— Eu pediria para que os outros três lhe contassem sobre suas habilidades, mas é difícil para as pessoas falarem sobre as próprias qualidades "ruins" — afirmou Anatov.

— Mas o livro diz que as pessoas-leopardo têm orgulho de suas imperfeições — argumentou Sunny, na esperança de parecer que sabia alguma coisa.

— Lição número um — falou Anatov. — E essa é para todos vocês. Aprendam a *aprender*. Leiam as entrelinhas. Saibam o que reter e o que descartar. Sunny, nós não ensinamos do mesmo modo que as ovelhas. Livros fazem parte do aprendizado, mas a experiência é importante também. Todos vocês serão enviados para ver por si mesmos. Então vocês têm de saber como *aprender*. Por exemplo, aquele livro *Fatos rápidos para agentes livres*. — Anatov cuspiu o título como se tivesse pouco respeito por ele.

"Ele foi escrito por uma mulher chamada Isong Abong Effiong Isong, uma das pessoas-leopardo mais cultas de todos os tempos. Ela passou do quarto nível. O problema foi que, para as experiências de aprendizado, ela decidiu se mudar para a Europa e depois para os Estados Unidos, onde achou que as ideias verdadeiramente civilizadas estavam sendo formadas."

Sasha deu um riso de escárnio.

Anatov aprovou.

— Exatamente — disse ele. — Sabe como é. De qualquer forma, enquanto estava lá, ela desenvolveu a ideia de que agentes livres, como você, Sunny, são os algozes da Terra. Ela acreditava que eles eram ignorantes e desencaminhados. Pode imaginar o que essa africana pensava de nós, afro-americanos. — Ele fez uma pausa. — Preconceito gera preconceito, sabe? O conhecimento nem sempre evolui para a sabedoria.

"Dito isso, quando ler os livros dela, tem de lê-los *de fato*. Tenha consciência das tendências da autora a favor daqueles que não são de sua terra natal e daqueles que não têm espíritos rastreáveis."

— Então ela provavelmente iria querer me matar — murmurou Sunny. — Sou nigeriana, americana *e* uma agente livre.

— Que filha da mãe — comentou Chichi.

— Mas ela é útil — enfatizou Anatov. — Sunny, aguente firme o modo repugnante como ela escreve. Você vai ver que o livro é bom. Ela é a única acadêmica que se dedicou a *escrever* um livro para agentes livres. Apenas tenha consciência de que a maioria das pessoas-leopardo normalmente nem considera as pessoas de seu tipo. Agentes livres são muito raros.

"Agora — disse ele, dando um tapa no braço de sua cadeira —, o livro fala dos leopardos como se nós fôssemos os seres mais confiantes da Terra e além. Não a leve a mal, somos pessoas confiantes. E realmente *recebemos* de braços abertos aquelas coisas que nos tornam ímpares. No entanto, temos nossas inseguranças e problemas, como qualquer outro ser humano. Todos vocês sabem por que os pais de Sasha se irritaram e mandaram ele até aqui para morar com a família do Orlu — comentou Anatov. Ele olhou de soslaio para o garoto, que olhou para as próprias mãos. — Um encrenqueiro de corpo e alma. Apesar de respeitar os pais, ele não tem qualquer respeito pela autoridade. Posso lhes garantir por experiência própria: ser um jovem negro que sente ódio pela autoridade nos Estados Unidos é a receita ideal para um desastre.

"Sabem, Sasha consegue *se lembrar* das coisas — afirmou Anatov. — Tem o que as ovelhas chamam de memória fotográfica. Ele é capaz de ler uma coisa e lembrar dela palavra por palavra. Além disso, tem muita energia. Percebem o problema? Ele sabe demais. Sempre está à frente dos outros. Então, como se espera que ele respeite qualquer pessoa? Como se espera que fique quieto? Este jovem é como mil volumes de juju. Chichi é a mesma coisa. É raro encontrar duas pessoas tão parecidas que nasceram de pais e em países diferentes. Chichi jamais teria sobrevivido à escola de ovelhas, Sunny. Ela passaria a maior parte do tempo de castigo por ser insolente. Você a conhece e tem de concordar que ela fala sem pensar."

Todos eles deram risinhos.

— Mas, assim como a mãe, assim como Sasha, ela é capaz de ler mil livros e se lembrar do conteúdo de todos eles — continuou o homem. — A maioria das pessoas acharia Chichi e Sasha simplesmente desrespeitosos, crianças mal-educadas que não conseguem nem aguentar um ano de escola. As pessoas insistiriam que eles estão fadados a ser criminosos e prostitutas. Médicos receitariam ritalina para seu TDAH, e depois jogariam as mãos para o alto, perplexos, quando isso não fizesse efeito. Mas, como crianças-leopardos, eles estão destinados a realizar coisas realmente grandiosas. Eles provavelmente conseguiriam passar do segundo e do terceiro níveis se fossem emocionalmente maduros. O que eles *não* são. Nem de longe."

Chichi arqueou as sobrancelhas com força para esse comentário, e Sasha revirou os olhos.

— Já nos primeiros anos de Orlu na escola de ovelhas, os professores disseram a seus pais que ele jamais aprenderia a ler — acrescentou Anatov. — Quando Orlu tentava ler, as páginas pareciam conter pura algaravia. Quando tentava escrever, suas mãos pareciam querer escrever de trás para a frente, ou combinar as letras. Eles disserem que Orlu tinha um transtorno de aprendizado chamado dislexia.

Sunny o olhou de soslaio, mas o garoto não devolveu o olhar.

— No momento que os professores comunicaram o fato aos pais de Orlu, eles ficaram exultantes, mas Orlu não ficou muito feliz. Ele se sentiu envergonhado. A influência da sociedade das ovelhas é forte. Só que os pais sabiam que aquilo seria a chave para o que o filho se tornaria. Ter uma "deficiência" tão séria assim significava que seu talento seria incrível. E é mesmo. Orlu consegue desfazer coisas. Lance um juju, e ele pode desfazê-lo, torná-lo inofensivo ou inútil sem nem se dar conta do que está fazendo.

"Todos nós conseguimos fazer jujus, alguns melhor que outros, mas poucos conseguem desfazê-los instintivamente. Quando comecei a ensinar Orlu a refinar seu talento, sua habilidade de ler emergiu — contou Anatov. — Quando eu terminar meus ensinamentos, ninguém será capaz de feri-lo com nenhum tipo de juju.

"E isso nos leva até você, Sunny. — Ele faz uma pausa. Todos olharam para ela, que ficou toda arrepiada. — Seu nome reflete o sol, como a cor de sua pele, não? — Ele escancarou um sorriso. — Uma cor feia e doentia para uma criança de sangue nigeriano puro. Tudo relacionado a você está "errado": seus olhos, seu cabelo, sua pele. Sobrenatural."

Sunny franziu a testa, mas permaneceu olhando no olho de Anatov.

— Qual foi o dom que a Criadora Suprema lhe concedeu, hein? — indagou ele. — Dizem que pessoas de seu tipo têm um pé no mundo físico e outro na vastidão: é assim que chamamos o mundo dos espíritos. Você acredita nessa qualidade de estar "aqui e ali"?

— Não — respondeu ela.

— Pois creia. Ser leopardo e albina é um dom muitas vezes raro — afirmou ele. — Algum de vocês consegue adivinhar do que ela é capaz?

— Essa é fácil — respondeu Chichi. — Ela pode se tornar invisível.

— E por que isso acontece?

— Porque ela tem a habilidade natural de ir para a vastidão sempre que quiser. É isso o que a torna invisível.

— Ela consegue alterar o tempo também — acrescentou Sasha.

— Pelo mesmo motivo. O tempo não existe na vastidão.

— Correto, mas essa é uma habilidade mais difícil de empregar. Sunny, os feiticeiros-leopardos mais experientes são capazes de fazer todas essas coisas. Mas, para isso, vão precisar de suas facas juju, pós e outros itens. Você é capaz de fazer essas coisas sem nada disso, assim que aprender como.

— Não se esqueça das premonições — acrescentou Chichi. — Foi isso o que aconteceu com a vela, não foi, *Oga*?

— Correto — afirmou Anatov. — Pelo fato de poder entrar na vastidão, você fica suscetível a que os vastos lhe mostrem coisas por qualquer que seja o motivo.

— Vastos? — perguntou ela. A boca ficou seca.

— Criaturas, bestas, seres da vastidão — respondeu Anatov.

— Então, pelo fato de eu ser uma leopardo albino, posso...

— Sim. Certos atributos tendem a render certos talentos. Pessoas que são muito, muito altas tendem a ter a capacidade de prever o futuro pelas estrelas. Pessoas que são muito, muito baixas tendem a ter a capacidade de fazer as plantas crescerem. Aqueles que têm problemas de pele normalmente conhecem e compreendem o clima. As habilidades são coisas que as pessoas são capazes de fazer sem precisar usar facas juju, pós ou outros ingredientes, como a cabeça de um *ebett*. É uma coisa natural.

"E por agora chega. Orlu, Chichi, na última lição mandei vocês saírem e conversarem com as pessoas que moram na rua. Queria que as vissem para que entendessem como vivem. E mandei vocês saírem com sacos de comida. E então?"

— Nós saímos e os ajudamos — respondeu Orlu. Ele olhou para Sasha à medida que falava. — Mas dois homens tentaram nos roubar. Chichi jogou pó de tranca neles. Então ficaram no meio-fio, gemendo com cãibra nos músculos. Tivemos sorte porque tinham apenas facas.

— Facas?! — exclamou Sunny.

— Mas a maioria das pessoas que encontramos era de sem-tetos ou estava deprimida demais para voltar para casa. Ou tentava encontrar suas casas. Elas ficaram felizes de nos ver — contou Orlu. — Bem, talvez tenham ficado felizes de ver a comida que levamos.

— Elas pensaram que éramos anjos — comentou Chichi.

— E vocês se sentaram e conversaram com elas? — indagou Anatov.

Orlu e Chichi assentiram.

— E o que aprenderam?

— Que todas aquelas pessoas... têm histórias e vidas e sonhos — respondeu Orlu.

— E que, às vezes, o certo é errado, e o errado, certo — acrescentou Chichi.

Anatov assentiu, parecendo satisfeito.

— Sasha, pelo que sei, o acadêmico que trabalhou com você nos Estados Unidos, José Santos, mandou-a fazer uma trilha com os outros alunos, de São Francisco até um vilarejo bem no interior do México, não é?

— Por dois meses — assentiu Sasha. — Aperfeiçoei meu espanhol. Fomos assaltados à mão armada três vezes ... — Ele riu. — Foi ótimo.

— Conheci José há alguns anos, e o admiro muito — revelou Anatov. — Agora vocês dois, ou melhor, vocês quatro são meus alunos. Meu dever é orientá-los. — Ele olhou principalmente para Sunny enquanto dizia isso. — Comigo, vão aprender sobre vocês mesmos, vão aprender novos e velhos jujus, e vou ajudá-los, caso seja possível, a passar pelos níveis. E vou mandá-los sair pelo mundo para que aprendam suas lições. Medo? Se acostumem com ele. Haverá perigo; alguns de vocês talvez não vivam para completar as lições. É um risco que irão correr. Este mundo é maior que vocês, e ele vai continuar girando, não importa o que acontecer.

Onde já se viu dizer esse tipo de coisa para seus alunos?, se perguntou Sunny.

— A lição de hoje é sobre companheirismo — prosseguiu Anatov. — Quero que vocês saiam e cumprimentem um amigo meu. Orlu, Chichi, vocês já ouviram falar de Kehinde.

— O quê?! — exclamou Sasha. — Até *eu* já ouvi falar dele, e acabei de chegar aqui. Ele é um dos mais brilhantes artífices de juju do mundo. Ele não é quase um eremita?

— Kehinde é um amigo íntimo — afirmou Anatov. — É um eremita para as pessoas que não considera importantes. Eu estava falando de vocês com ele ontem. Ele quer conhecê-los.

— Por quê? — indagou Sasha. — Por que nós?

— E nós nem... nós não podemos ir... — Orlu parecia horrorizado.

— Kehinde quer encontrá-los — repetiu Anatov. — Descubram como chegar até ele. Isso também faz parte da lição de hoje. Ah, e tomem cuidado com alguns amigos... de Kehinde. Eles são um tanto possessivos. Mandem lembranças minhas a ele. Fiquem em paz e sumam daqui.

As fraudes 419 e as pessoas-leopardo

As fraudes 419 são uma prática ilegal pela qual a Nigéria ficou famosa no mundo todo por conta de um pequeno grupo de criminosos com profundo conhecimento da internet. Ele é uma mácula na reputação desta grande nação; um sintoma de sua arraigada doença: a corrupção. Se você usa e-mail, deve ter recebido aquelas mensagens oferecendo valores altíssimos em dinheiro para ajudar o Chefe Tribal ou o Príncipe Fulano a reaver o dinheiro que eles têm no banco. Esse é um exemplo dos bilhões de fraudes 419 mandados por e-mail todos os dias. Na Nigéria, os leopardos que cometem fraudes 419 usam uma mistura de tecnologia da internet com juju para fazer com que o dinheiro em suas contas on-line desapareça e reapareça em outro lugar. Por sorte, nem essas pessoas são capazes de corromper o que quer que seja que nos concede os chittim. Ainda assim os leopardos que comentem fraudes 419 podem se envolver em negócios mais obscuros no mundo das ovelhas. Acredita-se que, neste exato momento, alguns estão usando a internet para criar uma rede de supercomputadores guiados por vírus e com os poderes de juju tão contagiosos que seriam capazes de arruinar as maiores economias do mundo das ovelhas acionando apenas algumas teclas. Falaremos mais disso aqui. Se você for abordado por um desses criminosos, não se envolva com eles.

Extraído de *Fatos rápidos para agentes livres*

7

A Floresta do Corredor Noturno

Mas uma vez, eles foram expulsos às pressas da cabana de Anatov. Em um trecho do caminho de volta a Leopardo Bate, eles pararam. Orlu, Sasha e Chichi simplesmente ficaram parados.

— Qual é o problema agora? — indagou Sunny. — Quem é Kehinde?

— Sunny, você não estava prestando atenção? — perguntou Chichi.

— Conte para mim de novo. Diferente de você, não tenho memória fotográfica.

— Ok. — Chichi abafou uma risada. — Há oito pessoas na Nigéria que já passaram do último nível, certo? Quatro delas são Anatov, Sugar Cream e os gêmeos: Taiwo e aquele que devemos ir encontrar, Kehinde. Eles são acadêmicos de Leopardo Bate. São uma espécie de grupo de anciãos, mas nem todos são muito velhos; só Sugar Cream, na verdade. O problema de visitar Kehinde é que ele mora na Floresta do Corredor Noturno.

— E isso fica longe ou algo do gênero? — perguntou Sunny. Não queria entrar em outro trem futum.

— Humpf! — reclamou Orlu. — Agora sei por que ele escolheu esta noite em vez de a tarde de sábado para que fizéssemos isso. Só dá para entrar na Floresta do Corredor Noturno à noite.

Chichi xingou.

— E ela desaparece em — disse Chichi, olhando para o relógio — quatro horas.

Sunny olhou para o próprio relógio também. Era uma da manhã. Chichi estava se referindo à aurora.

— E em quatro horas já vamos estar de volta, não vamos? — perguntou Sunny.

— Andem — chamou Sasha. — Vamos usar um *vévé* para chegar lá, certo?

— Sim — respondeu Chichi, com um olhar intenso. — Se trabalharmos em equipe.

Sasha se ajoelhou e retirou um saquinho do bolso. Ele desenhou no chão de terra fechando os punhos e deixando o pó cair lentamente da mão.

— Isto — disse ele para Sunny — é um *vévé*, um desenho mágico. Quanto mais rápido desenhá-lo, melhor. Mas você não pode errar.

— Você os decora? — indagou ela.

— Sim.

— É difícil?

O desenho parecia uma árvore com um círculo em volta, com quatro xis em volta do círculo.

— Para mim, não.

— O que ele...

— Apenas observe. — O garoto tirou um punhal do bolso e fincou-o no centro do *vévé*. — Algum de vocês tem de dizer as palavras — comentou Sasha. — Não falo igbo.

— Deixe Sunny fazer isso — sugeriu Chichi.

Sunny balançou a cabeça e deu um passo para trás.

— Melhor eu apenas observar desta primeira vez.

— Vai aprender mais rápido fazendo você mesma — argumentou Chichi, que empurrou Sunny em direção ao *vévé*. — Respire fundo e repita bem alto em igbo: "Venha, Floresta do Corredor Noturno."

Sunny começou a suar. Quem sabia o que aconteceria se fizesse algo errado?

— Vá em frente — incentivou Orlu, com um tom de voz suave.

Sunny falou as palavras em igbo, certificando-se de que as pronunciava de modo claro e bem alto. Imediatamente, o *vévé* começou a girar no chão de terra. O desenho soava quase sólido à medida que empurrava seixos e se arrastava pela terra. Aquela mágica acontecia por causa das palavras que ela dissera! Quando ele parou, o topo da árvore que Sasha havia desenhado apontou para fora da trilha que seguiam, para a floresta, em direção a uma trilha nova, porém mais escura, que não havia estado ali antes. Ocasionalmente, um vaga-lume piscava.

— Orlu — falou Sasha. — Vá na frente. Você tem as melhores defesas.

— Ok. — Orlu foi para a dianteira e olhou à volta. — Vamos andando. — Ele pegou sua faca juju e ergueu-a, movendo-a diante de si na vertical. — Traga luz — pediu ele em igbo. Um vaga-lume rapidamente começou a adejar em frente a seu rosto, piscando luz laranja em intervalos de segundos. — Amanhã é um dia melhor para encontrar uma parceira de acasalamento — asseverou Orlu com o vaga-lume. — Hoje à noite, por favor, traga luz para mim e meus amigos.

Por mais um instante, ele seguiu batendo as asas, ainda chamando a parceira. Depois, deve ter decidido que a causa de Orlu era digna, pois começou a emitir a luz mais brilhante que Sunny já vira sair de um inseto. Ela pensou no gafantasma que morava em sua casa. Talvez aquele não fosse um tipo comum de vaga-lume.

— É um bichinho de luz de atitude — comentou Sasha. — Por um instante, achei que ele não nos forneceria iluminação.

— A decisão é dele, não é? — retrucou Orlu, dando de ombros. — Ele tem o direito de decidir. Além do mais, os vaga-lumes de atitude têm a melhor luz.

O inseto devia estar ouvindo a conversa, pois começou a brilhar ainda mais. Orlu riu entre dentes. Começaram a caminhar. À medida que avançavam, as árvores pelas quais passavam ficavam mais altas, mais largas e mais próximas da trilha.

— Então alguém sabe como é a aparência de Kehinde? — perguntou Sunny, que queria romper o silêncio e se concentrar em algo que não fosse a floresta assustadora à volta.

— Ouvi falar que é muito alto — respondeu Sasha.

— Ouvi falar que é muito, muito baixo — replicou Chichi.

— Bem, isso ajuda — constatou Sunny, secamente.

— A aparência não importa — afirmou Orlu. — Esta é a Floresta do Corredor Noturno. Se ele mora aqui, é poderoso. Se passou do quarto nível, ele sabe que o corpo é apenas o corpo. Pelo que sabemos, pode até ser um metamorfo.

— Não — disparou Chichi. — Ele não é um metamorfo. Kehinde nasceu fisicamente perfeito, sem deformidades ou coisas do tipo.

— Por que Anatov quer que o conheçamos? — indagou Sunny.

Subitamente, a floresta ganhou vida. Folhas se balançaram. O chão zumbiu. Galhos se quebraram. E um chiado agudo parecia vir de todos os lados.

— Abaixem-se! — berrou Orlu.

Sunny se jogou no chão com as mãos sobre a cabeça. Morcegos. Toneladas de morcegos. Ela fechou os olhos conforme o ar ficava muito quente e, depois, mais fresco. Por cima do chiado, ouviu pés se debatendo.

— Chichi! — exclamou Orlu. — *Cuidado!*

Sunny começou a se levantar, mas um morcego se chocou contra uma de suas bochechas. Depois, outro. Ela voltou a se jogar no chão.

— O que eu faço? — gritou ela.

— Não consigo alcançá-la — bradou Sasha, a voz falhando.

Chichi deu um berro. Agora, Sunny já não se importava se era golpeada ou mordida por morcegos. Ela se levantou. Ao redor havia apenas caos. A noite estava repleta de morcegos. Tudo o que ela conseguia ver era o vaga-lume de Orlu ainda brilhando forte, com aquelas criaturas voando rápido em volta do inseto. Orlu estava de pé com Sasha a apenas alguns passos dali. Onde estava Chichi? Um morcego se chocou contra o vaga-lume, e tudo ficou escuro.

— *Todos vocês!* — gritou Orlu. — *Tapem os ouvidos! Sasha, faça agora! Faça o mais alto que puder! Morcegos conseguem ouvir ondas ultrassônicas.*

Sunny botou as mãos sobre os ouvidos, mas não rápido o bastante. Por um instante, ouviu um barulho tão estridente que achou que a cabeça fosse explodir. Ela pressionou a base das palmas contra as orelhas o mais forte que pôde. Aos poucos, o som ficou tão alto que ela já não o ouvia. Mas os morcegos devem tê-lo ouvido, pois fugiram dali. Alguns caíram no chão, mortos. A floresta ficou silenciosa, exceto pelo barulho de coisas caindo. Segundos se passaram. *Chittim* caíram no chão, tilintando.

— Traga luz — pediu Orlu, quase sem fôlego. — Pelo amor de sua parceira, que foi devorada!

Imediatamente, um vaga-lume veio e começou a emitir uma luz brilhante. Sunny sentiu uma ponta de tristeza pelo inseto. Viam-se morcegos mortos por todos os lados. Empilhados em volta e sobre os morcegos mortos havia muitos *chittim* de cobre. Chichi estava sentada ali por perto, segurando um dos braços. Um corte fundo em seu antebraço sangrava bastante.

Todos correram até ela.

— Está tudo bem? — perguntou Sunny.

Ela assentiu.

Orlu encarava Chichi com admiração.

— Caramba, Chichi, se você não tivesse dado cabo disso, estaríamos mortos — comentou ele.

— É verdade — confirmou Sasha. — Você manejou bem esse juju. Nem sequer o vi.

— Os morcegos eram uma distração — explicou Chichi, sem forças.

— O quê? — perguntou Sunny, que havia começado a chorar. — O que era aquilo?

— Uma alma da mata — respondeu Chichi. — Espíritos, elementais que vivem em florestas como esta. Eles atacam as pessoas, roubam seus corpos. Sempre têm o respeito dos animais que andam em bandos, formam enxames... como os morcegos. As almas da mata se escondem nesses animais e os usam como distração. — Ela soltou um chiado ao observar o próprio braço. — Consegui vê-la na revoada de morcegos. Talhei-a com minha faca juju. Sunny, quando você fere alguma coisa com sua faca, o ferimento se reflete em seu próprio corpo. Mas, se eu não a tivesse golpeado, estaríamos mortos. Ela teria levado todos nós.

— E teríamos chegado à cabana de Kehinde como zumbis — concluiu Sasha.

— Esse corte parece muito profundo. — Sunny encolheu o corpo ao olhar para o ferimento da amiga.

— Vai ficar tudo bem — assegurou Chichi, que lentamente ficou de pé. — Ferimentos refletidos se curam em poucos minutos... a não ser que sejam mortais.

Enquanto esperavam que a ferida se curasse, Sunny ficou de guarda. Orlu e Sasha recolheram seus *chittim*. — Nós os ganhamos por companheirismo, certo? — perguntou Sasha. — Trabalho em equipe.

— Sim — confirmou Orlu. — Lição aprendida.

— Quantos? — indagou Chichi.

— Cinquenta — respondeu Sasha.

— Não dá para dividir por quatro — disse Chichi.

— Talvez vocês tenham ganhado mais que eu — comentou Sunny.

Orlu balançou a cabeça em negativa.

— Não é assim que funciona. Que tal se compartilharmos tudo o que ganharmos?

Sasha pareceu irritado.

— Sei exatamente o que quero comprar com minha parte.

Sunny se sentiu completamente inútil e desmerecedora.

— Sasha, não seja ganancioso — repreendeu Chichi.

— Que se dane!

— Vamos fazer uma votação — sugeriu Chichi. — Todos a favor de...

— Não, não. Esqueça isso — interrompeu Sasha, abanando uma das mãos. — Você tem razão. Estou sendo ganancioso. Sunny, guarde tudo em sua bolsa. É melhor que carregue isso. E que guarde bem também. Eu a escolho como tesoureira. Todos a favor?

— Sim — responderam Chichi e Orlu.

— Todos contra?

Sunny riu.

Quando voltaram a seguir a trilha, caminharam mais rápido que antes. Era principalmente Orlu quem os protegia, bloqueando e desfazendo feitiços. Coisas vinham até eles da esquerda, da direita, da frente e de trás. Fadas de pele negra, com asas de moscas e roupas feitas de teias de aranha lhes atiravam setas venenosas. Havia mosquitos que não eram realmente mosquitos. Um mascarado de cerca de um metro de altura no meio da mata simplesmente ficou parado, observando-os passar. Algo que se parecia com uma vespa gigante picou a perna de Sunny. Imediatamente, suas pernas ficaram dormentes, e ela caiu no chão.

— É apenas um espectro de inseto — comentou Orlu, enquanto tocava a picada com sua faca. Ele estalou os lábios. — São o resultado dos insetos que as pessoas matam. A maioria dos espíritos raivosos se origina de mortes por atos de crueldade. Se o inseto é raivoso ou vingativo, ele vai retornar como um desse tipo. — Gradualmente, ela voltou a sentir as próprias pernas. Apesar disso, o hematoma em seu quadril provocado pela queda não se esvaiu.

Quando eles chegaram à pequena cabana, Sunny estava exausta. A área em volta do local não tinha árvores, arbustos ou grama. Era como se a floresta tivesse medo de se aproximar dali. Mas eles estavam cansados demais, e já tinham passado por coisas demais para terem medo. Nem Sunny pensou duas vezes antes de pisar naquela terra erma e árida. A porta da cabana estava coberta por um pano branco, ou pelo menos ele parecia branco à luz do vaga-lume. Havia uma janela, também coberta por um pano branco.

— *Oga* Kehinde — chamou Chichi. — Anatov nos mandou até aqui. Somos seus alunos.

Uma luz se acendeu dentro da cabana, mas não houve resposta. Sunny franziu o cenho. Era impossível que houvesse luz elétrica ali, no meio do nada. Ela sequer ouviu um gerador.

— *Oga* Kehinde? — repetiu Chichi. Ela se virou para Sunny. — Aha, espero que o homem esteja em casa.

— Que alunos são esses? — perguntou uma voz incrivelmente baixa num igbo com sotaque iorubá.

Sunny deu um passo para trás, certa de que um gigante estava prestes a surgir.

— O que ele disse? — perguntou Sasha. Sunny rapidamente traduziu.

— Meu nome é Chichi — anunciou a menina. — E estes são Sasha, Orlu e Sunny. Por favor, fale inglês se puder. Um de nós não fala igbo.

Fez-se uma pausa conforme o pano da porta era puxado para um lado.

— Ah, a princesa, o americano, o disléxico e a albina — enumerou o homem em um inglês americano perfeito.

— O que ele quis dizer com "princesa"? — sussurrou Sunny para Orlu. Ele fez um gesto para que ela ficasse calada.

Kehinde não era um gigante, mas *era* enorme, mais alto que Anatov. Sasha olhou de soslaio para Chichi, abrindo um sorriso de escárnio que significava "eu te disse". Chichi respondeu com uma careta.

Kehinde vestia somente um *rapa* preto e longo, estampado com grandes círculos brancos e traços irregulares. Parecia um pouco mais velho que o pai de Sunny, mas era muito mais musculoso, como se passasse todo o tempo cortando lenha. E ele devia fazer isso ao sol, pois a pele era quase totalmente negra.

O sujeito tinha um cavanhaque trançado que chegava à cintura. Da ponta do cavanhaque pendia uma argola de bronze. Sunny teria considerado o estilo ridículo, caso não ele tivesse uma aparência tão incrível. O homem os examinou minuciosamente, com um cachimbo aceso na boca. Primeiro, Sunny teve de suportar o vício em incensos de Anatov, e agora teria de se esforçar para não respirar a fumaça nojenta daquele homem.

— Sentem-se — comandou ele.

Eles se sentaram bem ali mesmo, no chão de terra. O homem estendeu uma das mãos e pressionou os dedos uns contra os outros. A terra atrás dele começou a formar uma massa. Em instantes,

Kehinde tinha uma cadeira feita de terra. Ele se sentou e tragou com força seu cachimbo. Soltando a fumaça lentamente, ordenou com voz estrondosa:

— Tragam luz.

Agora seu inglês tinha um pouco de sotaque nigeriano. Diferente de Orlu, ele não precisava implorar para os insetos. Dezenas de vaga-lumes iluminaram a área com suas luzes.

— Hum — disse Kehinde, enroscando a barba no longo dedo indicador. — Gostariam de beber alguma coisa? Vocês parecem... sedentos.

— Sim, por favor — responderam eles.

Um macaco do tamanho de uma criança de 5 anos apareceu correndo. Seu pelo era castanho-claro com tons de vermelho, e ele tinha um rabo longo, que parecia forte e girava em círculos conforme corria. O animal jogou uma garrafa para Sunny. Por sorte, ela foi rápida o bastante para agarrá-la. A Fanta estava geladíssima. Orlu agarrou um refrigerante de malte; Sasha, uma Coca; e Chichi, uma soda limonada azeda. Todas as bebidas foram arremessadas com a mesma finesse selvagem. As chapinhas se abriram, emitindo chiados.

— Conseguiram chegar até aqui — disse Kehinde. — Se não tivessem, não valeria a pena perder meu tempo com vocês.

Sunny ergueu a sobrancelha, irritada.

— O que é isso — perguntou Kehinde para ela. — Comece a falar.

Ela olhou de soslaio para Sasha, Chichi e Orlu. Eles pareciam tão irritados quanto ela se sentia.

— Ora... eu só... — Ela pressionou um lábio contra o outro e, depois, gritou: — Nós poderíamos ter *morrido*! — Ela hesitou. — Francamente, que espécie de "professor" faz isso com seus alunos? Nós nos deparamos com uma alma da mata! E se ela tivesse nos matado? Meus pais nem sabem que eu *saí de casa*!

— Se vocês tivessem morrido, nós os encontraríamos, e seus cadáveres seriam devolvidos a seus pais com... explicações — argumentou Kehinde.

Sunny ficou boquiaberta. *Que espécie de homem frio e desumano era aquele?*

— Vamos lá — incitou Kehinde, enquanto pegava um jornal. — Leram as notícias ultimamente? Se ainda não perceberam, a vida de uma pessoa, especialmente a de uma pessoa jovem, não anda valendo muito hoje em dia. O mundo é maior que todos vocês. Riscos devem ser corridos. Mas, *felizmente*, aqui estão.

Sunny estava prestes a dizer mais coisas, mas Kehinde ergueu uma das mãos.

— Cale a boca por agora, Sunny — repreendeu ele. — Já falou o bastante.

— Não — disparou ela. — Eu... — O cascudo na parte de trás da cabeça foi forte o bastante para turvar sua visão por um instante. Ela se virou para encarar Chichi, que havia lhe batido.

— Cale a boca — chiou ela. Sunny ficou tão perplexa que obedeceu.

Kehinde deu um sorriso de escárnio e balançou a cabeça, satisfeito.

— Não costumo me encontrar com os alunos de Anatov. Mas ele acha que vocês são de grande utilidade... de grande utilidade para o conjunto de pessoas-leopardo, apesar de todo esse poder ser danoso para vocês individualmente. Mas a vida é assim, não é? Já veremos. Sasha, levante-se.

Ele se levantou.

— Você gosta de uma confusão? — indagou Kehinde.

Sasha inclinou a cabeça e depois disse:

— Se eu avistar uma.

Kehinde abriu um sorriso.

— Gostei desse aí — comentou ele consigo mesmo.

Orlu soltou um muxoxo de irritação.

— Ok. Bem, já está ficando tarde — avisou Kehinde, e se levantou. — Tenho outros compromissos, eventos sociais, lugares a visitar, visitantes para entreter.

Já acabou?, Sunny queria gritar. *Depois de tudo por que passamos, ele agora vai nos mandar de volta para aquela floresta maluca?* Ainda assim, quando se levantou, apesar da irritação e dos hematomas, se sentiu renovada. Olhou de volta para a trilha. Se eles sobrevivessem ao caminho de volta, muito provavelmente teriam de tomar o trem futum de volta para casa. Que horas *seriam?* Ela não se atreveu a olhar para o relógio.

O macaco tornou a aparecer.

— Ei! Eu não tinha terminado — disparou Orlu, enquanto o animal recolhia seu refrigerante de malte. Ele levou as bebidas de todos eles.

— Tenho de me apressar — disse Kehinde. Ele apertou as mãos de cada um do grupo e deu um tapinha no ombro de Sasha, sussurrando-lhe algo ao ouvido; o menino assentiu, dizendo:

— Ok.

Depois, Kehinde retirou algo pequeno e brilhante do cavanhaque. Jogou o objeto em direção à trilha, o que provocou uma pequena explosão e fez com que várias criaturas que Sunny não conseguia ver direito saíssem correndo para todos os lados. *Eles estavam esperando por nós*, percebeu ela com pavor. Quando a poeira baixou, a trilha havia desaparecido. Em seu lugar, surgiu um caminho menor, que levava à cabana de Anatov.

— Têm sorte de eu ser um cara legal — comentou Kehinde, dando uma piscadela.

— Eu poderia ter descoberto como se faz isso — disse Sasha. — Uma vez que eu souber o caminho de volta, serei capaz de fazer isso.

— Não na Floresta do Corredor Noturno — replicou Kehinde, com um tom de voz sombrio. — Este lugar simplesmente riria de vocês e os conduziria em direção a situações potencialmente mais mortais. Algum dia, Sasha, vou lhe mostrar como se faz isso. Até lá, sigam seu caminho.

Quando Anatov os viu entrar, uma expressão de alívio tão intenso passou por seu rosto que Sunny, naquele exato momento, compreendeu o quão próximos estiveram da morte. Ela sentiu cócegas na barriga. Essa sensação permaneceu durante toda a malcheirosa viagem de volta no trem futum, onde ela ficou espirrando sem parar, e na curta caminhada até sua casa. Chichi foi com ela para ajudá-la a entrar despercebida.

— Pense na caveira e faça o que fez antes — recomendou. — Lembre-se, você já fez isso uma vez. Foi você quem fez seu corpo atravessar a fechadura, e não a caveira.

Como na segunda vez que ela cruzou a ponte, entrar em casa foi maravilhosamente fácil. Em questão de segundos, ela se materializou dentro de seu quarto. E sorriu quando um *chittim* de bronze caiu a seus pés. Rapidamente, ela abriu a porta do quarto e olhou o corredor. Os *chittim* que haviam caído antes ainda estavam ali. Ela levou-os para dentro do quarto e, com cuidado, fechou a porta. Eram cinco da manhã. Dentro de duas horas teria de acordar para ir à escola.

Culinária e receitas

Se você for uma garota e tiver a sorte de se casar com um homem-leopardo quando crescer, precisa não só saber cozinhar refeições que não sejam mágicas, como também a ocasional refeição mágica. Assim como acontece com todos os homens nigerianos, conquista-se o coração de um homem-leopardo pelo estômago. Uma agente livre que não souber cozinhar Sopa de Pimenta Contaminada para o marido está fulminada. Felizmente, esse prato é muito fácil de ser feito, até por você. Pratique e domine agora a receita de Sopa de Pimenta Contaminada, ou se arrependerá mais tarde.

Sopa de pimenta contaminada

INGREDIENTES:

3-4 tomates grandes (aviso: se eles forem muito pequenos, a sopa pronta vai explodir dentro de uma hora!)

1-2 pimentas contaminadas (aviso: jamais use pimentas contaminadas que tenham ficado laranja, ou que emitam mais que suaves espirais de fumaça)

Carne ou peixe (aviso: não use frango. Frango vai fazer a sopa pronta explodir dentro de uma hora!)

4 cubos de caldo Maggi (aviso: não use caldo de galinha, ou a sopa pronta explodirá dentro de uma hora!)

Azeite de dendê

2 cebolas perfeitamente redondas (aviso: se elas não forem perfeitamente redondas, a sopa pronta vai explodir dentro de uma hora!)

Sal marinho (aviso: não use sal comum quando cozinhar com pimentas contaminadas, a não ser que planeje jamais ter filhos)

50g/2 onças de pitus moídos (aviso: certifique-se de que não há sequer um grão de areia em seus pitus moídos, ou sua sopa vai ficar com gosto de cola)

Pimenta seca

Água

Gelo

MODO DE PREPARO:

Coloque a carne em uma panela e adicione muito pouca água (a maioria das carnes solta água enquanto cozinha). Corte uma cebola em cubos e misture-a com a carne, acrescente uma pitada de sal e cozinhe a carne até que ela esteja quase macia.

Moa em conjunto os tomates, a cebola restante, os pitus e as pimentas contaminadas. Acrescente gelo para resfriar a pasta (as pimentas contaminadas vão fazer a mistura de ingredientes ferver).

Despeje a pasta sobre a carne na panela. Coloque também os cubos de caldo. Depois, acrescente o azeite de dendê, nem muito, nem pouco (azeite de dendê contém alto teor de colesterol).

Deixe a sopa cozinhar por si própria (as pimentas contaminadas vão fazer a sopa ferver) por cerca de vinte a trinta minutos, mexendo sem parar. Não mexa com uma colher de metal, a não ser que queira matar seu marido.

Finalize com mais sal marinho e pimenta seca de acordo com o gosto dele.

Extraído de *Fatos rápidos para agentes livres*

8

Ensopado vermelho e arroz

Sunny mal podia manter os olhos abertos no colégio. O que a mantinha acordada era o hematoma no quadril, que latejava terrivelmente. Para piorar as coisas, Jibaku estava pegando pesado.

— Saia da frente — disparou ela, empurrando Sunny para o lado para poder chegar a seu assento.

Sunny quase saiu voando em direção à própria carteira. Ela lançou um olhar de fúria para Jibaku.

— O que você vai fazer em relação a isso? — perguntou Jibaku, devolvendo-lhe o olhar de fúria. Sunny conseguia pensar em várias coisas como retaliação. Mas todas terminavam com uma surra de seu pai, depois que ele e a mãe descobrissem o que ela havia feito. Quando Sunny não respondeu, Jibaku soltou uma gargalhada alta, como a hiena que era.

— Simplesmente a ignore — sussurrou Orlu a duas carteiras de distância, enquanto a professora de matemática entrava na sala.

Sunny se sentou, bocejando e esfregando os olhos. *Preciso me recompor*, pensou ela. Por volta da hora do almoço, estava sentindo uma forte dor de cabeça. Tudo ao redor parecia normal... e estranho. Os outros alunos, as paredes, o piso, o cheiro dos corredores. Sentir-se deslocada não era novidade, mas agora ela se sentia mais deslocada ainda. Mal havia pisado no pátio do colégio quando Jibaku veio por trás e lhe deu outro empurrão.

— Com licença, baranga — disse a menina. Em seguida, duas amigas de Jibaku também a empurraram. Sunny observou enquanto elas se encontravam com Caramujo, Cálculo e alguns outros amigos. Cansaço misturado com confusão, fome e raiva, tudo aquilo era uma péssima combinação. Ela dera três passos raivosos em direção ao grupo quando seu celular tocou.

— Alô? — atendeu, rangendo os dentes.

— Onde você está? — Era Orlu.

— Me ligou na hora certa.

— Pressenti — respondeu ele.

— Estou na porta.

— Então, estou logo atrás de você.

Ela se virou e o viu sair da sala de aula.

— Será que não tem nada que a gente possa fazer contra ela? — sussurrou Sunny, conforme cruzavam o pátio.

— Jamais use juju contra ovelhas por reles vingança — asseverou ele. Assim, vai acabar diante do Conselho da Biblioteca tentando justificar suas atitudes. E você não quer que isso aconteça, confie em mim.

— Você já contou a Sasha?

— Ele *sabe*. — Orlu riu. — A mesma coisa aconteceu onde Sasha morava. Ele já se apresentou diante do conselho antes. — Orlu fez uma pausa. — Mas você tem razão. Ele está na Nigéria agora; os castigos aqui são rápidos e dolorosos, e não verbais e lícitos.

— Estou muito cansada — disse ela, com um gemido.

— Vai se acostumar.

Sunny olhou para ele, cobrindo seu rosto com uma das mãos. Ao lembrar-se do que devia fazer, abriu sua sombrinha e manteve-a sobre a cabeça.

— Orlu, há quanto tempo você e Chichi visitam Anatov?

— Há muito tempo. — Orlu deu de ombros. — Desde que tenho uns 2 anos.

— Mas eu e você frequentamos a mesma escola desde que tínhamos 5 anos.

— Ahã.

— Mas... não é de se espantar que suas notas fossem baixas — comentou ela.

— Que nada, eu é que não sou bom aluno na escola. Pelo menos não nesta — disse ele. — Vai se acostumar a dormir menos. Simplesmente estude mais cedo, para poder ir para a cama mais cedo. Ainda faltam três dias para visitarmos Anatov de novo. Você pode ir se adiantando.

— Três dias? Não sabia disso. Ele disse alguma coisa?

— Nós o visitamos às quartas e sábados. — Ele parou de andar. — É importante que você continue tirando boas notas. Isso é tão importante quanto as outras coisas.

— Como espera que eu faça meu dever de casa quando me sinto desse jeito? — lamentou-se ela.

— Simplesmente faça seu dever — retrucou Orlu. — Faça e depois vá dormir.

Era mais fácil falar que fazer.

Naquele fim de tarde, ela se sentiu como se lutasse contra um monstro silencioso e trapaceiro. Seus olhos estavam pesados, e sua mente, confusa. *Mas consegui terminar o dever*, pensou ela, enquanto finalmente largava a caneta. Ela havia feito uma folha de problemas de matemática, tinha lido textos para as aulas de história e gramática, e escrito o rascunho de uma redação cujo prazo de entrega era dentro de dois dias. Sunny, então, foi pegar alguma coisa para comer. A mãe estava na cozinha, preparando ensopado vermelho e arroz.

— Boa noite — cumprimentou Sunny.

— Boa noite, Sunny. Estava em casa esse tempo todo?

— Sim, estudando.

— Você parece cansada.

Ela pegou uma manga e descascou-a, ciente de que a mãe a observava.

— Está tudo bem? — perguntou a mãe, com a colher de pau na mão, suspensa sobre a panela de ensopado borbulhante.

— Sim, mãe — respondeu ela, com um sorriso. — Só estou cansada.

— Hum — replicou ela. — Você parece...

— Estou bem. — Ela deu uma mordida na manga. — Mãe?

— Ahã? — Ela havia se virado de volta para o ensopado.

— Qual era o nome de solteira de sua mãe?

— Por quê? — Ela parou de mexer o ensopado, apenas por um breve instante.

— Por nada, estava só pensando — disse Sunny, com cautela. — Você... você nunca fala muito sobre ela.

— Iaiá não é o suficiente?

Iaiá era a avó *paterna*. Sunny sempre a via nos feriados. E gostava bastante dela.

— Eu só quis dizer que...

— Sunny, minha mãe morreu e ponto final.

— Ok — respondeu ela rapidamente.

— Quando terminar de comer essa manga, vá descansar.

Sunny sempre ficara intrigada com todo aquele sigilo, e a resposta de sua mãe era sempre a mesma: fria e evasiva. Naquela noite, deitada no quarto, Sunny ficou pensando sobre aquilo.

Alguma coisa pousou em sua cama. Ela deu um pulo e ligou a luz. O gafantasma vermelho. Ele estava sentado na cama, olhando para ela com seus grandes e complexos olhos cor de laranja. Sunny não tinha medo de gafanhotos, nem mesmo de suas patas fortes e ágeis. Mas aquela criatura era do tamanho de uma bola de futebol americano. Ele se virou e, com um zumbido suave, saltou e planou pelo quarto, pousando na parede. Sunny olhou fixamente para ele por um instante, e, em seguida, simplesmente apagou a luz.

O sono veio deliciosamente rápido e fácil, como costuma vir quando é merecido.

Pessoas-leopardo Não Humanas e Importantes para se Conhecer

Udide é a artista por excelência, a Grande Aranha Peluda, cheia de veneno, histórias, ideias. Às vezes ela é ele, e às vezes ele é ela: depende do humor de Udide. Udide vive sob o solo, onde é fresco, escuro e onde ela pode tocar suas oito patas no chão e sentir a pulsação da Terra. Há quem diga que o covil de Udide é uma grande caverna sob a cidade de Lagos, onde ela se deleita com o barulho dos geradores e a vida corrida. Outros acreditam que seu covil fica sob a capital do país, Abuja, não muito longe da Mesquita Nacional de Abuja, onde ela começa o dia escutando a Oração da Manhã. Ainda assim, outros acham que seu lar são os pântanos do delta do rio Níger, onde ele aprecia o som de tiros e bebe da água oleosa e poluída, como se fosse champanhe. E há alguns que juram que ela mora bem abaixo do vilarejo de Asaba, pois foi ali que uma jovem-leopardo encontrou um exemplar de O livro das sombras de Udide, um livro cheio de receitas, jujus, histórias e anotações pessoais de Udide. Desde então, esse tomo inestimável foi copiado três vezes, mas o paradeiro dessas cópias é desconhecido. Ainda assim, Udide se regozija com o embuste. Udide claramente queria que o livro fosse encontrado. Aqueles que optam por usá-lo são idiotas.

Extraído de *Fatos rápidos para agentes livres*

9

Fronde

No sábado de manhã, Sunny acordou às sete horas. Tomou um banho, vestiu um jeans, uma camiseta, e preparou um café da manhã rápido, composto de banana-da-terra frita e ensopado de ovo. Botou a cabeça para dentro do quarto dos pais e se despediu rapidamente. Eles ainda não estavam totalmente acordados e mal murmuraram uma frase completa. Exatamente como ela havia planejado. Em seguida, Sunny saiu de casa.

Sasha, Chichi e Orlu já estavam do lado de fora da cabana de Chichi quando a menina chegou. Estavam reunidos, lendo um jornal.

— Estão vendo? — apontou Orlu. — Ela chegou bem na hora.

— Estávamos discutindo se seus pais a deixariam sair de casa — explicou Chichi. — Eu disse que você viria de qualquer maneira, se eles deixassem ou não, mas que se atrasaria. Sasha achou que você sequer viria.

— Saí de casa antes de eles realmente acordarem. Mas desta vez não posso me atrasar na volta.

— Ou o quê? — indagou Orlu.

— Ou meu pai vai me esfolar — afirmou ela. — E minha mãe vai morrer de preocupação. Chapéu Preto isso, Chapéu Preto aquilo. Deus do céu!

— Você viu o jornal de hoje?

— Não — respondeu ela, e se inclinou para a frente a fim de olhar. — Como vocês conseguiram um exemplar tão cedo assim? Meu pai geralmente leva o jornal para casa só à tarde.

— Sunny, Sunny — riu Chichi, balançando a cabeça. — Vou fazer uma assinatura do *Diário de Leopardo Bate* para você. Vai recebê-lo bem cedinho todos os dias.

CHAPÉU PRETO ATACA DE NOVO

MENINO FOI ENCONTRADO VAGANDO PELO MERCADO COM OS OLHOS REMOVIDOS

Um menino de 7 anos, de Aba, que havia sido sequestrado dez dias atrás, foi encontrado vagando pelo mercado de Ariaria. Seus dois olhos haviam sido brutalmente removidos. As feridas foram cauterizadas. O símbolo de um chapéu preto foi desenhado em seu braço direito com uma tinta que os médicos acham impossível remover. Esse é o conhecido símbolo do assassino ritualista Chapéu Preto Otokoto. Ahmed Mohammed, de 45 anos, encontrou o menino. Imediatamente ele chamou as autoridades e levou-o ao hospital.

— A princípio, fiquei em dúvida se o menino não era algum tipo de espírito maligno — disse Mohammed.

O garoto é a 17ª vítima de Chapéu Preto, e apenas a quarta encontrada viva. Até agora, todas as vítimas de Chapéu Preto são menores de 16 anos. Rituais de sacrifício e atividades ligadas ao ocultismo há muito são um problema na Nigéria, mas nunca houve na Igbolândia um assassino ritualista em série como esse.

A comunidade cristã condena...

— Eles têm de pegar esse cara. — Sunny ficou enjoada.

— Eu sei — concordou Chichi, revirando os olhos e amassando o jornal. — Um menino de 7 anos! É terrível.

— É vergonhoso — comentou Orlu. — É por isso que não posso dizer que não acredito na pena de morte.

— Caramba! Realmente existem assassinos em série aqui? — perguntou Sasha. — Achei que isso era coisa dos Estados Unidos.

— Ah, cale a boca — disparou Chichi. — Há assassinos em série em qualquer lugar.

Quando chegaram à cabana de Anatov, ele estava ouvindo uma das músicas de meia hora de duração de Fela Kuti. Sunny *amava* Fela. Essa era uma das poucas coisas que ela e seu pai tinham em comum.

— Bom dia, *Oga* — cumprimentou Chichi.

— Chichi, que bom ver você.

Ela ficou radiante.

Anatov levantou uma das mãos, e a música ficou um pouco mais baixa.

— Meus alunos, bom dia.

Como sempre, a cabana tinha um cheiro forte de incenso. O nariz de Sunny começou a escorrer.

— Sentem-se, sentem-se — convidou Anatov. Ele acendeu outra vareta de incenso e deu um sorriso travesso para Sunny. — Realmente impressionaram Kehinde — prosseguiu ele, sentando-se em seu trono de palha. — Principalmente você, Sasha. Ele concordou em ser seu mentor de segundo nível, quando chegar o momento. É melhor ter um acadêmico como mentor. A maioria das pessoas tem como mentores um pai, uma mãe, uma avó, algum parente. Kehinde também era encrenqueiro quando jovem. Vocês dois vão trabalhar bem juntos. Espere receber uma carta dele, está bem?

Sasha parecia prestes a explodir de orgulho e entusiasmo. Sunny queria lhe dar um pontapé. As pessoas só faziam aquela cara em filmes bregas da Disney para criancinhas. Orlu olhou de soslaio para Sunny. Ela simplesmente deu de ombros. Parecia que Anatov havia escolhido Chichi como pupila, e agora Sasha, que tinha acabado de chegar à Nigéria, fora escolhido por Kehinde. Sunny sentiu um pouco de pena de Orlu.

— O trabalho em equipe é o único motivo pelo qual vocês sobreviveram para encontrar Kehinde — garantiu Anatov. — Há lugares em Leopardo Bate que realmente não são nada seguros. Lugares onde as pessoas tentam roubar *chittim* em vez de ganhá--los, onde elas esqueceram *por que* ganham *chittim* em primeiro lugar. O conhecimento é mais valioso que o *chittim* que se recebe por ele. Vocês quatro me agradam. Até você, Sunny, com toda sua radiante e feliz... ignorância.

Sunny se viu rindo com os outros.

— Apesar disso, eu tinha de arriscar perdê-los. — Ele fez uma pausa. — Vocês quatro têm muito trabalho pela frente. Ajudem-se. Cada um de vocês sabe de coisas que os outros não sabem. Cada um tem talentos que podem manter os outros a salvo. Sunny, Orlu, Chichi: pelo menos ensinem Sasha a falar igbo. Sasha, aprenda igbo, e aprenda rápido. Você fala alguma outra língua?

— Francês, um pouco de hauçá; e falo bem árabe — respondeu Sasha.

— Árabe? — disse Chichi. — É sério?

— Meu pai me ensinou. Ele é militar. Precisou ficar em um posto no Iraque por quatro anos.

— E você sabe escrever em árabe? — indagou Chichi.

— Sim. Até melhor do que falo.

— Que bom — elogiou Chichi.

— Igbo não deve ser difícil de você aprender — comentou Anatov. — Se você já aprendeu uma língua não românica, pode aprender outra. — Ele fez uma pausa. — Ok, lição de hoje: sair e encontrar outro amigo meu.

Todos soltaram gemidos.

Anatov riu.

— Não, não vai ser tão perigoso assim, a não ser que vocês peguem a trilha secundária errada. Saiam e encontrem Taiwo. Outra acadêmica, sim. Ela mora em Leopardo Bate.

— Por que estamos conhecendo esses... acadêmicos? — perguntou Sunny.

— Não questione meus métodos de ensino — retrucou ele, friamente.

— Eu não estava questionando, *Oga*! — gaguejou Sunny. — Eu... Eu estava apenas...

— Pois não faça isso — disse Anatov. — E corte esse cabelo. Seu black power está todo desajeitado ultimamente.

Sunny tocou os próprios cabelos, querendo que houvesse um espelho ali por perto.

— Chichi — chamou Anatov. — Entregue este pacote para Taiwo. — O que quer que houvesse no pacote estava bem embrulhado em jornal.

Chichi pegou o embrulho e colocou-o perto do ouvido.

— O que tem aqui dentro? Ainda está vivo?

— Não é de sua conta — replicou Anatov. — Taiwo mora no final da rua principal. No caminho, quero que passem na Loja de Livros do Bola e comprem dois livros cada um. *Jujus avançados para facas juju*, de Victoria Ogubanjo, e outro livro de sua escolha. Leiam ambos e escrevam relatórios de uma página sobre eles, para me entregar daqui a três semanas, no sábado. Eu os vejo na quarta-feira.

141

* * *

Sunny ficou de pé diante da ponte na árvore para Leopardo Bate, sentindo-se enjoada. Sasha e Orlu já tinham ido na frente.

— Vou lhe ensinar como conjurar música — disse Chichi.

— Ok — respondeu ela, com um suspiro.

— Você ainda não precisa de uma faca juju; então apenas observe. — Ela puxou a faca, ergueu-a e cortou o ar. — Parece que estou cortando o ar. Este é o começo do juju. — Chichi moveu o punho delicada e rapidamente. — Isso cria um saquinho de juju dentro do qual posso falar palavras. — Ela estendeu a mão. — Quando ficar boa nisso, vai conseguir fazer rápido o bastante para poder falar as palavras no saquinho sem ter de agarrá-lo primeiro. Uma vez que as palavras estejam dentro do saquinho, o juju vive e age por conta própria. Estenda a mão.

Ela botou o saquinho invisível na mão estendida de Sunny. Ele era úmido, macio e frio.

— Minha língua materna é efik, então falo as palavras catalisadoras em efik — explicou ela. — Sua língua materna é igbo, então...

— É inglês — corrigiu Sunny.

— Sério? — perguntou Chichi, inclinando a cabeça.

— Sim.

— Ok, suas palavras catalisadoras vão ser em inglês.

— E quais são as palavras?

— Está pronta para atravessar?

— Sim — respondeu Sunny, hesitante.

— Apenas diga: "Traga a música de meu coração". Mas eu vou dizer: "Traga a música do coração de Sunny", visto que esse juju é para você. Devia tentar por si própria evocar sua cara espiritual. Chame-a como se estivesse chamando a mim ou a Orlu, como se fosse um grande amigo. — Chichi falou as palavras em efik, e a música começou.

Sunny olhou para o rio de águas rápidas e a ponte da árvore. Em sua mente, ela disse: *Venha a mim!* A cara veio como se estivesse só esperando. Em seu âmago, ela escutou uma voz baixa sussurrar: "Anyanwu". Anyanwu, este era o nome de sua cara espiritual, seu outro nome. Em igbo, Anyanwu significa "olho do sol". Era um nome legal. Definitivamente apropriado. Dessa vez, Sunny caminhou de um modo que ela claramente sabia que era majestoso. Examinou a si mesma à medida que se movia, pois as águas turbulentas abaixo não a assustavam.

— Olá? — chamou Sunny, testando a própria voz. Ela soava intensa e um pouco mais grave. Refletiu sobre si mesma, quem era, o que havia aprendido nos últimos dias. Parou e se permitiu entrar naquele estado de profunda concentração que já lhe parecia familiar. Com sua cara espiritual, ela tinha certeza do que estava fazendo. Fazia sentido.

Sunny olhou para baixo. Não conseguia ver seus pés. Ela riu e seguiu em frente apressadamente. Era vento, névoa, ar, em parte aqui, e em parte ali também. A música lhe chegava aos ouvidos, como a trilha sonora de um sonho, conforme se aproximava do fim da ponte. Ela chegou em segundos, com a canção ainda tocando. Depois passou em disparada por Sasha e Orlu, que estavam atrás de uma árvore próxima. Tudo o que precisou fazer para voltar a ficar visível foi pensar nisso.

— Uau! — exclamou ela, com um suspiro, enquanto olhava para as próprias mãos. Quatro grandes *chittim* caíram a seus pés. De cobre, o tipo mais valioso. Essa foi uma lição importante aprendida. Ela colocou-os em sua bolsa e foi encontrar os outros.

— Como chegou aqui tão rápido? — gritou Chichi, rindo.

— Fiz um lance de invisibilidade! Foi como voar sem sair do chão! — exclamou ela. E havia algo mais que não conseguia descrever muito bem. Ela olhou para Orlu e Sasha. — Passei em disparada por vocês.

— Então *essa* foi a brisa morna que sentimos — comentou Orlu.

— Achei que era alguma outra pessoa que não queria ser vista — comentou Sasha.

— Isso é muito louco. — Sunny não conseguia parar de sorrir. A vida ficava cada vez mais estranha. Mas ela realmente gostava dessa estranheza. Se fosse capaz de fazer isso sempre que quisesse, nada poderia atingi-la. Nem mesmo o pai, quando estivesse com raiva.

— Não é *tão* incrível assim — desdenhou Sasha, indiferente. — Posso fazer a mesma coisa com um pouquinho de pó e algumas palavras.

— Bem, Sunny *nasceu* com essa capacidade — retrucou Chichi.

Sasha simplesmente riu debochado e fez um bico com a boca. Sunny estava entusiasmada demais para se importar com sua inveja.

— Tomara que ela não o trate dessa maneira quando você estiver aprendendo igbo, Sasha — disse Orlu, enquanto começavam a caminhar.

— Não preciso que puxem meu saco para que eu aprenda — retrucou ele.

Os quatro seguiram para a Loja de Livros do Bola. Sasha foi direto à seção com uma placa que dizia: ENTRE E COMPRE POR SUA PRÓPRIA CONTA E RISCO. Dessa vez, dois adolescentes, um velho e duas mulheres examinavam com cuidado aquela ala da loja. Orlu foi para a seção onde se lia LIVROS SOBRE CRIATURAS E MONSTROS DO MUNDO MÍSTICO.

— Pelo que se interessa? — perguntou Sunny para Chichi, que deu de ombros.

— Já vou achar alguma coisa — respondeu ela por sobre os ombros, e se afastou.

— Sunny examinou todas as categorias: *Alteradores de tempo, Jujus de amor, Refinamento de habilidades para os não abençoados, Criação de filhos, História, Literatura geral dos leopardos, Ficção científica dos leopardos*. Seus olhos bateram no mesmo livro em que ela havia reparado da última vez. Ele ficava numa seção chamada ESCRITURAS, ALFABETOS E JUJUS CONVENCIONAIS. Ela pegou a obra. *Nsibidi: a língua mágica dos espíritos*. Quando a abriu, tudo o que viu foram pictogramas. Quanto mais ela os olhava, mais os sinais começavam a pulsar e se deslocar pela página. Ela aproximou o exemplar do rosto, e os sinais se moveram mais rápido ainda. Além disso, o livro parecia estar sussurrando para ela.

— Hã? O que você está dizendo? — sussurrou ela em resposta. Alguém lhe deu um tapinha no ombro, e ela pulou de susto. Era o dono da loja, Mohammed.

— Oi — cumprimentou ela, sentindo o rosto esquentar. — Eu estava... Eu estava apenas... — Ela devolveu o livro e abriu um sorriso amarelo. — Me desculpe. Eu não deveria ter tocado no livro, não é?

— Relaxe. — Ele pegou o livro e botou-o de volta nas mãos da garota. — Você é uma agente livre, certo?

Ela assentiu. Um homem que folheava livros a seu lado soltou um muxoxo alto e foi para outra seção.

— Interessante — comentou Mohammed, ignorando o cliente que se irritara. — Seu professor os mandou vir aqui comprar livros?

— Ahã. Mas, na verdade, não conheço nada.

— Isso é um eufemismo — replicou ele, abafando uma risada e dando tapinhas no ombro de Sunny. — Consegue ver alguma coisa nesse livro que... se mexe um pouco?

— Sim. E escutei... sussurros.

Ele balançou a cabeça.

— Poucos conseguem ver o nsibidi. Compre este livro. Está lhe chamando.

— O que acontece depois que os sinais param de se mexer? — indagou ela.

— Hum — disse Mohammed, dando de ombros. — Somente pessoas como você saberão. Mas se trata de um livro; então alguma coisa você vai aprender, tenho certeza.

— Quem escreveu?

— Sugar Cream.

Sunny franziu o cenho. Onde ela já havia escutado aquele nome?

— Ela é do grupo de acadêmicos — explicou Mohammed, rindo. — Você *realmente* é nova nisso. É a chefe do Conselho da Biblioteca de Leopardo Bate.

Sunny pressionou o livro contra o peito.

— Pode me ajudar a achar outro livro?

— Claro que sim.

— Ele se chama *Jujus avançados para facas juju*, de Victoria Ogunbanjo.

Agora era a vez de Mohammed erguer uma sobrancelha.

— Para você?

— Sim.

— Ok. — Ele parecia inseguro.

O livro era pequeno, e o papel das páginas, muito fino. Ele trazia na capa uma imagem de uma faca juju, com sangue escorrendo da ponta, que parecia antiquíssima. No total, seus livros custaram três *chittim* de cobre.

— Aquele livro de nsibidi é muito caro — comentou Sasha. — Você realmente consegue ver os pictogramas se mexendo?

— Sim.

— O que você comprou? — indagou Chichi.

— O *livro das sombras de Udide* — respondeu Sasha, estampando um sorriso.

— O quê? — Orlu quase berrou. — Você está de brincadeira!

— Quem é Udide? — perguntou Sunny.

— O artista supremo — respondeu Chichi. — Uma aranha gigante que vive debaixo da terra. Ela é a criatura mais criativa do planeta. Ela escreveu um livro das sombras de verdade? *Na-wao*, que bom achado! Em que língua está escrito?

— Em árabe, por algum motivo. Me custou dois *chittim* de cobre — revelou Sasha.

— Vale muito mais que isso — assegurou Chichi, olhando avidamente para o livro. — Nunca ouvi falar que alguém tenha encontrado um exemplar.

O sorriso escancarado de Sasha ficou ainda mais largo.

— Tem certeza de que não é um livro roubado? — indagou Orlu.

— Na Loja do Bola, nunca se sabe, especialmente naquela seção.

— Quem se importa? — argumentou Sasha. Ele pegou o livro que Orlu havia comprado. — *Guia ilustrado da Floresta do Corredor Noturno?* — Ele devolveu o livro para Orlu. — Eca, tem cheiro de terra, folha úmida e estrume.

Chichi gargalhou alto. Sunny deu uma risadinha.

— E ele deveria ter cheiro de que *outra coisa*, além disso? — disparou Orlu.

— O que você comprou? — perguntou Sunny para Chichi.

— *Leo Frobenius: intermediário de Atlântida ou traidor?* — respondeu ela. — Minha mãe estava justamente me falando como Atlântida está localizada depois da ilha Victoria, em Lagos. É óbvio que as ovelhas acreditam que fica em qualquer outro lugar, menos na costa do "Continente Negro". Frobenius era um homem-leopardo da Alemanha. Ele quase revelou o segredo para as ovelhas. Era tão apaixonado por Atlântida que abandonou sua lealdade. Queria contar ao mundo o que sabia.

Sunny não fazia ideia de que Chichi estava falando.

— Minha mãe vai querer roubar este livro de mim — disse animadamente Chichi. — Mas quem vai ler primeiro sou eu.

— Vocês deram uma olhada naquele livro que Anatov nos mandou comprar? — perguntou Sasha.

— Sim — respondeu Chichi. — Espero que ele não acabe nos matando com aquelas coisas. Aqueles são jujus para o *Mbawkwa* e níveis superiores. — Ela falou isso sorrindo.

— Esse é o segundo nível, não? — perguntou Sunny.

— Sim.

— Isso não é ilegal, ou algo do tipo, já que não passamos de nível ainda?

— Não para mim — gabou-se Sasha.

— Trabalhar com jujus que estão em um nível acima do seu não é ilegal — asseverou Orlu. — É apenas extremamente perigoso. Se você cometer um erro, a consequência geralmente é a morte. — Ele olhou para seu relógio. — Vamos indo. Taiwo mora no fim desta estrada. É uma longa caminhada.

Eles levaram mais de duas horas. E, passada a primeira hora, quando ainda havia muito chão a percorrer, Sunny começou a imaginar quão grande seria Leopardo Bate. Segundo Orlu, era uma porção de terra rodeada por um rio, mas ela não imaginara que fosse tão grande. Durante a primeira hora, eles passaram por várias lojas, desde lojas comuns de comida até cabanas assustadoras, pintadas de preto, com cortinas pretas nas entradas que conduziam à escuridão.

— Esses lugares ou vendem criaturas que são sensíveis à luz, ou artigos para práticas mais arriscadas — afirmou Chichi.

— Mas a maioria das lojas que vende perigosos jujus de magia negra fica mais perto de onde mora Taiwo — argumentou Orlu. —

As pessoas chamam aquele lugar de Vilarejo das Pintas do Leopardo. Estamos indo em direção ao leste, e Pintas do Leopardo fica um pouco mais a sudoeste. Podiam muito bem declarar toda aquela área como proibida só pela quantidade de jujus ilegais feitos ali.

Sunny estremeceu com a ideia de que havia pessoas-leopardo corruptas.

— Todos os lugares têm um lado sombrio e um lado de luz. Eliminar o Vilarejo das Pintas do Leopardo provocaria o caos — acrescentou Orlu, que parecia ler os pensamentos de Sunny.

A parte mais iluminada de Leopardo Bate ficava em seu Centro. Ela podia ver a enorme cabana de quatro andares a distância, muito antes de eles a alcançarem. A Biblioteca de Obi. Por todo o entorno da estrutura de barro vermelho, a grama crescia solta, com uma ocasional flor de cor viva ou arbusto de aspecto agressivo despontando aqui e ali. A biblioteca era mais larga que quatro mansões juntas, e os andares se assentavam tortos uns sobre os outros.

O prédio parecia prestes a cair. Mas, através de suas muitas janelas, que pareciam dispostas de forma aleatória, ela podia ver pessoas de pé, sentadas, caminhando ou subindo escadas. As paredes externas eram decoradas com imagens de batalhas, danças, florestas, campos, silhuetas de cidades com prédios, o espaço sideral e criaturas de todos os tipos. Ela seria capaz de passar o dia todo ali e, ainda assim, ver novidades. Era como se o prédio contasse milhares de histórias de uma só vez.

— Aqui há cópias de todos os livros, encantos e histórias: orais, escritas ou pensadas — afirmou Orlu. — Aqui também são escritas as leis. — Ele olhou para Sasha. — E aqui são punidos aqueles que as infringem.

— E qualquer um pode entrar? — perguntou Sunny.

— Só no primeiro andar — respondeu Orlu. — No segundo e terceiro andares funciona a universidade para acadêmicos de verdade. Pessoas do terceiro nível, *Ndibus*, que querem seguir evoluindo.

— Minha mãe frequenta a universidade — afirmou orgulhosamente Chichi. — Mas ela é uma das alunas mais jovens.

— Jovem? — A mãe de Chichi tinha mais ou menos a mesma idade que a mãe de Sunny.

— Não é o mesmo que com as ovelhas — explicou Orlu. — Idade é um dos pré-requisitos para sequer *ingressar* na Universidade de Pré-acadêmicos de Obi. Você deve ter mais de 42 anos.

— Sugar Cream mora aqui também — comentou Chichi.

— Ah, sim, e por falar nisso, ela é a autora do livro que comprei — revelou Sunny.

— Sério? — perguntou Chichi, que, em seguida, balançou a cabeça. — Faz sentido que tenha sido alguém como ela.

Como o quê?, pensou Sunny. Mas ela não estava disposta a perguntar.

— Para que você saiba, *obi* significa "coração" em igbo — contou Chichi para Sasha.

As narinas se expandiram, mas ele não disse nada.

— Essa palavra também pode significar "casa" ou "alma" — acrescentou Sunny.

Depois da biblioteca, as terras à esquerda da estrada se estendiam em um campo de lavouras exuberantes e uniformes. À direita havia uma muralha. Tanto as lavouras quanto a muralha seguiam até onde a vista de Sunny alcançava.

— Muitas das provisões vendidas nas lojas são plantadas aqui — disse Orlu. — O solo é estranho, e algumas dessas coisas só crescem aqui. Como aquela flor. — Ele apontou para uma flor roxa com o miolo branco e de aparência comum. — Com ela se faz pó de *vévé*. Sunny se lembrou de como eles haviam encontrado a Floresta do Corredor Noturno. — E esta é a muralha que protege as ideias formuladas pelos fermentadores de ideias — explicou ele. — Preste atenção. — Ele pegou o braço de Sunny e a deteve. Sasha e Chichi seguiram andando.

— O que estamos...

— Shhh, apenas escute — insistiu Orlu.

Ela fez um esforço. Em seguida... conseguiu ouvir! Sussurros... Parecidos com os de seu livro em nsibidi, porém mais intensos. Como se milhares de pessoas sussurrassem em uma conversa importante.

— Por que eu não conseguia ouvir isso antes? — indagou ela.

— Você tem de prestar atenção. Do outro lado da muralha há dezenas de pessoas cuja função é apenas ficar por ali elaborando novos jujus.

— Mas esse não é o tipo de coisa que é feito na biblioteca? — perguntou ela.

— A criação de feitiços é um trabalho monótono, que envolve ficar sentado o dia todo, usando os conhecimentos adquiridos. Não é necessário muito esforço. A maioria das pessoas está no primeiro nível. Mas os livros escritos pela fermentadora de ideias são úteis.

Uma hora depois, finalmente chegaram a um conjunto de palmeiras altas no fim da estrada principal. Havia uma cabana empoleirada dezenas de metros acima, no topo da palmeira mais alta. Três semanas antes, Sunny acharia isso impossível.

— Com licença? — chamou Chichi. — Sra. Taiwo? Fomos mandados por Anatov!

Não houve resposta.

— Sua voz não vai chegar lá em cima — concluiu Sasha.

Minutos se passaram. Sasha ficou irritado e chutou o tronco da palmeira.

— Não viemos até aqui para sermos ignorados! — gritou ele.

— Francamente — comentou Chichi —, que tipo de boas-vindas é esse?

Sunny olhou para seu relógio. Eram apenas quinze para meio-dia. Sasha seguiu xingando e chutando a palmeira. A voz de Chichi ficou rouca de tanto ela gritar em direção à cabana. Por fim, eles se sentaram com Orlu e Sunny aos pés do tronco.

— Ela sabe que estamos aqui — comentou Orlu.

— Ah, faça-me o favor — disse Sasha, irritado.

— Se ela é uma acadêmica, faz sentido — argumentou Sunny.

— Ela provavelmente não está aqui — sugeriu Chichi.

— Esta é a maneira de Anatov nos ensinar a telefonar antes de fazer uma visita — decidiu Sasha. — José, meu professor nos Estados Unidos, fazia porcarias assim o tempo todo.

Chichi pegou um maço de cigarros.

— Posso filar um? — pediu Sasha.

— Claro.

— Quem quer *câncer?* — perguntou Sunny, irritada.

— Você não sabe que as pessoas-leopardo vivem para sempre? — indagou Sasha. Ele e Chichi riram.

— Que infantilidade — resmungou Orlu, soltando um muxoxo alto.

Tac! Ouviu-se um barulho de dois gravetos gigantes batendo um contra o outro. Eles olharam para cima.

Sunny foi a primeira a ver.

— Ei! — disse ela, apontando. — Havia uma coisa empoleirada bem no topo de uma das palmeiras. Um pássaro do tamanho de um cavalo! Era marrom e tinha patas fortes de um azul vivo. A criatura tornou a abrir e fechar com força o longo bico laranja. *Tac!*

— É um pássaro miri de patas azuis! — exclamou Orlu.

A ave saltou da árvore. Por um instante, Sunny teve certeza de que o bicho pousaria bem em cima deles. Era impossível que uma coisa daquele tamanho pudesse voar. O miri desceu rapidamente em queda livre, e eles saíram correndo para longe da palmeira o mais rápido que puderam.

O pássaro estava apenas brincando. Rapidamente, ele abriu as enormes asas e começou a voar. E, então, pairou antes de mergulhar bem em sua direção.

Eles se jogaram no chão com as mãos sobre a cabeça. Quando estava a cerca de dois metros acima do grupo, o enorme pássaro miri se deteve e pousou suavemente no chão diante dos quatro.

Sasha xingou e se levantou.

— Maldito pássaro *doido* — xingou Sasha, com a voz trêmula.

— Que porcaria é essa, cara! — Chichi resmungou alguma coisa em concordância enquanto sacudia a poeira das roupas.

Apesar de tudo, a criatura era magnífica. Estalava o bico, inclinava a cabeça e encarava-os, como se estivesse esperando alguma coisa.

— Ele vai nos levar lá para cima — esclareceu Orlu, sorrindo para o pássaro.

— Eu é que não vou montar nessa coisa pulguenta — reclamou Chichi.

O pássaro miri deu outro estalo alto com o bico, virou de costas para Sasha e Chichi, e expeliu uma quantidade obscena de fezes brancas e pretas.

— Eca! — exclamou Sasha. — Deus do céu. *Que nojento!*

— Acho que ele está com raiva — comentou Sunny. Se ela fosse o pássaro miri, teria feito a mesma coisa. Sasha e Chichi estavam sendo estúpidos. Ainda assim, a pilha de titica *de fato* era asquerosa.

Orlu deu um passo na direção da ave. O pássaro miri recuou.

— Ei! — berrou Sasha na direção da cabana sobre a palmeira.
— Sra. Taiwo! Estamos aqui embaixo com seu pássaro. Por favor, a senhora pode falar conosco?

Não houve resposta. Sasha e Chichi voltaram a resmungar sobre como tudo aquilo era uma idiotice. Eles se sentaram do outro lado de uma das outras palmeiras, o mais distante possível da pilha de titica, que começava a atrair moscas.

— Talvez tenhamos de dar algo a ele — sugeriu Sunny. Ela tirou um biscoito de sua bolsa e estendeu-o para o pássaro miri. — Para você — disse ela. O pássaro estalou o bico e ficou ali, encarando-a. Orlu tentou dar outro passo na direção do bicho, que recuou novamente.

Por fim, Orlu e Sunny se juntaram a Sasha e Chichi. Eles ficaram sentados por vinte minutos, comendo os biscoitos de Sunny, ignorando a pilha de titica e tentando descobrir o que fazer. O pássaro miri lentamente ficou diante deles e esperou.

— Você sabe que andamos por duas horas até chegar aqui? — perguntou Orlu para o pássaro.

O pássaro miri piscou.

— Nosso professor é Anatov, e vir até aqui é nossa lição de hoje — explicou ele. O pássaro se aproximou e grasnou de leve, como se estivesse realmente interessado nas palavras de Orlu. O garoto endireitou a coluna. Todos fizeram o mesmo. — Você pode nos dizer como chegamos lá em cima? — indagou Orlu, cautelosamente.

O pássaro miri se aproximou de Orlu e estalou o bico em seu rosto. Sunny arquejou. Aquela coisa poderia ter arrancado o nariz do menino, até sua cabeça, com uma só bicada se quisesse. Orlu rapidamente se levantou.

— Ah, é isso o que você quer? — perguntou ele. — Você quer o que todos querem: ser tratado como um *ser humano*.

O pássaro jogou sua cabeça para trás e grasnou alto.

— O quê? — perguntou Sasha, com expressão de raiva.

— Cale a boca — avisou Orlu. — Se acalme porque, se você não se acalmar, vamos perder nossa carona. Cada um de nós deve se apresentar a ele.

Depois que fizeram isso e educadamente pediram que os levasse para ver Taiwo, o pássaro se ajoelhou e estalou o bico duas vezes.

— Ok, entendi — falou Orlu. — Sunny, você e eu vamos primeiro.

Sunny montou no pássaro atrás de Orlu. As penas da ave eram macias ou ásperas, dependendo do sentido em que você as esfregasse. Elas também eram cobertas por uma fina camada de azeite de dendê avermelhado, e o cheiro exalava de seu corpo. Ela segurou firme na cintura de Orlu.

— Está com medo? — Quis saber ele.

— Sim.

Orlu riu.

O pássaro levantou voo, e os dois gritaram. Sunny podia sentir os poderosos músculos do animal trabalhando conforme ele se lançava para cima. Alguns segundos depois, pousaram na varanda da cabana; era feita de fibra de palmeira e cedia um pouco a cada passo. Rápida e atabalhoadamente, entraram na cabana. Ali havia uma mulher rechonchuda, vestindo jeans e camiseta branca, sentada em algumas almofadas.

— Vocês demoraram — disse ela em igbo. Tinha um forte sotaque iorubá e passou a falar inglês quando Sasha e Chichi chegaram. — Fiquem à vontade, alunos.

Eles se sentaram. A mulher olhou através deles.

— Obrigada, Nancy — agradeceu ela.

O pássaro grasnou, mas permaneceu ali, observando.

— Humildade — comentou Taiwo, levantando-se e olhando para os meninos de cima. — Sasha, Chichi, isso falta a vocês dois. Sunny, você a tem porque é nova. Você ainda precisa se dar conta de todo o seu potencial. Ela olhou para Orlu, e seu rosto ficou quente. — Mas você, Orlu, nasceu com ela. Isso é um dom raro nos dias de hoje.

Orlu sorriu de volta. Sunny estava irritada, mas feliz por Orlu. Taiwo obviamente seria sua mentora, como Anatov seria o de Chichi, e Kehinde, o de Sasha.

Chichi se levantou e entregou o pacote que Anatov havia lhe entregado. Taiwo delicadamente desembrulhou o jornal e sorriu. Dentro da embalagem havia um saco de papel pardo.

— Como foi ele quem lhe deu isso para que *você* o trouxesse para mim — disse ela para Chichi —, é tarefa sua dar isso de presente a Nancy.

— Eu? — perguntou Chichi, pegando o saco de papel pardo. Ela se virou para trás e olhou para Nancy, que havia permanecido ali, esperando.

— Despeje-as em sua mão e vá até a porta.

— Mas não gosto de pássaros — afirmou ela. — Especialmente daquele. Ele caga como um elefante! Por que Orlu não pode fazer isso?

Nancy estalou o bico e eriçou as penas.

— Isso não é uma discussão — asseverou Taiwo.

Chichi parecia enojada à medida que alcançava o saco e despejava um pouco do conteúdo nas mãos. Ela ergueu um pedaço.

— Você está de brincadeira? *Ameixas secas*? Você quer que eu dê *ameixas secas* para esse pássaro comer?

Sunny mordeu seu lábio inferior, se esforçando muito para não rir. Ela teve de se esforçar mais ainda quando Nancy começou a pegar de maneira brusca as ameixas da mão de Chichi com o enorme bico.

— Todas as criaturas têm seu lugar — afirmou Taiwo, ignorando a cara emburrada de Chichi. — É por isso que todos nós podemos morrer agora, e a vida vai seguir. Vocês devem estar começando a entender as coisas agora. — Ela sussurrou algo, e um jazz suave começou a tocar. Depois piscou para Orlu. — Vocês se acham jovens demais. — Ela olhou para Sasha e Chichi. — Mas vocês dois, vagabundos superinteligentes, sabem, não sabem?

— Você está falando sobre nós sermos um clã *Oha, Oga?* — perguntou Chichi, que agora estava mais animada.

— Sim.

— É óbvio — afirmou Sasha.

— E a coitada da Sunny não faz nem ideia do que estamos falando, correto? — indagou Taiwo.

— Basicamente — respondeu Sunny.

— Que ironia — zombou Taiwo, rindo consigo mesma.

— O que é irônico? — perguntou Sunny.

— Não cabe a mim explicar — retrucou a mulher. — Cada coisa a seu tempo. — Ela fez uma pausa dramática. Sunny queria revirar os olhos. Todos aqueles acadêmicos pareciam gostar de fazer as coisas parecerem muito importantes e misteriosas. Aquilo estava começando a lhe dar nos nervos. — Vocês quatro vão ser o primeiro clã *Oha* pré-nível da África Ocidental.

— É sério? — perguntou Orlu.

— É difícil de acreditar, não? — disse ela. — Nenhum de vocês sabe interpretar as estrelas, e nenhum de vocês vai ser alto o bastante para possuir essa habilidade natural. Se tivessem tal capacidade, saberiam que há algo por vir.

Sunny sentiu seu coração saltar.

— Eu sei — afirmou Sunny.

— Ah — comentou Taiwo. — Eu me enganei então. Anatov me falou de você e da vela. Os vastos podem mostrar o futuro para aqueles que não têm a habilidade da premonição. Nós, leopardos, devemos ficar mais vigilantes que o costume hoje em dia, mas às vezes precisamos agir. Sunny, um clã *Oha* carrega a responsabilidade do mundo sobre os ombros em um determinado ponto no tempo. Os membros do clã são pessoas de ação e autoridade, mas também são pessoas abnegadas. Presumo que todos tenham ouvido falar de Chapéu Preto.

Todos assentiram. Depois, Chichi arquejou. Sasha pegou em seu ombro, e os dois ficaram se encarando.

— É por *isso*! — exclamou Chichi para Sasha.

— Caramba! — rebateu Sasha. Em seguida, ambos olharam para Taiwo, que estava rindo.

— Vocês dois, como são rápidos... — elogiou Taiwo. Ela olhou para Orlu e Sunny. — Eles acabaram de se dar conta de que Chapéu Preto é uma pessoa-leopardo.

Orlu assentiu.

— Até cheguei a considerar isso, mas não tinha certeza. Então preferi não dizer nada.

— Como você sabe? — indagou Sunny. — Só porque ele é um assassino ritualista? Nem todos os assassinos ritualistas são pessoas-leopardo, ou são?

— Não, a maioria dos assassinos ritualistas é de gente desencaminhada ou de ovelhas malucas. Mas sabemos coisas sobre Chapéu Preto. Ele era um acadêmico. Há alguns anos, antes de vocês nascerem, Otokoto Ginny passou do último nível. Ele tinha 34 anos, um ano mais velho que eu. Não deveriam ter dado a ele permissão sequer de *fazer* o teste. — Irritada, Taiwo soltou um muxoxo. — Ele passou, mas jamais foi digno de se tornar um acadêmico. Sua fome de riqueza e poder era tão forte quanto sua fome por *chittim*. Otokoto tinha o apetite mais voraz que há por essas coisas. Não sei o que havia de errado com ele. Ele tem de ser detido, não só pelo bem das crianças que ele vem eliminado do mundo, mas pelo bem do próprio *mundo*. Essa é a tarefa que estamos passando a vocês.

Sunny ficou boquiaberta. Orlu deu um grito de frustração. Sasha riu e disse:

— Manda vir.

Chichi espalmou as mãos e estalou dedos com Sasha.

— Não sabemos o que ele está planejando, mas esses assassinatos e mutilações são indícios do tipo mais obscuro e secreto de juju — afirmou Taiwo. — O tipo que demanda sacrifícios rituais de seres humanos. O fato de suas vítimas serem crianças significa que ele está trabalhando com um juju que extrai seu poder da vida e da inocência. Dentro de três meses, vamos esperar que vocês persigam esse homem. A coisa não é tanto encontrá-lo, mas esperar o momento certo de atacar.

— E como você sabe qual é o momento certo? — indagou Orlu.

— Não sabemos, mas achamos que vamos saber quando ele chegar.

Orlu ergueu as sobrancelhas.

— Você está falando dos acadêmicos?

— Os acadêmicos de Leopardo Bate e de outros lugares distantes. Estamos todos trabalhando juntos nesse caso. Nós nos reunimos e decidimos por vocês no ano passado. Exceto por Sunny. Tínhamos uma certa ideia de sua existência, mas não podíamos vê-la claramente até que você, Chichi, apresentou-a a sua mãe.

Sunny tinha de dizer alguma coisa.

— Vocês esperam que *nós* capturemos esse Chapéu Preto, que é poderoso como vocês, uma dessas pessoas com o mais alto nível dos níveis de habilidade jujus? Isso é... minha intenção não é faltar com o respeito... — Ela hesitou, e a irritação que vinha alimentando durante semanas, de súbito tornou-se patente. Ela se sentia usada. — Isso é loucura! E... e estou começando a entender como vocês pensam! Vão simplesmente encontrar outro grupo de jovens para fazer isso caso sejamos assassinados! E por que *eu* estou incluída?! Não sei nada!

— Isso é maior que você — argumentou Taiwo, que de repente ficou muito séria. — Mas você faz parte disso também. Seria injustiça minha esperar que compreenda agora, mas você compreenderá.

Sunny suspirou alto, mas virou o rosto, esforçando-se em ficar de boca fechada. Afinal de contas, o que mais ela poderia dizer que seria coerente, e não repleto de impropérios?

Na manhã seguinte, quando ela acordou e se espreguiçou, algo caiu de sua cama. Era um jornal de Leopardo Bate, a primeira edição do dia. Grudado a ele havia um recibo que dizia:

> Seja bem-vinda, nova assinante. Ficamos gratos que
> seja nossa cliente. Por favor, pague a Chichi Nimm um
> pequeno *chittim* de prata. Tenha um bom dia!

Conclusão

Então, aí está tudo. Tudo de que você precisa para começar. Como eu já mencionei incessantemente ao longo deste livro, não há direção que você possa seguir que não leve à morte certa. A melhor coisa a fazer é ser quem tem sido, não se mover, ficar onde está e desistir de todas as suas ambições como pessoa-leopardo. Relaxe. Não se esforce demais. Aprenda, mas não use. E aprenda somente o básico. É melhor permanecer em sua concha protetora. A ambição não é sua amiga. Alegre-se com o fato de o mundo dos leopardos ter se aberto para você, mas permaneça como um reles espectador. E, pela centésima vez, repito: MANTENHA SUA VIDA OCULTA UM SEGREDO PARA SEUS PARENTES E CONHECIDOS OVELHAS. Revelar o segredo não traz apenas consequências nefastas, como você também corre o risco de perturbar um equilíbrio delicado, crucial e conquistado com muito esforço. Agora, vá bem, agente livre. Fique bem. E, mais uma vez, digo: seja bem-vindo.

10

Encarando a realidade

Sunny passou os três meses seguintes enterrada em meio a todo tipo de livro. Afinal, ela precisava fazer dever de casa para duas escolas diferentes. Mas, de algum modo, estava conseguindo acompanhar o ritmo *e* dormir o suficiente. Ela havia lido e relido *Fatos rápidos para agentes livres*. Estava treinando jujus básicos, assim como a habilidade de ficar invisível. Ela aperfeiçoou, inclusive, evocar e retrair sua cara espiritual.

Sunny começou então a ler seus dois livros novos de Leopardo Bate. O que era escrito em nsibidi realmente atraiu seu interesse. Seus olhos rapidamente se ajustaram aos símbolos negros que se retorciam, faziam gestos, pareciam vivos. Logo ela pôde realmente *ver* que eles estavam tentando dizer coisas. Por exemplo, um desenho que parecia um boneco-palito de um homem intenso, de pé e socando o ar significava: "Isto é tudo meu!" A figura estampava a capa do livro, e, ao lado, Sunny escreveu caprichosamente seu nome.

Mas entender o que estava "escrito" na obra era um processo mais lento. Cada símbolo evocava uma ideia complexa, e a mais ínfima mudança em um símbolo alterava seu significado. Só que o livro esperava que ela aprendesse a língua e que, *depois*, lesse e entendesse o que Sugar Cream havia escrito *usando* aquela língua. Ela conseguiu decifrar somente o primeiro terço da primeira página, e aquele trecho lhe dizia por que a maioria das pessoas não era capaz de ler o livro.

"Este texto não se tornará um best-seller", dizia o livro. Pelo menos era isso que Sunny achava que dizia.

Ela também leu um bom pedaço de *Jujus avunçados para facas juju*, mas o assunto era demais para sua cabeça. Nem sequer tinha uma faca juju. E cada encanto trazia um aviso louco ou efeito colateral, como infarto, aneurisma cerebral, câncer, doenças venéreas, eczemas, azar profundo, insanidade e, na maioria das vezes, morte.

Sua mãe parecia satisfeita com o "visual renovado" que Sunny subitamente adotara, e com a felicidade que irradiava da garota. Seu pai, por outro lado, a evitava. Talvez ele tenha sentido sua mudança com mais intensidade. Seus irmãos agora de fato começaram a conversar com ela. Eles jogavam mais futebol à noite. Várias vezes, ela inclusive os acompanhava ao quarto, onde assistiam a filmes no computador.

Era uma manhã quente de segunda-feira. Sunny acordou com a visão turva, mas sorrindo. Fora dormir muito tarde. Alguma coisa havia feito um clique em seu cérebro na noite anterior, e ela passou a entender bem melhor a linguagem do livro em nsibidi. Durante a madrugada, conseguira ler uma página inteira.

Sunny tirou a remela dos olhos e suspirou fundo. Aquele seria um longo dia. Ela alcançou o jornal em seu colo. Agora a menina recebia um exemplar todas as manhãs. Jamais ouvia ou via qualquer coisa; ele simplesmente estava lá quando ela acordava. Sunny desenrolou o jornal e, num instante, a euforia radiante que vinha sentindo por um mês se esvaiu.

— Ah, não — sussurrou ela.

A notícia dizia: OTOKOTO, O CHAPÉU PRETO, ATACA NOVAMENTE! Um garoto de 7 anos havia sido levado do mercado. Ele foi encontrado no dia seguinte com as orelhas decepadas, incapaz mesmo de ouvir até o mais barulhento dos sons. Sunny jogou o jornal longe. Suas pernas bambearam quando se levantou e buscou de volta a primeira página.

Sunny comprimiu os lábios ao ler a matéria completa. O garoto havia chegado tropegamente à casa de uma pessoa dizendo que anjos o haviam salvado. *Pobre garoto*, pensou ela. *Por que me sinto como se a culpa fosse minha? Não há nada que eu possa fazer.* Mas algumas pessoas extremamente inteligentes acreditavam que ela e os amigos poderiam fazer algo. Sunny rapidamente se vestiu para a escola.

Ela teve de esperar até o intervalo do almoço para discutir o assunto com Orlu.

— Você leu o jornal hoje? — indagou Orlu.

— Sim.

Eles ficaram em silêncio.

— O que Sasha disse? — perguntou ela, finalmente.

— Não vou repetir as palavras. Ele ficou com muita raiva.

— Eu me senti mais culpada que com raiva — admitiu.

— Sim.

— Você viu Chichi?

— Fui visitá-la de manhã — respondeu ele. — Ela geralmente já está acordada fazendo alguma coisa, lendo. Mas a mãe me disse que ela havia saído para dar um passeio depois que leu o jornal. Talvez tenha ido ver Anatov. Sasha mandou um recado para Kehinde. O pássaro miri de Taiwo me mandou um bilhete por minha mãe. O recado dizia para eu ter paciência.

Eles praticamente não comeram durante o almoço. Até mesmo quando os dois receberam notas altas em suas redações na aula de

Literatura, estamparam expressões tristes. Portanto, quando ambos estavam saindo da escola e Jibaku empurrou bruscamente Sunny para o lado conforme passava, acompanhada por Cálculo, Caramujo e alguns outros, aquilo não poderia dar em nada além de encrenca.

— Ei, pare com isso! — berrou Sunny, que correu e também empurrou Jibaku. Ela sentiu o sangue subir-lhe à cabeça. Naquele momento, uma lata-velha cheia de adolescentes mais velhos estacionou em frente à escola.

— Jibaku — chamou o motorista.

Sunny e Jibaku se viraram. Os garotos saíram do carro e entraram caminhando de modo arrogante no pátio da escola, com os jeans folgados e camisetas. Um hip-hop no último volume saía da lata-velha. Sunny queria gargalhar. Eles estavam tentando imitar *descaradamente* a cultura dos negros americanos.

O motorista apontou para Orlu.

— Conheço você.

— E daí? — retrucou Orlu, irritado.

Jibaku e Sunny se viraram uma para a outra.

— Não me toque com essas mãos doentes, sua bizarra — reclamou Jibaku.

— Ou você vai fazer o quê? Hein?

— Estou vendo faíscas, pessoal — disse o motorista para os amigos. — Essa *oyibo* gosta de encrenca. — Ele riu com mais vontade. — Jibaku, vamos embora.

Orlu tentou segurar Sunny. Ela desvencilhou seu braço.

— Não! — exclamou ela. — Não tenho medo dessa *idiota*! — Jibaku imediatamente deu um giro e investiu contra Sunny, que empurrou as costas da rival e lhe deu um soco. Sunny tinha dois irmãos loucos: ela sabia brigar. E Jibaku estava fazendo por merecer.

A garota deu um berro e fechou os olhos com força. Ela partiu para cima de Sunny outra vez. Subitamente, as duas estavam no chão, rolando na poeira, chutando, socando e arranhando. Sunny era um furacão de ira e estava apenas ligeiramente consciente do fato de que Orlu e os garotos trocavam insultos. Uma multidão se formou. Sunny não se importava. Ela rolou para cima de Jibaku e deu tapas na cara da garota com o máximo de força que conseguiu.

Mãos lhe agarraram os braços. Cálculo e Caramujo estavam arrastando-a para fora dali. Isso deu a Jibaku a oportunidade de chutar a barriga de Sunny, fazendo com que ela perdesse o fôlego. A injustiça da situação a fez ficar com sangue nos olhos. Ela gritou e desvencilhou seus braços do aperto de Caramujo e Cálculo. Então tornou a partir para cima de Jibaku, imprensando-a contra o chão. O medo estampado no rosto de Jibaku era um deleite para Sunny.

— Tente me bater de novo para você ver... — ameaçou Sunny, quase sem fôlego. — Lembre-se disso da próxima vez em que se-quer *cogitar* me bater! — Sem nem mesmo pensar, ela invocou sua cara espiritual. — Ggggrrrr! — rugiu ela. Jibaku gritou tão alto que todos, inclusive os garotos, vieram correndo. Imediatamente, Sunny retraiu sua cara espiritual e se levantou.

Jibaku se arrastou para longe de Sunny e foi para os braços do motorista do carro, de olhos arregalados e furiosos. Ela começou a chorar, enterrando seu rosto no peito do homem. Ele apontou um dedo para Orlu e Sunny. Engrossando a voz para dar mais ênfase, disse:

— Se vocês voltarem a me ver, a chapa vai ficar *quente* para seu lado.

Orlu e Sunny observaram enquanto eles se amontoavam dentro do carro e partiam.

— Vamos — chamou Orlu —, antes que os professores cheguem.

Os dois caminharam lentamente, com Sunny mancando de leve. A menina tinha um hematoma no braço e um joelho ralado.

— Você mostrou para ela sua cara espiritual, não foi? — indagou Orlu.

— Cale a boca.

Uma Mercedes azul parou a seu lado. A janela foi aberta.

— Sunny Nwazue? — perguntou a mulher ao volante. Ela usava um turbante verde, óculos escuros e batom preto.

— Quem é...

— Você é Sunny Nwazue?

— S-sim — respondeu ela.

— Entre no carro. Você será levada para a Biblioteca de Obi para receber seu castigo.

— Mas não foi por querer — implorou Orlu. — Ela é uma agente livre, iniciada apenas algumas semanas atrás. Ela não fez um juju contra ninguém. Ela apenas...

— Entre no carro, Sunny Nwazue — repetiu a mulher.

Sunny olhou para Orlu.

— Vá — disse ele. — Meu Deus, que burrice a sua, Sunny.

— O que vai acontecer? — sussurrou ela.

— Não sei — rebateu ele, xingando consigo mesmo, e depois disse: — Entre no carro.

A mulher dirigiu em silêncio. Da janela traseira, Sunny deu um aceno triste para Orlu. Ele simplesmente ficou olhando para ela, que se afundou no banco e pegou seu celular.

— Não tenho motivos para me meter em uma encrenca dupla — resmungou ela.

— Dra. Nazwue falando — respondeu sua mãe.

— Oi, mãe.

— Oi, querida, está tudo bem?

— Hum, sim — respondeu ela, olhando hesitantemente para a motorista.

— E como foi o colégio?

— Tudo bem — respondeu ela, diminuindo a voz. — Tirei 10 na prova de matemática. E na redação e na prova de literatura.

— Que maravilha!

— Mãe, posso jantar com Chichi e Orlu hoje à noite? — Ela prendeu a respiração. A família raramente se reunia para jantar, mas sua mãe gostava de que ela e os irmãos estivessem em casa à noite.

Fez-se uma pausa.

— Contanto que todos vocês estudem também — consentiu ela, finalmente. Sunny deu um suspiro de alívio. Ela detestava mentir. — Esteja de volta às sete da noite. De qualquer forma, tanto eu quanto seu pai vamos chegar tarde em casa hoje.

Sunny colocou o telefone na bolsa.

— Com licença — disse ela à mulher.

A mulher olhou para Sunny pelo espelho retrovisor.

— Eles... eles vão me colocar na cadeia ou algo do gênero?

— Não posso discutir isso com você — respondeu ela, com seu tom de voz monótono.

Sunny se recostou no banco e olhou pela janela. A monotonia do percurso e o zumbido do carro eram relaxantes. Logo, começou a cochilar.

— Saia do carro.

Sunny abriu os olhos lentamente. Elas haviam estacionado do lado de fora da Biblioteca de Obi. Devia haver uma entrada mais larga que uma ponte feita de tronco de árvore.

— Uma pessoa vai encontrá-la lá dentro. — No instante que Sunny saltou do carro, a mulher saiu dirigindo, deixando-a sozinha em Leopardo Bate pela primeira vez. Havia pessoas entrando e saindo da Biblioteca, na rua. Ela viu um grupo de crianças da mesma idade andando em direção à cabana de Taiwo. Eles a viram e acenaram. A menina acenou em resposta. Depois, virou-se para a biblioteca. Uma trilha de paralelepípedos ia do gramado, que crescia desordenadamente, até a entrada principal. Assim como em quase todos os prédios dos leopardos, não havia porta, apenas um tecido sedoso lilás tapando a entrada. Ela afastou o tecido e entrou.

Livros e papéis estavam empilhados nos cantos, dispostos em estantes tão altas quanto o pé-direito, e espalhados sobre e ao redor de conjuntos de cadeiras. Tudo era muito desarrumado e desorganizado, e o ar cheirava a papel velho. Pessoas liam, conversavam, escreviam e faziam jujus. Um homem parado em um dos cantos e segurando um livro gritou alguma coisa, jogando um pouco de pó no ar. *Puf!* Uma explosão de mariposas marrons. Ele tossiu e xingou, em seguida jogou o livro no chão.

Uma velha estava sentada ao lado de uma estante de livros e rodeada por crianças. Ela estalou os dedos, e as crianças flutuaram a alguns centímetros do chão. As crianças deram risinhos, tentando ir mais para o alto ao impulsionar as pernas.

No centro do grande e movimentado cômodo havia uma mesa redonda com uma placa prateada pairando no ar acima. Em letras pretas e grandes, lia-se WETIN?, que significa "O que foi?" em pidgin. Um homem de aparência jovem e com marcações tribais iorubá nas bochechas estava sentado atrás da mesa.

— Olá — cumprimentou ela, tensa. — Eu sou...

— Sunny Nwazue, que quebrou a regra 48. Uma regra muito básica. — Ele chamou alguém atrás de si. — Samya.

— Oi? — Uma voz saiu de trás de uma estante de livros. Uma mulher com tranças compridas, óculos de armação de plástico vermelho e pele cor de canela espiou em volta da estante.

— Sunny está aqui — avisou ele. — Leve-a lá para cima.

Samya olhou para Sunny e depois chamou:

— Venha. Por aqui.

Elas subiram as escadas ao lado da mesa com a placa WETIN. O segundo andar era maior, com mais estantes e pilhas de papel. As pessoas ali eram mais velhas. Sunny queria dar um tapa em si mesma. Sua primeira vez na Universidade da Biblioteca de Obi era basicamente como uma criminosa.

Um gemido de tortura veio de algum ponto do outro lado daquele andar. Por sorte, elas subiram outro lance de escadas. No terceiro andar havia ainda mais livros e salas de aula, mas ela estava nervosa demais para prestar atenção.

— Por favor. O que vai acontecer comigo?

— Não posso falar sobre isso.

Parecia que subiriam outro lance de escadas. Em vez disso, Samya a conduziu até o que talvez fosse a primeira porta que Sunny realmente vira em Leopardo Bate. Era pesada, pintada de preto e decorada com um desenho branco, como aqueles que havia na fachada da biblioteca. O desenho retratava uma pessoa sendo açoitada por outra. Havia linhas em zigue-zague, círculos e xis em volta da pessoa castigada. Ela presumiu que esses símbolos representavam gritos de dor.

Samya bateu na porta.

— Fique aqui até que lhe peçam para entrar — orientou ela. Depois, foi embora.

Cinco minutos se passaram. *Cara, como eu queria que essa porta se abrisse*, pensou ela. Toparia qualquer coisa para fugir dos sons que ouvia no corredor: os gemidos e risadas e sussurros ofegantes e histéricos, como um fantasma confuso. Um enorme pássaro marrom passou voando, e aranhas vermelhas correram pelo teto. Ela sentiu inclusive uma nuvem de ar quente e úmido passar por si. Alguém caminhava invisível.

Sunny pensou em se sentar no chão, mas ali havia mais aranhas vermelhas passando depressa. Outros dez minutos se passaram.

Frustrada, a menina finalmente tentou abrir a porta. A maçaneta girou com facilidade. Ela prendeu a respiração e empurrou a porta. Espiou ali dentro. Sentada em uma cadeira feita inteiramente de bronze havia uma mulher de pele escura, vestindo uma *buba** cor de creme e calças que combinavam. Estava levemente encurvada para o lado e parecia desconfortável.

— Ah, me desculpe — lamentou Sunny, e começou a recuar.

— Entre. Somente àqueles que querem entrar é permitida a entrada.

Ela ficou diante da mulher. Dezenas de máscaras de mascarados cobriam as paredes, penduradas umas perto das outras. Algumas pareciam raivosas, com bocas cheias de dentes; outras eram cômicas, com bochechas gordas e línguas de fora.

— Então quer dizer que eu poderia simplesmente ter me virado e ido embora?

— Talvez — respondeu a mulher. — Mas agora você está aqui. — A porta se fechou. — Sente-se no chão — ordenou. — Você não merece uma cadeira.

Sunny olhou para o chão e viu outras duas aranhas vermelhas ali por perto. Lentamente, ela se sentou, juntando bem as pernas.

— Sinto muito pelo que fiz — desculpou-se rapidamente.

— Sente mesmo?

— Sim... — Ela se deteve. — Não.

— Então você repetiria o que fez se tivesse a oportunidade de reviver o incidente?

Sunny refletiu sobre aquilo por um instante. Ela sentia raiva só de pensar em Jibaku. E sabia a resposta, mas ficou calada.

— Então você vai levar chibatadas — declarou a mulher.

---

* Camisa tradicional iorubá, usada tanto por homens quanto por mulheres, com mangas compridas e gola redonda ou em V, e cujo comprimento vai até abaixo da cintura. *(N. do T.)*

Sunny arquejou e balançou a cabeça.

— Ou vou deixá-la no porão da biblioteca com as luzes apagadas. Tem coisas que perambulam por ali que a assustarão tanto que assim, talvez, você crie juízo.

— Por favor — implorou ela, com lágrimas escorrendo pelo rosto.

A mulher balançou a cabeça.

— Sim, vou fazer isso. Samya!

— Por favor — gritou Sunny. — Sinto muito! Eu entendo agora! *Por favor!*

A mulher olhou com desdém para Sunny e expandiu as narinas, irritada.

— Você é uma agente livre — disse ela, com a voz mais suave.

— Sim. Eu só...

— O conselho *sempre* sabe quando coisas desse tipo acontecem, quando regras primárias são quebradas. Você não leu isso em seu livro para agentes livres?

Sunny lentamente assentiu, com os olhos fixados no chão.

— Da próxima vez, vou fazer com que a tragam diretamente para este escritório; vai levar trinta chibatadas e, depois, será jogada no cômodo mais sujo, úmido e velho do porão da biblioteca, onde ficará uma semana sem nada além de *garri** hidratado para comer. Está me ouvindo?

— Sim — respondeu Sunny, depois de engolir em seco.

— Não vou tolerar esse comportamento estúpido — garantiu a mulher, com raiva.

— Entendido.

— Entendido mesmo?

— Sim. — Sunny tremia.

---

* Prato popular na África Ocidental, feito a partir de mandioca ralada e seca. Depois de pronto, uma das maneiras de comê-lo é hidratando-o. *(N. do T.)*

— Dá próxima vez, brigue *limpo* — aconselhou a mulher. — Pelo que ouvi dizer, seus irmãos a ensinaram a fazer isso.

— Sim — respondeu ela. Seu coração estava saltando do peito. A mulher olhou Sunny de cima a baixo.

— Então, como andam as coisas?

— Hã? — Sunny tentava não ofegar.

— Desde que foi iniciada no mundo dos leopardos.

— An... antes de hoje, ou desde o que aconteceu hoje?

— Não estamos em um mundo seguro — disse ela. — Não pode sair por aí, fazendo o que quiser. Alguns de nós se comportam assim, mas esse não é o modo adequado. Não é o que espero de você. — Ela se recostou na cadeira e trocou de posição, mas, ainda assim, parecia encurvada para um lado. — Anatov me falou de você. Não imaginei que fosse conhecê-la nessas circunstâncias.

Sunny inclinou a cabeça e depois indagou:

— Você é Sugar Cream, não é?

— Finalmente você perguntou meu nome.

— Perdão. — Sunny fez uma pausa. — Sim, *fui* estúpida. Acontece que eu queria deixar aquela garota apavorada. — Sunny fez outra pausa, cerrando os punhos. — Não a suporto!

— Bem, essa realmente é uma maneira de deixá-la apavorada — disse Sugar Cream. — Apesar de ser ilegal.

Uma aranha caminhava em direção ao pé de Sunny. Ela se encolheu.

Sunny tinha mais medo de Sugar Cream quando o silêncio pairava; por isso, fez a primeira pergunta que surgiu em sua mente exausta.

— Então, hum, por que você se chama "Sugar Cream"?

Sugar Cream sorriu, e Sunny relaxou um pouco.

— É uma história antiga. Quando era muito pequena, saí da floresta. Um jovem me encontrou. Eu era como uma macaquinha, selvagem e indomada. Algumas pessoas acham que macacos, de fato, possam ter me criado durante algum tempo. De algum modo, sobrevivi à mata. Eu não devia ter mais que 3 anos.

"Para resumir, eu só me aproximava do homem que me encontrou quando ele me oferecia sua caneca de chá, na qual colocava bastante açúcar e creme. Ele me levou para sua casa e me criou como filha, apesar de ter apenas 17 anos. Ele cresceu e se tornou professor na Universidade de Lagos, e eu vim para a Biblioteca de Obi."

Havia muitos *hiatos naquela história*, pensou Sunny.

— Quem são seus pais biológicos?

— Até hoje não sei, Sunny.

Ela se levantou e se espreguiçou, colocando os braços acima da cabeça. Sunny olhou fixamente para ela. A coluna da mulher. Não era normal. Mas, de frente, ela não conseguia saber exatamente o que havia de errado. Rapidamente desviou o olhar.

— Detesto ficar sentada por muito tempo. É incômodo. Mesmo nesta cadeira dura e resistente. Venha caminhar comigo.

Sunny rapidamente a acompanhou para fora do escritório. Não conseguia parar de olhar para as costas de Sugar Cream. Um ombro era mais alto que o outro, e sua coluna formava um S bem marcado. Será que aquilo era de nascença? Talvez tenha sido por isso que os pais a abandonaram. Mas, se eles fossem pessoas-leopardo, teriam pulado de alegria com essa deformidade.

— Você deve entender bem como é — disse Sugar Cream, virando-se para Sunny — quando as pessoas ficam olhando fixamente por trás de você. *Sempre* sabemos quando estão fazendo isso.

— Não... não foi por querer — retrucou Sunny, dando um passo para trás.

— Tenho escoliose grave. E não, não nasci assim. E não acho que eu tenha sido abandonada por meus pais. Acho que eles foram assassinados.

Apesar de sua deformidade, Sugar Cream caminhava com energia. Cumprimentava seus alunos conforme cruzava com eles.

— Boa tarde, *Oga* — disse timidamente um velho homem branco, com sotaque britânico.

— Boa tarde, Albert.

Quando tornaram a estar a sós, Sunny perguntou o que estava querendo saber desde que Sugar Cream se levantara.

— Eu estava me perguntando... que habilidade você tem?

— Sou metamorfa, assim como você.

— Não, eu não sou — garantiu Sunny. Sugar Cream congelou, petrificada com a falta de educação de Sunny.

— Você não consegue se transformar em algo como vapor quente? Você é uma espécie de metamorfa. Posso me transformar em uma cobra — confessou ela, enquanto fazia um movimento de serpenteio com uma das mãos. — Minha habilidade é uma manifestação física; a sua, espiritual. O motivo pelo qual você consegue se transformar em vapor é *porque* você literalmente consegue adentrar o mundo dos espíritos. Duvido de que já tenha feito isso. Saberia se tivesse.

— Como eu...

— Somente quando você quiser — cortou ela. — Para entrar completamente no mundo dos espíritos, você deve morrer. Então, para que faça isso, você deve morrer um pouquinho. — Ela fez uma pausa e olhou para Sunny. — Gostaria de aprender?

— Eu... não sei — respondeu Sunny, um tanto incomodada. — Na verdade, não. — Quem iria querer aprender a morrer?

Elas passaram por um grupo de estudantes que cautelosamente cumprimentou Sugar Cream.

— Esses alunos que está vendo agora são os mais avançados. Todos os que vêm estudar aqui provavelmente passarão pelo *Nbidu*, o terceiro nível; e provavelmente nenhum deles vai chegar ao *Oku*

Akama, o nível mais alto. Faz anos desde que alguém teve sucesso nesse nível.

Elas passaram por algumas prateleiras altas e pilhas de livros.

— Como a biblioteca controla e cuida do próprio acervo? — indagou Sunny. — Muitos dos livros parecem... — Ela parou de falar. Queria dizer "jogados".

Sugar Cream riu.

— Não se deixe enganar. Sabemos de todos os livros que existem aqui. Estão marcados. Quando precisarem ser encontrados, eles serão.

— Como?

— Depende de quem os quer encontrar. — Elas voltaram para o escritório, onde Sugar Cream sentou no braço de sua cadeira de bronze. Sunny permaneceu de pé. — Anatov planejava mandá-la para cá dentro de duas semanas. E eu aceitaria ou não ser sua mentora. Agora que você se comportou de modo tão estúpido, minha decisão se torna mais difícil. Preciso refletir.

O coração de Sunny afundou. Não importava que ela escapara de levar chibatadas ou de ser jogada no porão da biblioteca: Chichi, Orlu e Sasha, que nunca perderam uma oportunidade de arrumar encrenca, tinham mentores. No caso deles, havia sido muito simples e óbvio. E a jornada de Sunny rumo a qualquer lugar sempre parecia difícil. Ela odiava o fato de todos agirem como se ela devesse conhecer a fundo todas as regras. Aquilo era ridículo. Será que Sugar Cream não podia pegar leve com ela?

— *Você* escolheu fazer o que fez — afirmou Sugar Cream. — Então não fique aí parada, com raiva de *mim*. Ter a mim como mentora seria uma grande honra, uma honra reservada para uma garota ou um garoto com *maturidade*. Você seria a única aluna a ter-me como mentora. Seu caso é complicado. — Ela deu um suspiro. — Mas você, com certeza, deve estar envolvida nisso. Não tenho dúvidas.

— Como pode ter tanta certeza assim? — indagou Sunny. Por dentro, ela estava chorando. — Estou falando que você vê como eu sou, o que eu fiz, e está repensando se quer ser minha mentora. Como pode ter tanta certeza de que eu devo sequer fazer parte dessa coisa de clã *Oha*?

Sugar Cream balançou a cabeça, estampando uma expressão triste.

— Eu tinha esperanças de que você não perguntasse.

Sunny esperou até que ela voltasse a falar.

— Preste atenção. Foi sua avó, Ozoemena, quem ensinou a Otokoto tudo o que ele sabe. Ela foi a mentora *dele*. E foi Otokoto quem matou sua avó em um ritual para roubar as habilidades dela enquanto também roubava sua vida. Quer saber por que ele é tão poderoso? Tudo o que você precisa fazer é examinar quem *foi* sua avó, e quem Otokoto era antes de se tornar o infame Chapéu Preto.

Sunny ficou sem palavras.

— É isso mesmo — disse Sugar Cream. — Agora você entende por que isso é tão complicado.

Logo depois disso, Sugar Cream mandou a menina de volta para casa. Sunny se lembrava de ter se despedido e de se sentir ainda mais como uma criminosa. Ela descera as escadas se sentindo uma criminosa. E entrou no carro do conselho se sentindo uma criminosa. Ela se sentia indigna, infantil, estúpida, inútil. Para piorar, era a neta da acadêmica que foi mentora de um psicopata assassino. A culpa lhe pesava tanto que ela dormiu durante todo o caminho de volta.

Sunny passou quase todo aquele fim de tarde em seu quarto, olhando para o nada, pensando e pensando no que Sugar Cream havia lhe dito. Ela ainda tinha dever de casa. Por volta das onze da noite, acabou dormindo debruçada sobre seus livros.

* * *

Sunny ouviu batidas. A princípio, pensou se tratar de um sonho. Quando as batidas não cessaram, ela se forçou a despertar e, ainda desorientada pelo sono, abriu os olhos. Fora o abajur que ela usava para ler, o quarto estava escuro. Em seguida, ela viu uma luzinha na janela. Sunny congelou, e seu cérebro por algum motivo voltou para a época em que estava com 2 anos, ardendo em febre por causa da malária. *A luz tomava conta de mim.*

Ela piscou e ficou totalmente alerta. Aquela era a luz de um vaga-lume. Sunny lentamente abriu a janela. Sasha, Orlu e Chichi estavam embaixo dela.

— Venha aqui para baixo — sussurrou alto Orlu. — Encontre-nos no portão.

Ela rapidamente se vestiu, ficou invisível e saiu pela janela. Quando surgiu no portão, Chichi lhe deu um forte abraço.

— Você está bem! — exclamou ela, com alegria. — Ouvi dizer que você deu uma surra em Jibaku.

— Você está bem? — perguntou Sasha.

— Sim — respondeu Sunny.

— Estávamos preocupados — comentou Orlu.

— Você não parecia nem um pouco preocupado quando eles me levaram no carro — rebateu Sunny, irritada.

— Por que fez aquilo? — indagou Orlu. — Você deveria...

— Quem se importa? — disparou ela. — E de todo modo, sabe muito bem por que fiz aquilo. De todas as pessoas logo você vai me perguntar isso?

— Eu estava prestes a brigar com o namorado de Jibaku — rebateu Orlu. — Ele é três anos mais velho que eu, e bem maior. Mesmo assim, eu jamais teria feito o que você fez.

Ela suspirou alto, revirando os olhos.

— Eu tive de me apresentar ao conselho uma vez também — revelou Sasha, que colocou um braço em volta de Sunny. — Quando fiz aquele mascarado contra os caras que estavam perturbando minha irmã. — Ele parou por um momento. — Levei vinte bengaladas, e depois *ordenaram* que eu fosse mandado para cá.

— Você de fato levou golpes de *bengala*? — perguntou Chichi, que parecia chocada.

— Tenho as cicatrizes para provar — respondeu Sasha, friamente. Seu olhar se encontrou com o de Orlu, e depois ele se virou para Sunny. — Jamais esperei que você fosse se meter em qualquer tipo de encrenca.

— Perdi a cabeça, acho.

— Então, o que aconteceu? — indagou Chichi.

Depois que ela contou tudo a eles, incluindo a parte sobre a avó, todos ficaram em silêncio. Então, Chichi disse:

— Se sua avó tivesse sobrevivido, seria ela quem lhe iniciaria.

— Ele deve ter comido um pouco da carne dela — falou Sasha. — Essa é a única...

Com raiva, Chichi mandou que ele se calasse.

— Ela não precisa saber disso.

Sunny ficou enjoada. Chichi empurrou Sasha para longe dali e pousou um braço sobre o ombro da amiga.

— Sunny, tente descobrir mais coisas sobre sua avó — sugeriu Orlu. — Se eles souberem das habilidades dela, então saberemos muito mais sobre Chapéu Preto.

— Sim — concordou ela baixinho.

— Sugar Cream é durona — comentou Orlu.

— Eu sei — respondeu Sunny.

— Se ela não mudar de ideia, tenho certeza de que Anatov vai encontrar outra mentora para você — garantiu Chichi.

Aquilo não era nenhum consolo. Sunny queria Sugar Cream.

Mas ela, de fato, se sentia melhor. Sua avó não era uma criminosa. Ela simplesmente fora a mentora de um aluno que se desencaminhou. Ainda assim, quando voltou para o quarto, tornou a sentir vontade de chorar. Não conseguia tirar Chapéu Preto da cabeça. Quando foi desligar a luz, viu o gafantasma vermelho pousado no estrado de sua cama.

— Você simplesmente *cisma* em ficar aí, não é? — disse ela. O gafantasma ficou olhando para ela com os enormes e complexos olhos cor de laranja. Ela desligou a luz. Enquanto fechava os olhos, ouviu um cantar suave e ondulante, como se fosse uma pombinha usando a voz para fazer algo além de arrulhar. O canto era agradável.

"Você podia ter coisa bem pior que um gafantasma. Algumas pessoas adorariam ter um", havia lhe dito Orlu. Agora Sunny entendia o motivo. Ela se ajeitou na cama e deixou o gafantasma niná-la.

11

Lições

— Você tem sorte de não estar com as costas ardendo — comentou Anatov. — Sugar Cream manda um jovem muito musculoso aplicar as chibatadas. — Ele se levantou e caminhou em volta do grupo com as mãos atrás da cabeça. — Isso altera um pouco as coisas. Se não fosse pela imprudência de Sunny, eu teria mandado todos encontrar Sugar Cream e fazer um tour pela Biblioteca de Obi, excluindo o quarto andar, é claro.

Sunny ficou aliviada ao perceber que ninguém parecia irritado com ela.

— Hoje a lição vai ser curta — afirmou ele. — Vou lhes contar sobre alguns jujus importantes. Depois, vocês podem tentar fazer alguns dos mais avançados. — Ele se sentou e colocou a longa barba sobre o ombro. — O juju de cura é complicado. Se o fizerem do modo errado, só vão piorar a doença. Primeiro vocês têm de achar a causa do mal. Digamos que um homem esteja com um furúnculo em sua *nyash*.

Orlu, Chichi e Sunny deram risadinhas. Sasha franziu o cenho.

— Você não sabe o que significa *nyash*, sabe? — perguntou Anatov para Sasha. — Ora, de todas as palavras, você não sabe logo essa.

— Significa "bunda" em pidgin — explicou Chichi, que ainda ria. Sasha bufou e virou o rosto.

— Você tem de estudar mais pidgin e igbo — aconselhou Anatov. — Você ainda nem sabe xingar? Que patético.

— Estou estudando o máximo que posso — retrucou Sasha, em um igbo perfeito. Até conseguiu disfarçar o sotaque americano. Sunny tinha de admitir: estava impressionada.

— Pois estude mais — replicou Anatov, em inglês. — Então, voltando à *nyash*. Sou um homem com furúnculo em minha *nyash*. Quero que o furúnculo desapareça antes que minha esposa o veja. O que devo fazer?

— Esprema-o — respondeu Sasha. Todos caíram na gargalhada.

— Isso deixaria uma ferida que pode infeccionar — argumentou Anatov, que permaneceu sério. — Um problema tão simples quanto esse, e nenhum de vocês sabe me dizer como curá-lo rapidamente?

— Você deve fazer um remédio forte — afirmou Chichi.

— Sim, mas fazer um remédio forte pode levar a noite toda — rebateu Anatov. Depois de alguns instantes, ele disse: — Abram seus livros na página 118.

O capítulo era intitulado "Recoser: cura rápida à mão". Anatov leu em voz alta o segundo parágrafo: "Há apenas uma maneira de curar o corpo rapidamente. É preciso desfazer e recoser as células. Aqueles que são bons nisso devem ter mãos ágeis e excelentes habilidades espaciais. Os machos possuem essa habilidade em maior quantidade que as fêmeas. Com relação aos jovens, basta observar como é sua habilidade com videogames para saber a resposta.

Anatov tirou os olhos do livro.

— Quero que vocês examinem seus corpos e procurem alguma enfermidade. Pode ser um corte, um arranhão, um hematoma ou uma espinha.

Sunny ainda tinha vários hematomas e arranhões de sua briga com Jibaku.

Anatov mostrou a eles uma pequena ampola que continha uma substância azul-clara.

— Vocês devem ir a Leopardo Bate em seu tempo livre e comprar um pouco disto — disse ele. — Se chama pó das Mãos Curadoras. Venham até aqui e peguem uma pitada. Vocês devem carregar isto com vocês o tempo todo, só por desencargo.

O pó era quente quando Sunny esfregou-o entre os dedos, mas não era uma sensação desagradável.

— Se deixarem isso na mão por tempo o bastante, a parte da pele em contato com o pó vai desenvolver um câncer — afirmou Anatov.

Todos ficaram petrificados.

— O quê!? — exclamou Sasha.

— Paciência — disse Anatov. — Sei que isso pode ser difícil, uma vez que já sabem certas coisas, mas precisam ficar quietos o bastante para escutar a batida do próprio coração. Se não fizerem isso, o pó não vai funcionar.

Ele esperou.

— Fechem os olhos — comandou Anatov. — O sangue que seu coração bombeia nutre cada parte de vocês, inclusive a parte que buscam curar. Imaginem que estão navegando por suas veias em direção à região afetada. Vocês a veem? Agora, imaginem que estão colocando em exposição essa parte do corpo. Ela se destaca e flutua diante de vocês. Vejam-na girar, para que possam examiná-la de todos os ângulos.

Sunny imaginou o hematoma escuro e negro em seu bíceps, no ponto onde Jibaku lhe dera um soco, o hematoma que ela queria que desaparecesse antes que a mãe o visse. Ela imaginou a carne sob sua pele, cheia de vasos sanguíneos estourados.

— Mantenham os olhos fechados — pediu Anatov. — Agora, rapidamente, soprem o pó sobre o que estão vendo!

Ela aproximou os dedos dos lábios e soprou. Imediatamente, sentiu como se seu bíceps estivesse pegando fogo. Ela deu um berro e agarrou o braço.

— Parece que alcançamos um bom resultado — declarou Anatov, escancarando um sorriso.

Aos poucos, Sunny começou a sentir que o braço melhorava. Ela olhou para ele e riu.

— O hematoma sumiu!

— O seu funcionou? — perguntou Chichi, surpresa. — Nada aconteceu com as brotoejas em meu tornozelo.

— Nem com meu arranhão — reclamou Sasha.

Sunny deu um sorriso de superioridade, sentindo-se agora ainda mais satisfeita consigo mesma.

— Vocês não devem ter visualizado bem o bastante — supôs Anatov. — Orlu? E quanto a você?

— Sim, a escoriação que eu tinha na perna desapareceu. Mas não senti dor alguma, diferente de Sunny.

— Você tem mais controle — elogiou Anatov, pousando uma das mãos sobre a cabeça de Orlu. Depois, fez o mesmo com Sunny. — Você, Sunny, tem mais poder. Sasha, Chichi, vocês precisam praticar mais. Não me surpreende nem um pouco que não tenham conseguido. Todos vocês, vão já lavar as mãos, e esfreguem bem qualquer vestígio do pó.

As duas horas seguintes foram difíceis. Sunny mal conseguia acompanhar, até mesmo quando ele discutia coisas do livro de facas juju. E, como ela não tinha uma faca juju, teve de imitar os movimentos dos outros, o que parecia uma idiotice. Logo deixou de se sentir poderosa e passou a se sentir ridícula. Estava mais que claro que Orlu, Chichi e Sasha estavam anos à frente, além de terem a vantagem da *criação* em famílias que entendiam do assunto. Enquanto ela tateava no escuro, para eles ser leopardo era algo natural.

Quando eles terminaram, Anatov fez um anúncio:

— No próximo sábado, vamos para Abuja. E vamos por dois motivos. Primeiro, Sunny vai escolher sua faca juju.

— Vamos ver o Homem das Tralhas! — exclamou Chichi.

— Em segundo lugar, vou levá-los ao Festival de Zuma para que assistam à final do Torneio Nacional de Luta Livre de Zuma pela primeira vez. Preciso comparecer a uma reunião importante de acadêmicos; então, na viagem vamos matar vários coelhos com uma só cajadada.

Sasha parecia muito satisfeito, e, pela primeira vez, a reação de Orlu foi parecida.

— Eu *sempre* quis assistir à final — confessou Orlu. — Espero que ninguém morra.

— Sim, muitas vezes é uma luta até a morte — afirmou Anatov, com um sorriso misterioso.

Como esperavam que Sunny conseguisse fazer isso? Um dia *e* uma noite inteiros fora? E Abuja ficava a duas horas de carro dali. Ela teria de mentir. Era o único jeito.

Chichi era sua cúmplice no plano. Dois dias depois, Sunny convidou-a para jantar. A amiga fez questão de ir muito bem-arrumada. Ela vestiu um lindo *rapa* amarelo com estampa verde e uma camiseta amarela. Escovou seu penteado black power curto, e até usou argolas prateadas nas orelhas.

O pai de Sunny ainda estava no escritório tratando de um caso, mas, quanto a isso, não havia problema. Era a mãe quem realmente teria de ser convencida. Mas por que seus irmãos tinham de estar ali também?

— Boa noite — cumprimentou Chukwu, deixando Chichi entrar. Ele a olhou de cima a baixo. Sunny quase desejou que a amiga tivesse vindo com os trapos costumeiros. Chukwu estendeu a mão. — Sou o irmão mais velho de Sunny, Chukwu.

— Prazer em conhecê-lo — disse ela, enquanto lhe apertava a mão; e olhou bem nos olhos do garoto enquanto o fazia. Sunny também não gostou nada disso.

— Minha irmã me falou muito de você.

Sunny revirou os olhos. Ela não havia dito nada sobre Chichi. Ugonna ficou de pé, atrás do irmão, aparentemente incapaz de dizer qualquer coisa.

— Ahã. — Flertando, Chichi deu um sorriso. — Há muito de mim para se comentar.

Os olhos de Chukwu brilhavam de interesse à medida que ele se aproximava da menina com um sorriso frouxo nos lábios. Sunny queria vomitar.

— Sabe — começou ele —, sou o capitão do time de futebol da escola *e* o melhor jogador.

— Oh — respondeu Chichi. — Isso porque Sunny não pode jogar no sol, né?

Ugonna e Sunny deram risadinhas.

— Ora — falou Chukwu, com um tom de voz sem graça, tentando disfarçar o fato de que Chichi lhe dera um fora. — Futebol é jogo de homem.

Aquilo foi a gota d'água. Sunny rosnou e pegou o braço da amiga.

— Fique longe — vociferou ela, empurrando Chukwu para o lado. Depois, levou Chichi até a cozinha para conhecer sua mãe.

— Seus irmãos são lindos — comentou Chichi, enquanto Sunny a arrastava para a cozinha.

— Sim, lindamente *estúpidos*, talvez. — Mas Sunny estava mais nervosa com relação ao que aconteceria em seguida. — Ok, agora, não diga nada de estranho, está bem?

Chichi deu um muxoxo.

— Oi, mãe — cumprimentou Sunny. Seu coração estava batendo muito rápido. — Esta é Chichi.

— Olá — respondeu a mãe de Sunny, largando a colher de pau. — Então eu finalmente estou conhecendo a garota com quem minha filha passa tanto tempo.

— É um prazer conhecê-la, Sra. Nwazue — disse Chichi. Sunny jamais ouvira Chichi falar de forma tão respeitosa, o que era um ponto positivo. Se Chichi saísse da linha uma única vez que fosse, Sunny sabia que não haveria maneira de convencer a mãe a deixá-la dormir na casa de Chichi.

— Como está sua mãe? — indagou a mãe de Sunny, examinando bem Chichi e sentando-se diante das duas à mesa.

— Ah, ela está bem.

— Sua mãe e eu cursamos o ensino médio na mesma escola.

— Sério? — perguntou Sunny, sinceramente interessada.

— Eu não sabia disso — comentou Chichi, franzindo o cenho.

— Ahã — confirmou a mãe de Sunny. — Asuquo era um ano mais velha, mas todos a conhecíamos. Ela era boa aluna de literatura e redação, assim como Sunny.

— Minha mãe não fala muito sobre a época de escola — explicou Chichi, que parecia irritada. — Não nos anos que passou na escola aqui, pelo menos. Ela diz que a escola é...

Sunny deu um pisão no pé de Chichi.

— Ah, deixe para lá — emendou Chichi, sorrindo.

O sorriso da mãe de Sunny começou a desaparecer.

— E o que sua mãe faz agora?

Sunny pressionou com mais força ainda o pé contra o de Chichi.

— Ela... ela dá aulas — declarou Chichi. — Ela dá aulas de redação.

— Ah, é? Onde?

— Tem uma... escola pequena em Aba. Ela leciona lá.

— Bem, isso é muito bom — comentou a mãe de Sunny. — Então, essa é a escola que você frequenta?

— Mãe, o pai de Chichi é aquele músico famoso, Nyanga Tolotolo — disparou Sunny.

— O quê? — perguntou a mãe de Sunny, surpresa. — É sério? — Chichi assentiu. — O pai de Sunny *ama* a música dele. Eu não sabia disso! — A mulher olhou Chichi mais de perto, provavelmente se lembrando da cabana onde a menina morava.

— Sim — respondeu Chichi. — Não costumamos ter notícias dele, apesar disso. Eu o vejo mais em seus DVDs e comerciais de televisão que em pessoa.

— Ah, sinto muito — lamentou a mãe de Chichi. Fez-se um silêncio incômodo. — Bem, fiz arroz de *jallof* e banana-da-terra. Comam à vontade. — Ela se levantou. — Foi muito bom finalmente conhecê-la, Chichi. Mande meus cumprimentos a sua mãe.

Conforme ela saía, Chichi disse:

— Sra. Nwazue?

— Sim?

— Sunny pode passar o fim de semana em minha casa?

Sua mãe ficou parada por alguns instantes.

— Vamos nos comportar — acrescentou Chichi, com um sorriso triunfante. — Sei que Sunny se atrasou outro dia para chegar em casa. Isso não vai mais acontecer.

A mãe de Sunny olhou para Chichi com perspicácia. Em seguida, disse:

— Então prometam uma coisa. Prometam que... prometam que vão se comportar e ser responsáveis.

Sunny quase estremeceu com a intensidade da mãe.

— Nós prometemos, mãe.

— Com certeza, Sra. Nwazue.

A mãe de Sunny ficou olhando de Chichi para Sunny. Ela pareceu refletir por um instante, como se estivesse prestes a tomar uma decisão importante. Depois, assentiu.

— Esteja de volta domingo, na hora do jantar. — As meninas ficaram em silêncio enquanto a mãe de Sunny fazia um prato e saía da cozinha.

— O que foi *isso*? — indagou Chichi. — Ela parecia prestes a sentenciá-la à morte. — Sunny simplesmente balançou a cabeça. Chichi agarrou a amiga pelos ombros. — Você vai para minha casa! Vai ser muito legal!

Sunny sorriu, mas ainda se sentia pouco à vontade.

— Uhu! — exclamou Chichi, enquanto se sentava. — Essa conversa pareceu mais uma entrevista de emprego.

— É mesmo — concordou Sunny.

— Bem, mas agora acabou. Trate de se animar, hein? Venha, vamos comer! Estou faminta. — Chichi comeu algumas colheradas. — Sua mãe é uma ótima cozinheira! — Ela fez uma pausa. — Você já foi a Abuja?

— Shhh, fale baixo.

— Me desculpe — sussurrou Chichi, dando risadinhas.

— Já fui duas vezes. Minha tia, a irmã mais velha de meu pai, mora lá.

— Eu *amo* Abuja — comentou Chichi. — O ar lá é muito seco, e aquela mesquita enorme é linda.

— E as estradas não são tão esburacadas.

— Sim, isso também — disse Chichi, rindo.

— Então... eu vou ter de fazer alguma coisa? — indagou Sunny. — Sabe, igual a quando fui iniciada? — Ela sentiu um calafrio ao se lembrar da lama, da terra e das águas rápidas do rio.

— Não — respondeu Chichi. — Mas não se acomode demais. Sabe muito bem o que temos de fazer com relação a Chapéu Preto.

Sunny sentiu outro calafrio.

— Apenas... apenas me conte sobre esse negócio da faca juju.

— Vamos encontrar esse cara chamado Homem das Tralhas e comprar uma faca. É muito simples — explicou ela, sorrindo. — Você vai ver.

Sunny esperava que sim.

12

Abuja

Era sábado de manhã, e o sol começava a entrar nos eixos. O grupo de amigos de Sunny era parte de uma multidão que estava diante da trilha para Leopardo Bate. Sunny não conseguia parar de sorrir. Como ela estava entre pessoas-leopardo, não havia motivo para que fingisse precisar da sombrinha preta. Estava com o corpo exposto ao sol, assim como todas as outras pessoas. A menina havia considerado perguntar a Anatov por que ela não era mais sensível à luz, mas, na realidade, não *queria* saber.

A distância, eles avistaram uma nuvem vermelha agourenta: era o trem futum, que se aproximava em uma velocidade ridícula.

— Aposto que você queria ter trazido uma caixa de lenços — brincou Sasha.

— Isso não tem graça — retrucou Sunny. Ela não disse a ele que, de fato, havia trazido lenços. Aquela viagem seria um festival de catarro.

O trem futum era coberto de frases adornadas com círculos e espirais coloridos: JESUS É MEU, EI!; NINGUÉM ALÉM DE CRISTO!; O SANGUE DE DEUS!; NADA DE MAU!; DEVAGAR E SEMPRE!; A VIDA É

CURTA!; SALVE-NOS, JESUS! No centro havia uma pintura tosca de um Jesus de rosto muito branco e cabelos muito loiros fazendo o sinal de paz e amor.

— Esse trem é para pessoas-leopardo? — sussurrou Sunny para Chichi. — Ou para fundamentalistas cristãos?

Chichi apenas riu.

— As frases vão mudar e serão sobre Alá quando entrarmos na Hauçalândia. E a pintura de Jesus vai virar uma lua crescente com uma estrela. Você conhece o ditado: "Em Roma, como os romanos."

O motorista era um homem que se autodenominava General de Jesus. Mas não tinha nada de santo. A cada duas palavras, soltava um palavrão. Um hip-hop com letras cheias de impropérios saía em alto volume das caixas de som. Sunny se perguntou se ele mudaria de nome para General de Alá depois que entrassem na Hauçalândia. Ela riu consigo mesma.

— Vocês são quantos? — gritou o General de Jesus, enquanto saía do veículo.

— Senhor — disse uma mulher imponente —, esta lata-velha roda com combustível... gasolina?

— Ah, não pode ser! — resmungou um homem um pouco atrás deles. O sujeito cuspiu qualquer coisa no que Sunny achou que era iorubá, e depois jogou sua mochila empoeirada no chão.

— Ei, ei, ei — protestou humildemente o General de Jesus. — É um veículo híbrido. Roda com um pouco de combustível, muito juju e bastante, bastante vontade de Deus mesmo. Venham, eu imploro. Não vou desapontá-los. Podem entrar. Vou fazer um preço especial para levá-los ao festival.

— Mas esse veículo é um lixo! Provavelmente vamos morrer sufocados com o gás escapando — reclamou uma mulher. — Vou esperar pelo próximo.

O General de Jesus gesticulou irritado com as mãos para a multidão raivosa e virou-se para Anatov.

— Anatov — cumprimentou o General de Jesus, apertando, espalmando e estalando sua mão com a de Anatov. — Mas que diabo é ver você, meu amigo.

— Digo o mesmo — falou Anatov, passando um braço sobre o ombro do motorista. Eles se afastaram um pouco do grupo para discutir o preço, obviamente. Anatov olhou para eles e disse:

— Entrem. — Depois, voltou à negociação.

Demoraram a encontrar um lugar, pois o veículo comprido estava praticamente lotado. Sunny carregava sua mochila pendurada em um dos ombros, e, conforme avançavam para a parte de trás do veículo, a bolsa acertou a cabeça de um garoto.

— Ah, me *desculpe*! — exclamou ela, e depois deu uns tapinhas na cabeça do garoto. Rapidamente retirou a mão dali quando se deu conta do que estava fazendo. — Me desculpe — repetiu ela.

Esfregando a própria cabeça, o garoto assentiu. O rosto de Sunny ficou quente. Ele era lindo. De todas as pessoas em quem ela podia ter batido na cabeça, foi acertar logo a dele. Mas ele lhe lançou um sorriso reconfortante.

— Não tem problema — disse, em igbo. — Ainda não perdi a consciência.

Ela riu e rapidamente tornou a procurar seu lugar.

Havia exatamente cinco acentos na última fileira na parte traseira do trem futum. O assento do meio era grande, limpo e parecido com um trono, com muito mais espaço para as pernas que os outros. Era obviamente o assento de Anatov. Chichi se sentou ao lado de Sunny, Orlu e Sasha do outro lado do assento de Anatov. Como era de se esperar, Sasha pegou o assento da janela.

— Homens jovens e fortes — gritou o General de Jesus na parte da frente do veículo —, precisamos de um empurrão.

Sunny quase riu. Claramente, até um transporte movido a juju precisava de um empurrão para que o motorista pudesse acionar a embreagem. Vários homens se levantaram e saíram do ônibus, incluindo Anatov. O General de Jesus ficou atrás do volante.

Eles empurraram e empurraram, e o trem futum começou a rodar. Finalmente, o motor fez barulho de descarga e voltou a funcionar. Ao mesmo tempo, Sunny ouviu outro som, que mais parecia vento soprando a copa seca de uma palmeira. Luzes azuis presas às laterais do veículo e no piso se acenderam. O ar ganhou cheiro de flores. Sunny espirrou e resmungou.

Eles agora estavam, de fato, a caminho do Festival de Zuma.

Anatov disse que eles ficariam hospedados no Hilton, o maior e mais esplêndido hotel da cidade. Até um dos presidentes dos Estados Unidos se hospedara lá. Sunny só conseguiu relaxar quando Anatov disse que Leopardo Bate pagaria pelo quarto. Ela mal tinha dinheiro para duas refeições, e duvidava de que fossem aceitar seus *chittim*.

Aquele seria um dia atarefado. Primeiro, eles tinham de conseguir sua faca juju. Depois, iriam assistir à final de luta livre. Em seguida, Anatov precisava comparecer a uma reunião de acadêmicos de todas as partes da África. Então Sunny e seus amigos ficariam com o resto do dia e da noite livres para fazer o que quisessem.

— Há uma feira de artesanatos que funciona o dia todo, e à noite acontece uma confraternização de estudantes — anunciou Anatov. Ele olhou para Orlu e Sasha, sorrindo. — E, como sempre, teremos a partida da Copa de Futebol de Zuma por volta das cinco da tarde.

Sunny arqueou as sobrancelhas. Por que ele não a olhou quando disse isso? Ela também gostava de futebol. E era *boa* de bola.

Os quartos ficavam no décimo sexto andar do Hilton. E não eram quartos simples: tinham uma suíte! Orlu e Sasha ficaram em um quarto; Sunny e Chichi, em outro. O quarto de Anatov ficava mais para o fim do corredor.

— Vamos partir em uma hora — avisou ele. Assim que ele se foi, os quatro se entreolharam, gritaram e riram, animados.

— Não posso acreditar que estou aqui! — berrou Sunny, jogando-se em sua cama.

— Este lugar é muito tóxico — queixou-se Chichi. Mas ela comeu um dos chocolates que havia sido deixado sobre a cama. — Aposto que é por isso que Anatov está nos fazendo ficar hospedados aqui.

— Pensei que você ia gostar — comentou Sunny.

— E por quê? — Chichi franziu o cenho para ela.

— Imagine só os livros que não devem estar à venda no festival — disparou Orlu, sentando-se no pequeno armário ao lado da televisão.

— Aposto que também vai estar cheio de garotas muito gatas — disse Sasha.

— E ainda mais garotos gostosos — emendou Chichi, lançando um olhar para Sasha. — *Sempre* tem mais garotos.

— Ei, não se engrace para cima de ninguém — repreendeu Orlu. — Não estamos em casa.

— O mesmo vale para você — retrucou Chichi.

— Eu sou homem — replicou Orlu, com muita seriedade, tirando um livro da mochila. — Você é mulher. Não é a mesma coisa.

Chichi riu, debochada.

— Não é mesmo — concordou Sasha, dando de ombros. — De qualquer forma, Chichi, venha aqui. Olhe para isso.

— Então, o que você acha? — perguntou Orlu para Sunny. Atrás deles, Chichi e Sasha haviam começado a cochichar e dar risadinhas enquanto olhavam para o livro do americano.

— Me pergunte dentro de alguns dias — respondeu Sunny.

— Odeio este hotel e tudo o que ele representa — reclamou Orlu. — A extravagância é irritante, pois as condições de vida das pessoas que moram no entorno do hotel são péssimas.

— Nem tudo é ruim.

Orlu balançou a cabeça. Chichi e Sasha rapidamente fecharam o livro, que Sasha tratou de enfiar de volta na mochila.

— O que vocês dois estão aprontando? — indagou Sunny. Chichi não olhava Sunny nos olhos.

— Sasha só está me ajudando com... uma coisa. Nada que interessaria a você ou Orlu.

— Sunny, você vai entrar naquela partida de *soccer* comigo? — perguntou Sasha. — Futebol, foi o que eu quis dizer. Ou como quer que seja a maneira que vocês chamam isso aqui.

— Também chamo de *soccer* — disse Sunny, rindo. — Acho que é parte de minha herança americana. Você acha que vou poder jogar?

— Claro que sim. Já a vi jogar, cara — respondeu ele. — Orlu, você também topa?

— Não, vou ficar assistindo com Chichi.

— Então quer dizer que eles deixam garotas jogar? — indagou Sunny, com hesitação.

— Não importa — retrucou Sasha. — Você vai jogar.

Eles se separaram para tomar banho e se trocar. Todos usaram suas melhores roupas. Sasha vestiu jeans folgados e camisa social de manga curta azul. Ele parou para admirar Chichi, que vestia um *rapa* verde fosforescente e um top da mesma cor. — Você está muito bonita — elogiou ele. — Devia se arrumar mais vezes.

— Só me arrumo quando há um motivo — retrucou Chichi, que, apesar disso, pareceu satisfeita com o galanteio.

Sunny estava irrequieta. Sabia que estava bonita com a calça social azul-marinho e o top azul estampado em laranja e amarelo, mas aquilo não importava.

— Odeio me arrumar — admitiu a menina.

— Não me importo muito — confessou Orlu. Ele vestia um cafetã azul-claro comprido e calças da mesma cor. — Mas há coisas mais importantes que isso.

O mesmo trem futum que os havia deixado no hotel viera buscá-los. Ele agora tinha um décimo do tamanho de antes: era menor até que uma van e estava vazio. Havia um trono branco para Anatov na segunda fileira de assentos.

— Ei! — chamou Sasha, que estava sentado atrás do General de Jesus. — Que músicas você tem aqui?

— Se a música tem um *bam-bam*, *tim-tim* que sacode até o ar que eu respiro, tenho ela aqui — respondeu o General de Jesus. Ele e Sasha espalmaram as mãos uma contra a outra. Sasha começou a escolher uma música entre a coletânea de arquivos digitais do motorista.

Anatov foi para seu assento, abriu o jornal do dia e começou a ler. Chichi sentou-se a seu lado e fez o mesmo. Orlu e Sunny foram para a parte de trás. Enquanto saíam dali, Sasha colocou a música para tocar. Ele e o general balançaram as cabeças com o ritmo da canção.

— Ei — disse Orlu. — Lembre-se do que falei sobre tomar cuidado. Chichi conhece as coisas por aqui, mas você é nova; então, tome muito cuidado.

— Pode deixar — retrucou Sunny, revirando os olhos. — Então, você e Chichi vieram juntos para cá no ano passado?

— Sim — respondeu Orlu.

— Seus pais e a mãe de Chichi são amigos?

Orlu franziu a testa e inclinou a cabeça para o lado.

— Sim... mais ou menos. — Ele diminuiu o tom de voz. — Chichi herdou a esquisitice da mãe. A mãe dela é realmente brilhante. É assistente de Sugar Cream e é uma sacerdotisa de Nimm.

— O que é...

— As mulheres que se tornam sacerdotisas de Nimm são escolhidas no nascimento. Sua inteligência é posta à prova antes mesmo que suas mães tenham a oportunidade de pegá-las no colo. Se passam no teste, são "vendidas" para Nimm, um espírito feminino que mora na vastidão.

— Assim como as pessoas da casta osu? — perguntou ela, horrorizada. Os osu eram igbos vendidos como escravos para uma divindade igbo.

— Mais ou menos. As mulheres de Nimm não são párias como os osu. Todas têm o sobrenome Nimm e nunca têm autorização para casar. E elas recusam a riqueza.

— É por isso que o pai de Chichi foi embora de casa?

Orlu riu amargamente.

— Não. Ouvi minha mãe dizer a minha tia que ele era um dos homens mais egoístas que ela já havia conhecido. Mas ele não sabia que a mãe de Chichi era leopardo. — Ele hesitou. — Aposto que, se ele soubesse que não poderia se casar com ela, teria lutado para isso.

— Ah — disse ela, dando-se conta de uma coisa. — Então Chichi não é um leopardo puro.

— Ninguém é "puro". — Orlu deu de ombros. — Todos temos ovelhas em algum ponto de nossa linhagem espiritual. De qualquer forma, as mulheres de Nimm são... um tanto excêntricas. Meus pais simpatizam com ela, mas não são seus amigos.

Fez-se um silêncio. A música que vinha da parte da frente do trem futum chegou até eles.

— Orlu — disse Sunny, finalmente, olhando de soslaio para Chichi, que estava lendo o jornal. — O que eu... *faço?*

— Como assim?

— As pessoas esperam realmente que eu esconda tudo isso de minha família pelo resto da vida? Quem consegue viver assim? A coisa já está esquisita demais. O que *fazem* os agentes livres?

— Bem, para começar, o pacto que fizemos a impede de contar a qualquer pessoa sobre isso — lembrou Orlu. O laço de confiança, os símbolos no livro e a faca juju... tudo aquilo parecia ter acontecido fazia anos, e não apenas alguns meses. — Não faço ideia, Sunny. Mas sabe de uma coisa?

— O quê?

— Você realmente precisa descobrir mais coisas sobre sua avó. E você tem de perguntar principalmente para sua mãe. Você não herdou a linhagem espiritual de sua mãe, mas talvez ela saiba mais coisas do que você imagina.

O mercado de Abuja ficava a cerca de dez minutos do Hilton. Sunny não esperava que fossem a um mercado de ovelhas, especialmente não àquele. Era o primeiro mercado africano que ela visitara alguns meses depois de sua família ter voltado à Nigéria, quando ficaram hospedados na casa da tia. Que choque cultural! Os mercados americanos eram sempre arrumados, com preços fixos, tudo muito limpo. O mercado de Abuja era particularmente fétido, imprevisível e barulhento. Ela ficara assoberbada com o que era vendido ali, e como os comerciantes apregoavam seus artigos. Agora, aquele era apenas mais um mercado.

Depois que Anatov pagou o General de Jesus, todos foram direto à parte do mercado que ficava à sombra. Telhado toscos de ripas de madeira cobriam todas as barracas naquele trecho.

— As tralhas de um homem são o tesouro de outro! — anunciou um sujeito com voz rouca. O Homem das Tralhas. Ele tinha uma aparência que praticamente gritava ser muito mais do que parecia. Ele era baixo e gordo, com o cabelo raspado tão rente que a cabeça brilhava como uma bola de boliche preta. Contrastando com o resto de sua aparência, seu grisalho bigode era farto, assim como a longa barba. Usava um anel de bronze em cada um dos dedos. Sua cadeira acolchoada rangia sempre que ele se mexia.

Sua barraca era do mesmo tamanho das outras e tinha cerca de 3,50 metros, tanto de largura quanto de comprimento. Divisórias de madeira a separavam de uma de artigos de cozinha à direita, e de outra de cestos à esquerda. Mas a barraca do homem estava lotada! Um corredor estreito levava os clientes até suas mercadorias. Ele ergueu as mãos gordas e gritou:

— Ei, Anatov!

— Homem das Tralhas — respondeu Anatov, enquanto eles se apertavam as mãos com força. Os anéis do Homem das Tralhas tilintaram alto.

— Aquela dali? — perguntou ele, apontando para Sunny. Anatov assentiu. — Ah, uma albina! — exclamou. Em seguida sorriu, revelando uma covinha na bochecha esquerda. — Entre, dê uma olhada. Mas nada aqui é grátis. Não se intimide. Olhe e, depois, compre. Mas não toque em nada que sinta que não deveria tocar. Principalmente naquelas penas de papagaio. Por algum motivo, as pessoas não costumam ser sensatas. Depois, chegam em casa e se perguntam por que tudo o que querem é papaguear.

Sasha, Orlu e Chichi já estavam dando uma olhada nas mercadorias. Sunny não fazia ideia do que não poderia tocar. Havia muitos artigos, a maioria sobre mesas, e alguns no chão ou pendendo de pregos nas divisórias de madeira.

Havia cestos; estatuetas de ébano e bronze; anéis, colares e tornozeleiras de metais variados; pilhas de pedras e cristais coloridos; moedas de aparência muito antiga; e búzios do tamanho de seu dedo mindinho e maiores que sua cabeça; máscaras cerimoniais sorridentes e assustadoras; um jarro de pó de ouro; uma pilha de joias e adagas enferrujadas; além de sacos cheios de penas coloridas.

Uma estátua de ébano de 2,50 metros de uma deusa de aparência severa observava tudo de um dos cantos.

— Ei, está vendo isso? — perguntou Sasha a Chichi. Os dois se amontoaram em volta de alguma coisa. Então tornaram a dar risadinhas.

Sunny parou para olhar uma máscara que exalava um fedor terrível.

— Sunny — chamou Orlu —, aqui estão as facas.

Elas estavam empilhadas em uma caixa de papelão surrada. Algumas delas tinham cabos com joias incrustadas; outras eram feitas de metal: cobre, bronze ou algo que parecia ouro. Havia uma outra que parecia feita de madeira. Outra era de plástico.

— Como eu...

— Você é americana? — indagou o Homem das Tralhas. Subitamente, ele estava bem ao lado de Sunny.

A garota pulou de susto.

— Hum... sim, mais ou menos. Nasci e morei lá por nove anos antes de voltarmos para a Nigéria.

— Quem é o mais velho entre vocês? Ele? —perguntou o homem, apontando para Orlu.

Sunny deu de ombros.

— Ele é só alguns meses mais velho.

— Seus pais nasceram aqui?

— Sim — admitiu ela.

— Então, você é daqui *e* de lá. Um lance duplo, sabe?

— Se você diz que sim — disse Sunny, rindo.

— Sei que sim.

— Então isso me torna o quê? — perguntou ela.

— Quem se importa? Você está buscando uma faca juju, não é?

Ela assentiu e abriu um sorriso. Ela havia gostado muito do Homem das Tralhas.

— Feche os olhos, bote a mão na caixa e escolha uma.

Sunny fechou os olhos. Enquanto ela remexia a pilha de facas, uma delas a cortou.

— Ai! — Ela rapidamente tirou a mão dali e abriu os olhos.

O Homem das Tralhas foi até a caixa de imediato.

— Temos uma ganhadora! — anunciou ele. A faca que ele retirou da caixa tinha uma pequena mancha do sangue de Sunny na lâmina. — Que engraçado.

— O que foi? — Sunny ficou olhando fixamente para a faca.

— Ah... Que estranho — comentou Orlu.

— Foi esta a faca que escolheu você? — perguntou Chichi, aproximando-se.

— Ah, isso é... hum, é diferente — declarou Sasha.

O cabo era de prata comum e lisa, mas a lâmina era fina como papel, feita de um material verde translúcido, como vidro.

— Um homem do Norte me deu essa de graça depois que comprei algumas de suas facas — afirmou o Homem das Tralhas. — Ele vestia um véu grosso, então não vi seu rosto. Mas ele tinha olhos bonitos como os de uma mulher, e uma voz muito gentil. Sempre dá para adivinhar a natureza de um homem pela voz; a natureza de uma mulher se concentra mais nos olhos. De qualquer modo, aqui está sua faca. Ela a escolheu sem trapacear.

— Treze *chittim* de cobre, esse é o preço — disse o Homem das Tralhas.

Todos eles soltaram arquejos.

— Isso é loucura! — reclamou Chichi.

Sunny franziu o cenho, irritada. Ela esperava pagar apenas três *chittim*.

— Você quer...

— Sei o que você quer, e sei o que quer você — declarou o Homem das Tralhas. — Com facas juju eu não pechincho. Esta faca a escolheu; portanto nenhuma outra faca a escolherá até que esta seja destruída. Eu poderia lhe cobrar mil *chittim*, e ainda assim você teria de pagar.

Por sorte, Sunny havia trazido vinte *chittim* de cobre. Ela tirou treze da bolsa enquanto o Homem das Tralhas polia a faca com um pano branco.

— Deixe-me ver — pediu Anatov ao Homem das Tralhas, quando ele havia acabado de polir a faca. Anatov segurou-a diante de si, apontando a faca para a frente. Ele examinou a lâmina. — Boa.

— Ela é uma garota de sorte... talvez — comentou o Homem das Tralhas. Ele olhou para Sunny. — Venha cá e coloque-os neste cesto, embaixo da mesa. — Ela depositou os *chittim* no cesto, que estava cheio até a metade.

— Aqui, tome.

Ela pegou a faca juju devagar. Deu um gritinho e quase a deixou cair. O Homem das Tralhas escancarou um sorriso.

— Ah, isso é tudo o que eu realmente precisava ver: esse olhar.

— Isso... isso é normal? — indagou ela, olhando fixamente para sua mão e para a faca. A sensação era a de que sua mão e a faca haviam se fundindo. Ela lera sobre isso no livro de facas juju, mas sentir aquilo na pele era *muito* diferente de apenas ler.

— Sim — respondeu Anatov. — É uma sensação que se entende melhor quando se experimenta.

Ela tocou a ponta da faca. Era incrível: ela sentiu a sensação pela faca toda. Bateu de leve a lâmina contra a mesa. Era como se estivesse batendo os próprios dedos.

— Agora, tente fazer alguma coisa — sugeriu o Homem das Tralhas.

— Mas não sou boa em...

—- Conjure música — sugeriu Chichi. — Isso é fácil o bastante.

Sunny de fato se lembrava de como fazê-lo, mas ainda estava nervosa.

— Me explique de novo como se faz.

— Corte o ar de cima para baixo, dê um giro rápido de pulso e pegue o saquinho invisível — explicou Chichi. — Depois, fale as palavras catalisadoras dentro dele: "Traga música."

— Tudo bem — sussurrou Sunny. Com cautela, ela cortou o ar e girou rapidamente o pulso, como se desse um nó no saquinho invisível. O saquinho úmido e frio de juju caiu em sua mão. Ela sorriu. — Traga música — comandou ela em inglês dentro do saquinho.

O que veio não era música clássica. Era uma guitarra rápida e de som agudo. Era *highlife*. Uma música de Nyanga Tolotolo, a favorita de seu pai. Sunny riu e abriu um sorriso. Ela olhou de soslaio para Chichi e ficou aliviada ao ver que a amiga também sorria. Dois *chittim* de cobre caíram a seus pés.

— Arrá! Está vendo? A faca se paga sozinha! — exclamou o Homem das Tralhas.

A música alta assustou as pessoas, a maioria das quais era de ovelhas, que provavelmente presumiram que o som vinha de uma caixa em algum lugar da barraca do Homem das Tralhas. Uma mulher que passava por ali sacudiu os ombros de leve, e um homem arriscou alguns passos de dança. Segundos depois, a música foi desaparecendo.

— Muito bem! — elogiou Anatov.

— Seu primeiro juju com faca — declarou Sasha, enquanto dava uns tapinhas nas costas de Sunny. — Você agora é uma nova mulher.

— É apenas o começo — comentou Chichi.

— Tome — disse o Homem das Tralhas, que deu a ela um pequeno feijão azul. Dele, saía um som. Sunny aproximou-o do ouvido. O feijão estava dando risadinhas!

— Gosto de dar brindes para meus novos clientes.

— Obrigada — agradeceu Sunny, que ficou olhando para o feijão. — O que é isso?

— Leve-o para casa e coloque-o embaixo de sua cama. Espere alguns dias.

— E quanto custa isto? — indagou Sasha, que segurava um búzio marrom polido do tamanho de sua mão.

— Hum. Você sabe o que isso faz? — perguntou Anatov.

— É claro — respondeu Sasha, trocando um olhar com Anatov.

— Um *chittim* de cobre e um de prata — pediu o Homem das Tralhas.

— Que tal só um de cobre? — barganhou Sasha.

— Vendido!

13

O rochedo de Zuma

O trem futum ainda tinha muitos quilômetros a percorrer, mas Sunny já conseguia ver o rochedo de Zuma. Com cerca de 60 metros de altura, a largura de um campo de futebol e negro, parecia um enorme pedaço de carvão. Em seu centro ficava o que lembrava um gigante rosto branco e tosco.

A mãe de Sunny a levara para visitar o rochedo durante a visita da família, havia três anos. O guia que os acompanhara contou que se acreditava que o rochedo de Zuma tinha poderes místicos. Ele disse que quem escalasse ou se aproximasse muito do rochedo jamais seria visto outra vez.

Zuma Ajasco, o quartel-general dos Leopardos em Abuja, ficava bem aos pés do rochedo de Zuma, escondido das ovelhas por um poderoso juju. Ali também era onde se realizava o festival. Agora, o mito sobre o rochedo de Zuma fazia sentido para Sunny.

Faltando cerca de um quilômetro e meio para chegar ao rochedo, eles entraram em uma estrada estreita. As pessoas que caminhavam ali tinham de ir rapidamente para a beira da estrada para não serem atropeladas. Muitas delas usavam tipos diferentes de vestimentas tradicionais, mas algumas também usavam jeans, calças comuns e vestidos.

Quando avistou o festival, Sunny não tinha certeza se estava mais impressionada com seu tamanho gigantesco ou com o próprio rochedo de Zuma. O festival ocupava uma área de sete campos de futebol e ficava parcialmente sob a sombra do rochedo, do outro lado da rodovia. Por causa dele, os transeuntes não conseguiriam ver o festival, mesmo que não houvesse um juju poderoso ocultando-o.

— Por que Zuma Ajasco não é o quartel-general central da África Ocidental, em vez de Leopardo Bate? — No mesmo instante que disse essas palavras, Sunny se arrependeu. Ela faria qualquer coisa para evitar o olhar que Anatov lhe lançou.

— Em 1991, declararam Abuja a capital da Nigéria, em vez de Lagos. Agora, os acadêmicos de Zuma Ajasco acham que Abuja deveria se tornar o quartel-general central da África Ocidental, no lugar de Leopardo Bate — afirmou Anatov. — Que mer... que absurdo. Leopardo Bate é Leopardo Bate faz mais de um milênio. Mudá-lo de lugar iria perturbar tudo aquilo pelo que zelamos.

Ele fez uma pausa. Quando voltou a falar, tinha menos raiva na voz:

— Quero que saibam disso agora, antes que entrem oficialmente na extravagância de Zuma Ajasco. Os acadêmicos aqui têm opiniões diferentes sobre o que é decente e apropriado. As pessoas são como as pessoas em qualquer outro lugar, mas os acadêmicos são os líderes. Se eles forem corruptos, as coisas podem dar muito errado.

"Zuma Ajasco tem apenas dois acadêmicos. Vocês vão reconhecer Madame Koto quando a virem. Vou apresentá-los caso surja a oportunidade. É impossível não a notar: ela descende da antiga linhagem dos Homens Altos. Ela também é muito... larga. Dizem que faz refeições compostas de cinco pratos, quatro vezes ao dia. Acredita-se que, secretamente, ela seja dona de uma das maiores petrolíferas do mundo, mas ninguém sabe qual. Quando vocês a virem, ela vai estar rodeada de homens atraentes, embora nenhum deles seja seu marido. Por princípio, ela se recusa a casar.

"Há também Ibrahim Ahmed. Ele pode até ter 112 anos, mas aparenta ter mais de 300. Ele tem quinze esposas, é dono de uma mansão de cento e cinquenta quartos, que muda de forma e de lugar a cada cinco meses, e corre um boato de que está trabalhando com alguns iraquianos para romper o plano físico entre Júpiter e a Terra. Também corre um boato de que ele já jantou na Casa Branca com vários presidentes americanos. Sua renda vem do petróleo. Vocês percebem o problema?"

Sunny percebia. Essas pessoas não pareciam verdadeiros acadêmicos-leopardos, que supostamente seguiriam a filosofia da humildade e se interessariam apenas por *chittim* e pelo bem-estar das pessoas.

— Esses imbecis passaram do quarto nível? — Sasha parecia incrédulo.

— Ah, mas eles não são nada imbecis — disse Anatov. — Não, não, não. E sim, eles passaram do quarto nível. Eles são capazes de fazer coisas grandiosas, mas nem sempre o potencial se traduz em sucesso.

O General de Jesus levou o trem futum até a entrada do festival, que era marcada por um arco vermelho de madeira, e eles saltaram.

O arco era enorme e entalhado para imitar plantas trançadas; mas as plantas de madeira balançavam com o sopro da brisa. Espreitando do ponto mais alto do arco havia um leopardo de madeira em tamanho real. Ele examinava todos os que entravam. Às vezes ficava sentado, se espreguiçava e até rugia. Mas, na maioria das vezes, apenas permanecia deitado, observando.

— Ele fica vigiando para ver se não aparece nenhuma ovelha — afirmou Anatov. — Este enorme pedaço de juju foi trazido até aqui para o festival por um dos acadêmicos de Camarões.

Sunny ficou enjoada. O que faria o leopardo quando encontrasse uma ovelha? Ele pode até ser de madeira, mas parece vivo. E faminto. Ela não era uma pessoa-leopardo pura. Será que ele sentiria o cheiro de ovelha em sua pele? Ela caminhou o mais próximo a Anatov que pôde. Suas pernas pareciam feitas de mandioca cozida. Eles passaram sob o arco. Enquanto faziam isso, o leopardo ficou a olhando intensa e *especificamente*.

— Ele está me observando — sussurrou Sunny para Chichi.

— Talvez ele a ache apetitosa — retrucou Chichi, rindo.

Sunny olhou o leopardo nos olhos enquanto eles cruzavam o arco. O animal soltou um rugido profundo. Ele deu meia-volta para continuar observando-a depois que eles já haviam cruzado o arco. Minutos se passaram até que Sunny parou de esperar que o leopardo viesse correndo em meio à multidão e a dilacerasse.

O chão do festival era coberto de paralelepípedos; três palcos tocavam, respectivamente, *highlife*, hip-hop e jazz. Havia barracas de comida e suvenires, e havia muita, muita gente. Sunny deve ter ouvido mais de cinquenta línguas diferentes. Ela viu um grupo de crianças reunido em volta de um homem que dizia já ter ido à lua; em uma enorme tenda com uma cruz na frente se lia: SOCIEDADE LEOPARDO DO SENHOR; em outra, ela ouviu centenas de pessoas lendo em voz alta o Corão.

As pessoas usavam jujus para acender seus cigarros, empurrar carrinhos de bebês e bloquear fumaça de cigarro (Sunny precisava aprender esse juju). Ela inclusive viu um grupo de crianças brincando de chutar um *tungwa*. À medida que flutuava a centímetros do chão, eles desafiavam uns aos outros a chutá-lo. A bola de pele marrom acabou estourando em cima de um garoto azarado, e todos os outros riram e ficaram apontando para ele.

— Vamos comer alguma coisa — sugeriu Anatov. A luta só aconteceria dentro de 45 minutos.

A comida era a de costume, e Sunny ficou agradecida. A menina pediu uma tigela grande de sopa de quiabo, *garri* e uma garrafa de Fanta. A sopa estava quente, apimentada e saborosa. Mas conforme se sentava com os outros à mesa, aquela sensação de que estava completamente deslocada ressurgiu. Subitamente, ela se sentiu claustrofóbica, sufocada em meio a coisas que eram desconhecidas e imprevisíveis.

— Onde vocês acham que fica o banheiro? — perguntou ela, enquanto limpava as mãos com um guardanapo.

— Do outro lado daquela barraca — respondeu Chichi, indicando a direção.

Ela se levantou antes que a amiga pudesse se oferecer para acompanhá-la. Precisava ficar um instante sozinha. A fila do banheiro era grande. Sunny tentou conter o choro. Ainda assim, algumas lágrimas inofensivas eram melhores do que arrumar uma briga ou destruir coisas. Ela passou em frente ao banheiro e chegou a um campo aberto com grama seca. Depois de se certificar de que não havia ninguém ali, desatou a soluçar.

— Com licença, está tudo bem? — perguntou alguém, em um inglês estranho.

Quando ela olhou para o lado, levou um susto. Em seguida, teve vontade de chorar mais um pouco. Mais daquela sensação de estranhamento. O homem não era apenas alto: ele parecia uma árvore humana. E vestia um cafetã amarelo, com uma gola cheia de bordados, e calça também amarela. O homem tinha uma pele negra muito escura, como alguns lavradores de inhame que trabalhavam expostos ao sol o dia todo.

Ela simplesmente o ficou encarando. Em vez de se irritar, ele sorriu. Aquele era o sorriso mais radiante e carinhoso que Sunny já vira, e ela não conseguiu evitar sorrir de volta. Ele deu a ela um lenço amarelo.

— Obrigada — agradeceu Sunny, olhando para o lenço. — Tem certeza? Eu...

Ele voltou a abrir aquele lindo sorriso e falou:

— Um presente meu para você.

Sunny assoou o nariz no lenço e olhou para o homem. Ela achou que devia a ele algum tipo de explicação, mas tudo o que pôde dizer foi:

— Sou uma agente livre. — Estava se sentindo uma idiota.

— Ah, entendi — disse ele, de modo compreensivo. O homem colocou os braços nas costas e olhou para o campo. Ela seguiu seu olhar, empertigando-se e colocando as mãos também nas costas. Ele simplesmente tinha uma aura que dizia: "Qualquer coisa que eu faça vai ser boa."

— Descobri faz poucos meses — comentou ela. — Meu professor me trouxe aqui com meus outros, hum, colegas de classe.

— Quem é seu professor? — indagou ele.

— Anatov. O Defensor dos Sapos e de Todas as Coisas Naturais.

— Ele ainda usa esse título? — perguntou o homem, rindo.

— O irmão Anatov recebeu esse título quando chegou aqui na Nigéria, vindo dos Estados Unidos. Ele não parava de falar sobre vegetarianismo e como os sapos eram o termômetro da Terra. Eu o conheço bem. É um homem bom — disse ele. — Então, você é de Leopardo Bate.

Ela assentiu.

— Bem, deixe que eu te conte uma coisa: você agora está enterrada até o pescoço na sociedade dos leopardos. A boa notícia é que o buraco não é mais embaixo. Às vezes, é melhor mergulhar de cabeça. Então, depois do choque inicial, você é capaz de lidar com qualquer coisa.

— Sim — concordeu ela, e voltou a secar os olhos. — Eu... eu também consegui hoje minha faca juju.

— Isso é ótimo — comentou ele, abaixando a cabeça e olhando para Sunny. — Use-a bem e com precisão. Há coisas mais valiosas na vida que a segurança e o conforto. *Aprenda.* Você deve isso a si mesma. Quanto a tudo isto — ele fez um gesto indicando o que havia ao redor —, você se acostuma com o tempo.

Ele deu um tapinha na cabeça de Sunny e foi embora. Ela segurou o lenço contra o peito. Somente quando se virou é que percebeu que uma multidão havia se formado para observá-los.

Eles conseguiram lugares ótimos para assistir à luta.

Em menos de uma hora, o campo a céu aberto foi preenchido com fileiras e mais fileiras de cadeiras dobráveis. Uma grande área ao centro foi reservada para a luta. Em poucos minutos, todos os assentos estavam ocupados. Parecia que todo o público do festival estava ali.

Eles se sentaram em um setor especial que ficava na frente e à esquerda, e que estava reservado especificamente para os acadêmicos e seus alunos selecionados. No caminho até seus lugares, Anatov os apresentou a Madame Koto. Ele a havia descrito perfeitamente. Em matéria de altura, ela facilmente competia com o homem com quem Sunny acabara de falar. Só que aquele homem era magro como um palito, e Madame Koto era muito, muito gorda. Ela estava rodeada por três homens muito atraentes — cada um deles vestindo um terno caro de algum estilista famoso — e estampava um sorriso de superioridade. Eles tratavam Madame Koto como se fosse sua rainha.

Madame Koto abaixou a cabeça, olhou para os quatro alunos e disse:

— Que bom conhecê-los. — Em seguida, foi para seu lugar, com os três homens a reboque. Dois garotos e duas garotas, que se presumia serem seus alunos, também a acompanharam.

Eles olharam para Sunny, Chichi e Sasha com muito interesse, mas Madame Koto não os apresentou.

Sugar Cream também estava lá, sentada com um grupo de homens muito velhos, perto da parte traseira do setor especial. Eles estavam tendo uma discussão animada e não pareciam nem um pouco interessados na luta. Quando Anatov chegou com seus quatro alunos, pararam de falar e os cumprimentaram. Os homens velhos não retribuíram o cumprimento; em vez disso, ficaram encarando as quatro crianças, como se elas tivessem criado asas.

Sugar Cream usava um vestido cor de creme, longo e sedoso, e de estilo europeu, com várias pulseiras da mesma cor, que faziam barulho sempre que movia os braços.

— Chichi, Sasha, Orlu. É muito bom conhecê-los finalmente. — Ela somente lançou um olhar severo para Sunny, que se sentiu como um pano de prato sujo.

Os velhos finalmente pararam de olhar fixamente para eles e se apresentaram. Sugar Cream teve de traduzir. Eles eram da Costa do Marfim e da Libéria.

— Quantas línguas Sugar Cream fala? — perguntou Sasha a Anatov, enquanto se sentavam.

— Pelo menos dez — respondeu ele. — Talvez mais.

— E quanto a você?

— Quem sabe? — retrucou Anatov. — Quem conta essas coisas?

— Onde estão Taiwo e Kehinde? — perguntou Sunny.

— Em casa, claro — rebateu Anatov. — Alguém tinha de ficar para trás, protegendo o forte.

Havia vários outros alunos com seus professores: algumas eram da idade de Sunny, mas a maioria era mais velha. Um menino, aluno de um acadêmico de Gana, conhecia Chichi e Orlu.

— Há quanto tempo... — disse ele.

— Não o bastante — replicou Chichi.

— Vou vencê-la hoje à noite — provocou o garoto, enquanto apontava para ela.

— Você vai ter de se esforçar, sabe? Falar é fácil — afirmou Chichi em tom de brincadeira, mas Sunny detectou uma ameaça real nas palavras. — Ah, estes são meus novos colegas de classe, Sunny e Sasha. Orlu você já conhece. Sunny, Sasha... este, infelizmente, é Yao.

Yao e Sasha olharam um para o outro de cima a baixo. *Tensão instantânea*, pensou Sunny.

— Sasha não é um nome de menina? — perguntou Yao, com um sorriso de escárnio.

— Eu te conheço, por acaso? — indagou Sasha. — Porque você obviamente não me conhece.

— Ah, você é americano — disse Yao.

— E não dá para perceber não, otário? — respondeu Sasha.

— Tudo bem, basta — comentou Anatov, enquanto empurrava Yao na direção de seu professor. — Guardem isso para a festa de hoje à noite.

— Quem diabos é esse cara? — perguntou Sasha para Chichi, ainda chocado com a audácia de Yao.

— Ele é aquele cara de quem eu falei — respondeu Chichi. — Sabe o que discutimos.

— Ah, entendo — disse Sasha. — Tudo bem, nos vemos mais tarde.

Chichi assentiu.

— O que vocês discutiram? — indagou Orlu. Chichi e Sasha apenas riram. — Aff, isto aqui vai virar uma loucura. Posso sentir.

Uma mulher majestosa entrou rapidamente no campo aberto. Ela desembainhou sua faca juju, e Sunny quase deu um berro de pavor quando a viu passar a faca pela garganta. Depois, lembrou-se de onde estava. Não havia sangue nem sequer um corte.

— Meu nome é Mballa, e serei a comentarista neste lindo dia — afirmou a mulher, com uma voz muito amplificada. — Sejam bem-vindos à 246ª final anual da Luta Livre Internacional de Zuma. Prestem atenção a nossos patrocinadores, que fizeram jujus de propaganda em seus assentos. Lembrem-se dos nomes deles quando vocês forem até as barracas matar aquela vontade misteriosa. Um obrigado especial, é claro, para Madame Koto e Ibrahim Ahmed, aqui de Abuja, por possibilitarem que tudo isto esteja acontecendo.

"Todos sabemos que os finalistas deste ano percorreram um longo caminho para chegar até aqui. Cada um deles conquistou cinquenta vitórias seguidas, e eles também completaram as sete tarefas da Biblioteca de Obi. Ambos são homens realmente talentosos!"

Toda a plateia repetiu em coro a próxima coisa que ela disse.

— Esta é a última prova de intelecto e força; então, deixemos que se exibam e provem-nos do que são capazes!

Todos aplaudiram, gritaram e torceram. As pessoas batiam os pés no chão e davam socos no ar. Depois, começou o retumbar de tambores. Sunny olhou à volta. Ela não viu ninguém com nenhum tambor.

— Estes dois guerreiros são o melhor que a África Ocidental tem a oferecer — disse Mballa, em tom dramático. — Gentis, generosos, amáveis, leais: ambos dariam suas vidas pela África sem sequer piscar. Ambos sabem qual é o momento de se levantar e lutar. Eles são o que a sociedade ocidental mais teme.

— Deste lado, diretamente de Burkina Faso, *Saaaaaayé*!

A multidão vibrou enquanto Sayé, um homem forte, de pele marrom, na casa dos 40 anos, corria e saltava pela arena. Orlu disse no ouvido de Sunny:

— Está vendo aquela manga de couro que ele está usando?

Ela assentiu.

— Quando ele era jovem, foi atropelado por um carro, e seu braço teve de ser amputado.

— Então, o braço é falso?

— É mais complicado que isso — respondeu Orlu. Ele nasceu com uma... habilidade estranha, que só foi descoberta depois do acidente.

— Deste lado — prosseguiu a comentarista —, diretamente de Mali, *Miiiikniiiikstiiiic*!

A multidão vibrou de novo quando um homem negro muito, muito alto entrou na arena. Sunny o reconheceu: ele era o sujeito com quem ela havia conversado fazia uma hora. Não era de se espantar que uma multidão houvesse se reunido em volta dos dois!

— Miknikstic tem a habilidade de prever o futuro próximo — comentou Orlu no ouvido de Sunny. — Ele consegue ver cerca de cinco segundos no futuro. Então, ele vai saber todos os movimentos do Sayé antes que ele os faça! Esta vai ser a luta mais equilibrada que já vi.

— Mas, se esses dois caras são tão bons, por que estão lutando um contra o outro? — indagou ela. Orlu simplesmente fez um gesto para que ela ficasse calada.

— É uma antiga tradição dos leopardos da África Ocidental. — Foi tudo o que ele disse. Ela se recostou em seu assento. Pelo menos sabia por quem torcer.

Os oponentes ficaram de frente um para o outro e apertaram as mãos carinhosamente.

— Estas são as regras — enunciou Mballa. Ela dizia isso mais para a plateia que para os lutadores. — Número 1: Permanecer na arena o tempo todo. A arena termina a 6 metros do chão. Número 2: Vocês podem apenas usar suas habilidades naturais; nada de pós, poeiras, facas juju etc. Número 3: esta é uma luta mano a mano. Qualquer que seja sua habilidade, a luta deve permanecer mano a mano. Nenhum tipo de manipulação mental ou espiritual deve ser usado contra seu oponente. Os poderes que olham por vocês vão decidir o que o vencedor ganhará. Boa sorte, e que Alá os ajude. — Ela jogou no chão o que parecia ser uma pedra preta e plana, e rapidamente saiu da arena. Depois se sentou na frente, a duas fileiras de distância dos competidores.

Os dois homens andaram em círculos, um ao redor do outro, com Miknikstic bem agachado, e Sayé andando de lado. Os tambores batiam ritmadamente. Os homens correram um em direção ao outro. Quando seus corpos colidiram, a multidão gritou, animada.

— Aaaaah!

Eles agarraram os ombros um do outro, com os músculos flexionando conforme tentavam se derrubar. Mas, como Orlu havia dito, aquela era uma luta equilibrada. Eles se agarraram, se soltaram e tornaram a se agarrar. A manga de couro de Sayé aumentava de volume à medida que a luta se intensificava. Miknikstic empurrou Sayé para trás. Sayé parou e depois agarrou o zíper de sua manga. Então retirou a manga.

— Agora eles vão começar! — anunciou Mballa. — Miknikstic se agacha enquanto Sayé se prepara para lançar sobre ele seu pior ataque.

O zíper ficou preso na manga de Sayé, e ele olhou para baixo; mas, mesmo antes disso, Miknikstic já estava em ação, movendo-se rápido para o lado e arremetendo contra Sayé. Sayé mal acabara de remover a manga quando Miknikstic deu-lhe um soco forte na cabeça.

— Aaaah! — gritou a plateia.

— Olhe só — berrou Sasha, levantando-se.

Sunny queria fechar os olhos. Mas não fechou. Ela sabia que a luta continuaria, não importava o que ela fizesse.

Sayé cambaleou e caiu. Todos na plateia se levantaram e gritaram:

— Levante-se!

— Brilhante!

— *Chineke*!*

— Por que fui apostar naquele cara?

— Alá o protegerá, mas só se você *se levantar*!

— Use seu braço-fantasma, idiota!

Miknikstic não ficava saltando e provocando o adversário, como fazia Mohammed Ali em transmissões antigas de televisão. E tampouco cuspia em Sayé, gesticulava, provocava, batia no peito ou ria, como se costumava fazer na luta livre profissional. Em vez disso, Miknikstic ficou de pé, olhando Sayé caído, esperando que ele se levantasse ou que indicasse que a luta havia acabado.

Sayé lentamente se levantou. Miknikstic estava a postos. Ele deve ter previsto o golpe que viria em seguida, pois fez tudo o que pôde para bloqueá-lo.

— Minha nossa! — exclamou Sunny, quando viu o braço direito de Sayé. Ele parecia ser feito de uma substância azul, a consistência entre água e vapor. A princípio, tinha a forma de um braço, mas, à medida que Sayé avançou em direção a Miknikstic, ele mudou de forma.

Miknikstic ergueu os braços para bloquear o golpe, mas o braço de Sayé continuava a mudar de forma. Ele se dividiu em dois.

---

* Interjeição equivalente a "Meu Deus!". Entre os igbos, Chineke é considerado o criador do mundo e de todas as coisas boas nele contidas. *(N. do T.)*

Miknikstic se jogou para um lado. O braço de Sayé errou a cabeça do adversário por alguns milímetros. Miknikstic caiu no chão e se levantou em seguida.

— Acho que vou vomitar — murmurou Sunny. Ela havia acabado de conversar com Miknikstic, e agora ele estava na arena, lutando pela vida. Ele havia sido muito gentil com ela.

Sayé acertou um soco, e Miknikstic voou pelos ares. A multidão voltou a se levantar. Sunny levou as mãos às bochechas.

— Não, não, não!

— Esse foi um golpe pesado. Será que ele está morto? — indagou a comentarista. — Não, ele ainda está se mexendo. Miknikstic está se levantando. Ele cospe um dente. E sacode a poeira.

Sunny fechou os olhos e enfiou os indicadores nos ouvidos para bloquear o som dos comentários jubilosos de Mballa. Ela ficou sentada assim por vários minutos, escutando a própria respiração e o som abafado dos gritos da multidão.

— Ok — disse ela finalmente para si mesma. Com os ouvidos tapados, sua voz soou alta. — Vamos para casa depois disso, então... aguente firme e veja tudo. Mesmo que doa. Miknikstic ficaria orgulhoso.

Lentamente, ela abriu os olhos. Quando enxergou os dois oponentes, sua visão ficou turva pelas lágrimas. Os dois sangravam muito, mas nenhum deles desistia. Ela olhou para todos à volta. Era como se eles tivessem se transformado em leopardos de verdade, leopardos que farejavam sangue. Estavam gritando, rindo e torcendo, com as narinas, os olhos e as bocas bem abertos, tentando absorver tudo de todos os modos possíveis.

As únicas pessoas que pareciam tranquilas eram os acadêmicos, que se sentavam empertigados e vez ou outra aplaudiam. Anatov havia parado de se levantar sempre que Sayé ou Miknikstic caíam. Seu rosto era severo, sem sinal de sorriso. Sunny, Sasha, Orlu e

Chichi eram os únicos alunos que haviam parado de se divertir com o espetáculo. Chichi arqueava as sobrancelhas. Orlu estampava uma expressão perplexa, lívida. Sasha parecia irritado e lançava olhares de fúria para a comentarista sempre que um dos oponentes caía, como se esperasse que ela fosse pôr um fim naquilo.

Miknikstic lutava contra o braço fantasma de Sayé, que continuava escapulindo de suas mãos. Uma parte do braço se estendeu para longe de Miknikstic. O membro desferiu um soco contra o peito de Miknikstic, que dobrou o corpo, mas não caiu. Ele limpou o sangue do rosto. Sayé aproveitou o momento para cuspir um dente.

Subitamente, o rosto de Miknikstic começou a ondular.

— Que diabos é isso? — Foi tudo o que Sunny conseguiu dizer. O rosto se transformara em uma máscara de madeira quadrada. Parecia um robô, caso os robôs fossem feitos de madeira. A multidão arquejou, chocada.

— Ai, meu Deus! — exclamou Chichi, virando o rosto. Sayé também invocou sua cara espiritual: o rosto de um leão de pedra cinzento.

— Agora o bicho vai pegar — comentou Mballa. — O sangue está correndo, e seus verdadeiros eus, emergindo. Não virem os rostos. Estes são homens verdadeiramente nobres e abnegados.

Eles voltaram a arremeter um contra o outro. Dessa vez, seus eus espirituais tomaram a liderança. Miknikstic moveu-se pesadamente em direção a Sayé, que deu um salto. Miknikstic desviou de Sayé, rolou a sua volta e lhe agarrou o braço, dando um puxão. Ouviu-se um *estalo* agudo, e o braço normal de Sayé se deslocou de seu ombro. O lutador soltou um urro potente, rolou sobre Miknikstic e lhe golpeou o meio do peito com a mão-fantasma.

A multidão fez silêncio. Sunny cobriu os lábios com as mãos.

Miknikstic caiu de joelhos, com sangue jorrando de seu corpo. Sunny se encolheu, e lágrimas escorreram de seus olhos. Ela as secou.

Ele sussurrou algo para Sayé e, depois, caiu no chão. Morto.

Chittim começaram a chover no campo. À medida que caíam, Sayé endireitou o corpo de Miknikstic. Nenhum dos *chittim* os atingiu. Sunny jamais esqueceria aquele clangor. Quando os *chittim* pararam de cair, Mballa, a comentarista, conseguiu voltar a falar. Sua voz saiu trêmula quando ela disse:

— Curvem-se perante o campeão da Luta Livre Internacional de Zuma deste an...

Miknikstic se levantou de súbito. Ele olhou para o céu conforme asas de penas marrons se desenrolaram de suas costas. Agachou-se e deu um salto, lançando-se no ar, como um foguete.

— Oh, que Alá seja louvado! Que luta tivemos hoje à noite! — exclamou Mballa. — Hoje vimos mais um competidor de luta livre derrubado virar um anjo da guarda! Gente, por favor, uma salva de palmas para nosso novo campeão, Sayé, e para São Miknikstic! Ah, isto é simplesmente incrível! Incrível! Ah-há! — Ela começou a aplaudir. Toda a multidão pôde ouvir seus leves soluços, pois ela havia esquecido que a voz ainda estava amplificada.

— Quero ir para casa! — exclamou Sunny, que se levantou. Anatov estendeu o braço e agarrou-a pela gola da roupa. — Me solte! Odeio isso, odeio tudo isso! Vocês são malucos!

Chichi ficou olhando para os próprios pés. Sasha estava furioso. Orlu pegou a mão de Sunny. Anatov a soltou. Orlu deu um forte abraço em Sunny, que soluçou em seu peito.

— Não a deixem sair daqui — ordenou Anatov. — Tenho de me juntar aos outros acadêmicos.

Ainda abraçada a Orlu, Sunny observou quando Anatov se juntou aos outros acadêmicos, e eles foram em direção à arena.

Uma mulher saiu correndo, gritando. Outra, alta e com longos dreadlocks, foi atrás lentamente.

— Senhoras e senhores, lhes apresento Sankara, esposa de Sayé e arquiteta da Cidade Leopardo de Zerbo; lhes apresento também Kadiatou, esposa de São Miknikstic, e guerreira das Mulheres do Precipício — anunciou Mballa. — Por favor, uma salva de palmas para elas.

A multidão aplaudiu estrondosamente conforme Sankara jogou seus braços em volta de Sayé, limpando seu rosto ensanguentado com as próprias roupas. Kadiatou, a esposa de Miknikstic, simplesmente ficou de pé no meio da arena, olhando para o céu.

— Agora, os acadêmicos vão ajudar a curar as feridas de Sayé; portanto, não se preocupem com nosso campeão. Ele vai ficar bem. A luta acabou — disse Mballa, já sem fôlego. — Espero que vocês tenham gostado do show. — Ela tornou a passar a faca juju na garganta e simplesmente ficou sentada ali.

Eles observaram conforme as pessoas saíam dali, conversando animadamente sobre a luta. Na arena, os acadêmicos haviam se reunido em volta de Sayé, que agora estava deitado no chão. Sunny não conseguia ver exatamente o que eles estavam fazendo. A esposa de Miknikstic ficou no centro da arena, olhando fixamente para o céu. Ninguém a consolava ou a parabenizava.

Sunny se desvencilhou de Orlu e, sem dizer palavra, empurrou algumas cadeiras para o lado.

— O que está fazendo? — indagou Orlu.

Ela pulou na arena e correu o mais rápido que pôde. Passou do grupo de acadêmicos que rodeava Sayé. Eles estavam cantarolando, e algo se precipitava ali. Ela se concentrou na esposa de Miknikstic. A mulher era muito mais alta de perto, e usava um vestido longo feito do mesmo material amarelo da roupa de Miknikstic, e seus dreadlocks compridos estavam amarrados com um tecido que combinava. Sunny se aproximou. Podia sentir o cheiro do óleo perfumado da mulher, um cheiro de jasmim.

— Com licença, senhora...

— Eu já não sou "senhora" — disse a mulher, de costas para Sunny.

— Sinto muito.

— Ele sempre soube que se tornaria isso. Desde bebê, ele tem sonhos sobre isso. Mas não sabia que aconteceria tão cedo.

Sunny começou a sentir como se incomodasse a mulher em meio ao luto.

— Eu... eu conheci seu marido logo antes da luta. — Sunny se atreveu a dizer. — Sou uma agente livre, descobri isso faz poucos meses, e aqui estou agora. Eu estava chateada porque estava assoberbada. — Ela fez uma pausa. — Ele me viu e... falou comigo e fez com que eu me sentisse melhor. Ele me deu isto. — Ela estendeu o lenço amarelo. A esposa de Miknikstic, mesmo assim, não encarou Sunny. — Eu simplesmente queria lhe dizer que estou muito agradecida a ele.

Silêncio. Sunny se virou para sair dali.

— Espere — disse Kadiatou, virando-se para Sunny. Tinha um nariz largo, olhos redondos e dois rabiscos escuros tatuados em cada bochecha. Usava um bracelete grosso de metal em cada pulso. — Obrigada. Meu marido era uma boa pessoa, mas ele escolhia a dedo as pessoas com quem falava. — Ela bateu um bracelete contra o outro, e eles soltaram uma grande faísca azul. — Você também tem minha benção. — Ela voltou a inclinar a cabeça em direção ao céu.

Sunny se apressou para voltar para perto de Orlu, que estava a alguns metros dali.

— Você o conheceu? — indagou ele.

— Sim, quando fui ao banheiro.

Eles passaram pelo lugar onde Sayé ainda estava deitado. O homem gemia, e sua esposa, soluçava.

— Vai ficar tudo bem, vai ficar tudo bem, meu amor! Fique parado.

— Ele vai ficar bem — garantiu Anatov, enquanto andava de volta até eles.

— Agora sei por que meus pais nunca me trouxeram aqui para assistir a uma luta — comentou Orlu.

— Esta luta foi particularmente... intensa.

— Por que eles não a interromperam? — perguntou Sasha.

— Por que não é assim que a vida funciona — retrucou Anatov. — Quando as coisas vão mal, elas não cessam até que você dê cabo da maldade... ou morra. — Ele fez uma pausa. — Esta é uma lição importante para *todos* vocês. É por isso que eu os trouxe aqui. É por isso que estão hospedados naquele hotel. Olhem ao redor, prestem atenção e aprendam. Isto aqui *não* é uma viagem de férias. Dentro de um mês, todos vocês enfrentarão algo tão medonho quanto o que esses dois homens enfrentaram esta tarde.

14

A Copa de Futebol

Depois que Anatov foi para sua reunião, eles ficaram com o dia livre até as onze da noite. Havia coisas a comprar, a possibilidade de jogar uma partida de futebol e um evento social para os estudantes. Mas eles haviam acabado de presenciar a morte. E, depois, algo além da morte. Eles retornaram à mesma barraca em que haviam comprado o almoço, e pediram copos de um vinho de dendê doce e fraco. Aquela era a única bebida alcoólica vendida para menores de idade. Os quatro sentaram, em silêncio e cabisbaixos, e tomaram suas bebidas.

— Vamos nos animar um pouco? — encorajou Chichi, de repente. — Estamos em Abuja sem nossos pais. E mal passam das duas da tarde. — Ela deu um beliscão na coxa de Sunny, e depois de um instante, Sunny sorriu.

— Ok, ok — disse ela, afastando a mão de Chichi.

— Cara, este lugar é agitado — comentou Sasha, olhando ao redor. Havia alguém de pé sobre uma caixa, cantando em árabe a plenos pulmões. Um homem passou por eles com pernas de pau de metal num vermelho brilhante, tentando fazer as crianças rirem. Um grupo de idosos discutiam em uma mesa enquanto jogava cartas.

— Aposto que tem um monte de coisas pelas quais podemos nos interessar, basta darmos uma volta. Onde fica aquela feira de arte?

— Em algum lugar por ali — disse Orlu, apontando na direção do homem na perna de pau. — E a gente não vai "se interessar" por nada enquanto estivermos aqui.

— Cara, você precisa relaxar — replicou Sasha, irritado.

Um garoto de cerca de 9 anos se aproximou da mesa deles.

— Algum de vocês quer participar do jogo de futebol? — Ele falou apenas com Sasha e Orlu.

— Sim — respondeu Sasha. — Pode me incluir na lista. Meu nome é Sasha. — Ele apontou para Sunny. — Coloque o nome dela também.

O garoto franziu o cenho.

— Eu não acho que...

— Você não acha *o quê*? — indagou Sasha, se inclinando ameaçadoramente em direção ao garoto.

O garoto ficou devidamente assustado.

— É que... ela é *menina*.

— E daí?

— Que tal ele? — disse o garoto, apontando para Orlu. — Ele pode jogar no lugar dela.

— Não, cara — retrucou Sasha. — Coloque o nome dela na lista. Se perguntarem alguma coisa, simplesmente diga que ela é homem. Meu nome é meio feminino, e eu sou homem. E a mesma coisa vale para "Sunny", entendeu? *Nós*, e não você, lidaremos com as consequências quando chegar a hora.

— Tu... tudo bem — respondeu o garoto, que anotou o nome de Sunny na lista.

— Quando começa a partida? — perguntou Sasha.

— Em uma hora. — Ele abriu sua bolsa carteiro. — Aqui estão os uniformes. Vocês vão jogar no time verde.

— Uhu! — exclamou Sunny depois que o garoto foi embora. — Mal posso esperar!

Os dois foram ao banheiro público trocar de roupa. Sunny ficou feliz por poder tirar aquela roupa arrumada e os brincos. Por sorte, estava calçando sandálias; se estivesse calçando sapatos sociais, teria de jogar descalça. Ela correu em direção a Orlu e Chichi, e deu um chute no ar, como se tivesse acabado de marcar o maior gol da história.

— Gooooooooollllll! — berrou ela. — Espero que me deixem jogar.

—Sasha vai lhes botar tanto medo que eles vão deixar — garantiu Chichi.

— Talvez não — discordou Orlu. — Os caras contra quem vão jogar são mais velhos. Eu já vi a partida de futebol. Pode até ser uma pelada, mas é brutal.

— O que você quer dizer com brutal? — indagou Sunny, franzindo o cenho.

— Não digo brutal como a luta livre — respondeu Orlu rapidamente. — Brutal como uma boa partida de futebol.

Ela relaxou um pouco e deu de ombros.

— Não estou nem aí. Vou jogar.

— Com certeza — confirmou Sasha, jogando sua trouxa de roupas no banco e se sentando.

— Bem, mal posso esperar — comentou Chichi. — Nunca a vi jogar.

— Nunca joguei de verdade — disse ela, sorrindo. — Quero dizer, já joguei com meus irmãos, mas só depois do pôr do sol. Faz anos que morro de vontade de jogar. Não me importo se vou jogar contra garotos, ou se vão me deixar na defesa. O que eu quero é estar em campo.

— Ah, mas você não vai ser nossa zagueira — afirmou Sasha.
— Já bati uma bola com você. Você domina muito bem e tem uma pontaria excelente. Vai jogar *no ataque*.

— No ataque?! — exclamou ela, e depois riu. — Faça-me o favor. Eles nunca...

— Deixe que eu cuido disso — interrompeu Sasha. — Você só tem de provar que tenho razão.

Sunny e Sasha decidiram fazer uma corrida como aquecimento e tentar se encontrar com os outros jogadores.

— Vamos dar uma olhada nas barracas — disse Chichi. — Nos vemos no campo.

Orlu espalmou sua mão contra a de Sunny e depois a apertou; em seguida, fez o mesmo com Sasha.

— Fiquem tranquilos.

A partida de futebol era no mesmo campo em que tinha acontecido a luta livre. Sunny não gostou da ideia de jogar futebol no lugar em que alguém acabara de morrer. Ainda assim, quando eles chegaram lá, qualquer vestígio da luta livre já havia sumido; nada parecia ter acontecido naquele campo. Um garoto caminhava em volta das traves, inspecionando as linhas brancas, brilhantes e novas em folha.

— Uau! — exclamou Sunny ao olhar para o campo. — As linhas estão muito perfeitas.

— Eles têm uma maquininha que ajuda a fazer isso — afirmou Sasha. — Vamos aquecer.

Depois da primeira volta, Sunny reparou que o campo era muito acidentado. Havia pedras que saíam da terra, e pequenos buracos provavelmente feitos por cobras ou roedores. Jogar ali seria um desafio para todos, e não apenas para ela.

— Qual é seu jogador favorito? — perguntou Sasha, enquanto eles corriam.

— Pelé. Sabe, durante a Guerra de Biafra, a Guerra Civil da Nigéria, nos anos 1960, os dois lados interromperam a guerra por dois dias. Só para vê-lo jogar.

— É sério?

— Sim. Um único homem conseguiu conter a matança. Ele era bom nesse nível.

— Então você gosta de jogar como atacante, tipo ele?

— Bem, acho que sim. Nunca tive muita experiência, na verdade.

— Queria que tivéssemos uma bola para podermos treinar um pouco.

— Sabe, acho que vi um *tungwa* flutuando por ali — disse Sunny. Os dois riram tanto que tiveram de correr mais devagar.

Mais garotos se juntaram a eles enquanto corriam. Ninguém falou nada, mas os que vestiam uniformes brancos se reuniram de um lado do campo, e os que vestiam verde, do outro. Um grupo de espectadores também começou a se formar lentamente. A maioria era de adolescentes.

— Time verde, para cá! — chamou um garoto alto. Parecia ter 17 anos, e usava o uniforme verde e boas chuteiras, uma das quais estava pousada sobre uma bola surrada.

— Ei — falou Sunny para Sasha conforme se aproximavam do garoto. — Ele veio no trem futum com a gente.

Sasha ergueu as sobrancelhas.

— Eu o acertei na cabeça com minha mochila sem querer quando estávamos entrando. Ele é igbo. — *E lindo,* acrescentou para si mesma.

Ele tinha uma prancheta. O menino que havia anotado o nome deles estava atrás do garoto mais velho. Ele fez contato visual com Sunny e rapidamente desviou o olhar.

— Meu nome é Godwin — disse o garoto mais velho, em inglês. — Sou o capitão do time deste ano. — Ele fez uma pausa. — Todos vocês me entenderam? Quem aqui fala inglês?

Todos levantaram as mãos, exceto por três garotos.

— Nada de inglês? — perguntou Godwin.

— *Français* — respondeu um dos garotos.

O garoto que estava ao lado dele balançou a cabeça e disse:

— *Oui, je parle français aussi.*

— *Moi aussi* — falou o terceiro garoto.

Sunny ficou imaginando de que país eles viriam. Pareciam não se conhecer, então era muito provável que viessem de três diferentes países africanos francófonos.

— Eu falo francês — declarou um garoto atarracado de cerca de 15 anos.

— Que bom — disse Godwin. — Qual é seu nome?

— Tony.

Godwin balançou a cabeça.

— Traduza para ele. Vou fazer uma chamada; digam a idade de vocês e de onde vêm. — Enquanto Tony traduzia, Godwin olhava sua prancheta. — Mossa?

Um dos falantes de francês deu um passo à frente.

— Meu nome é Mossa, e eu sou de Mali — traduziu Tony. — Tenho 12 anos.

Godwin examinou o garoto. Ele chutou a bola para Mossa.

— Dê alguns dribles e chute a bola em direção ao gol o mais forte que puder. Mire o lado esquerdo — instruiu Godwin.

Tony traduziu. Mossa entrou em ação. Quando foi dar um drible, quase tropeçou na bola. Ele a chutou com toda a força que pôde, e a bola voou por cima do canto direito da trave, assim como seu tênis.

Sunny beliscou o braço de Sasha conforme os dois tentavam esconder as risadas. Alguns dos garotos mais altos não se contiveram e soltaram gargalhadas altas. Mossa ficou constrangido e correu para pegar a bola e o tênis.

— Kouty? — chamou Godwin.

— Eu sou da Nigéria, e tenho 14 anos.

— Que bom vê-lo de novo. — Godwin o examinou. — Você sabe jogar. Em que posição gostaria de jogar este ano?

— Goleiro.

Godwin riu e balançou a cabeça.

— Posição ocupada. Em que outra posição gostaria de jogar?

— Zagueiro.

Godwin balançou a cabeça.

— Essa era a posição que eu queria. — Ele olhou para a prancheta. — Sasha?

Sasha abriu caminho entre os outros integrantes do time e ficou diante de Godwin com um sorriso convencido no rosto.

— Sou dos Estados Unidos da América. Tenho 14 anos.

Godwin o examinou.

— O que você está fazendo na Nigéria?

— Meus pais me mandaram para morar com amigos da família... para me manter longe de encrencas.

— Esse aí vai acabar fazendo vários pênaltis contra o próprio time — disse Godwin para o resto da equipe.

Todos riram, inclusive Sasha.

— Faça o mesmo que pedi a Mossa.

Sasha pegou a bola, driblou e depois chutou-a com toda a força em direção ao gol. Ela entrou, mas no centro, e não no lado esquerdo da trave.

— Nada mal — comentou Godwin, e depois anotou alguma coisa. — Agaja.

O garoto mais alto e forte deu um passo à frente. Sunny imaginou o chão tremendo a cada passo que ele dava. Ele tinha a cabeça raspada e brilhante, e as pernas mais musculosas que a menina já vira.

— Sou do Benin — disse ele, com voz grave. Um dos seus dentes da frente estava lascado. — Tenho 18 anos.

— Drible e chute a bola em direção ao gol, do lado direito — comandou Godwin.

Os pés de Agaja eram rápidos como um raio, e rodopiavam e faziam malabarismos com a bola, fazendo-a ceder a todos os seus caprichos, e, em seguida, *POU!* Ele chutou a bola exatamente do lado direito da trave. Todos aplaudiram.

— Isso é animador — elogiou Godwin, escancarando um sorriso. Ele olhou para sua prancheta e fez uma pausa. — Sunny?

Sunny atravessou o grupo de garotos que a encarava. Ela parecia estar se movendo em câmera lenta.

— Nã-nã — disse Godwin, balançando a cabeça em negativa. — Nada de garotas.

— Você quer ganhar? — interrompeu Sasha. — Porque eu estive observando o outro time. Quase todos os jogadores têm mais de 16 anos. Olhe só para eles.

Todos olharam. Os jogadores de branco não eram apenas mais velhos, eram *muito* maiores que eles. A pessoa que saiu procurando jogadores para o time branco levou sua tarefa mais a sério que o menino do time verde.

— Que droga! — exclamou Godwin. — Eu não devia ter deixado meu irmão mais novo recrutar os jogadores. — Ele lançou um olhar de reprovação para o garoto, soltou um muxoxo e disse:

— Então temos menos motivos ainda para incluir uma menina no time.

— Por que não? — indagou Sunny.

— Porque você é *menina* — argumentou Agaja, com sua voz monstruosa. — É simples assim. — Vários dos outros garotos concordaram.

— E daí?

— Deixe ela fazer o teste — pediu Sasha. — É burrice julgar sem saber o que se está julgando.

Godwin jogou a bola com força em Sunny. Ela a agarrou e lançou um olhar de fúria para ele. Depois, virou-se e lançou o mesmo olhar de fúria para todos os meninos. *Imbecis*, pensou ela.

— O que quer que eu faça? — perguntou Sunny a Godwin.

— Agaja — chamou Godwin. — Vá para frente do gol. Não, melhor ainda: eu vou. — Ele entregou sua prancheta para o irmão mais novo. — Agaja, você joga como zagueiro.

Ela observou Godwin andar para o gol e Agaja se posicionar diante das traves. As mãos de Sunny estavam suadas. Godwin dobrou o corpo e ficou a postos.

— Ok, Sunny — disse ele. — Tente fazer a bola passar por nós dois.

Ela jogou a bola no chão, colocou um dos pés sobre ela e olhou de soslaio para Sasha. Ele parecia nervoso, mas balançou a cabeça, tentando dar a Sunny apoio moral. Ela começou a driblar. O movimento aqueceu e relaxou seu corpo. Era muito boa a sensação de chutar uma bola de futebol a céu aberto, sob o sol. Ela driblou, costurando para a esquerda e para a direita à medida que tentava evitar Agaja e deslocar a bola na direção de Godwin: os pés se moveram rápido, para a frente, meio passo para trás, para a frente, na diagonal, circundando a bola, fazendo finta para a direita. Ela conseguiu ultrapassar Agaja, e ele grunhiu de frustração. Sunny dançou com a bola da mesma forma que dançou sobre a ponte de Leopardo Bate. Ela sentiu sua cara espiritual se mexendo sob o rosto físico, mas a manteve sob controle.

Ela botou um dos pés para trás e chutou. A bola voou para o canto direito do gol. Godwin saltou, com olhos arregalados e a boca aberta. A bola quase entrou. Quase. Godwin conseguiu desviá-la bem a tempo, e caiu de lado.

Sunny diminuiu a velocidade e colocou as mãos nos quadris. Ela olhou para baixo, envergonhada por não ter feito o gol.

— Uau! — Ela ouviu um dos outros jogadores do time exclamar, impressionado.

Sunny olhou para cima.

— Maluco! — berrou outro. — *Caramba*, você viu isso?

Um dos francófonos, muito animado, disse algo em francês.

Agaja deu um tapinha no ombro de Sunny.

— Nada mal.

Godwin se levantou. Ele caminhou em direção a Sunny e simplesmente ficou olhando fixamente para ela.

— Está vendo? — indagou Sasha, escancarando um sorriso.

— Sim — respondeu ele, e tirou a prancheta da mão de seu irmão mais novo. — Ok.

Sunny era toda sorrisos.

— Eu tenho quase 13 anos — afirmou ela. — E eu sou... Eu nasci nos Estados Unidos, mas meus pais são nigerianos, e eu moro na Nigéria desde os 9 anos...

— Então você é nigeriana? — perguntou Godwin, franzindo o cenho, sem saber bem o que anotar.

— Não — declarou Sasha. — Americana.

— Pode escrever o que quiser — falou Sunny. Estava contente apenas por poder jogar.

Havia onze deles no total. Godwin era o goleiro. Sasha foi escolhido como meio-campo. Sunny era centroavante. Seus parceiros no ataque, o ponta-esquerda e o ponta-direita, eram dois dos melhores, mais velhos e maiores garotos do time, Ousman e Agaja. Enquanto se alongavam, Sunny olhou para cima e ficou surpresa com o tamanho da multidão que havia se reunido para assisti-los. Era enorme, quase a mesma quantidade de pessoas que vira a luta.

— Ei, Godwin, você está pronto? — perguntou o capitão do outro time.

— Sim, daqui a dois minutos.

Os jogadores do time verde se reuniram.

— Estão todos aqui? — perguntou Godwin.

Todos confirmaram.

— Os jogadores do outro time parecem ser garotos de 17 ou 18 anos que comem fufu* com anabolizantes — afirmou o técnico. Aqueles que conseguiram entender o que ele disse deram risadas. Tony traduziu para os falantes de francês, e então eles riram também.

— Não importa — continuou Godwin. — Eles já vão ficar distraídos o bastante apenas olhando para nossa centroavante. Não se ofenda, Sunny.

— Não me ofendi — retrucou ela. Um pensamento lhe passou pela cabeça. *Será que eles vão usar juju na partida? E quanto às habilidades naturais?* As habilidades naturais de Sunny não teriam nenhuma utilidade ali. Como ela poderia chutar a bola estando invisível?

— Eles vão jogar sujo — asseverou Godwin. — Então, caso seja necessário, façam o mesmo. Vamos usar uma formação ofensiva: 3-3-4. Sasha, você vai ficar perto de Sunny, Agaja e Ousman quando for preciso. — Ele fez uma pausa. — Para vocês que nunca jogaram aqui, não é permitido usar jujus na Copa de Futebol de Zuma. Se vocês usarem jujus, serão desclassificados. E vocês também não podem usar suas habilidades naturais. Isto aqui é futebol, ao estilo das ovelhas.

---

* Prato típico de países como Gana e Nigéria, o fufu é uma massa feita a partir de mandioca e banana-da-terra verde cozidas; no Brasil, o prato de mesmo nome é feito com farinha de milho, açúcar e pedaços de coco. (*N. do T.*)

Alguns jogadores lamentaram, e os falantes de francês resmungaram logo depois, quando Tony traduziu as regras. Sunny jamais se sentira tão aliviada assim.

— *Parem de reclamar!* — disparou Godwin. — Animem-se. Isto aqui é para valer.

— Estamos prontos — avisou Agaja. Ele não tinha reclamado nem um pouco.

— Estou definitivamente pronto — afirmou Sasha.

Sunny espalmou a mão contra a de Ousman. Godwin ergueu uma das mãos, e todos olharam para ela.

— Pela Copa de Futebol de Zuma! — gritou ele.

— Pela Copa de Futebol de Zuma! — berraram os outros em resposta.

O juiz ficou no meio do campo com um bloco de papel e um pedaço de giz. Estava desenhando uma série de símbolos em espiral que aparentemente significavam: *Não usarei juju ou minhas habilidades como leopardo.* Os times ficaram frente a frente.

— Todos sabem as regras? — perguntou em voz alta o juiz.

— Sim — responderam em coro os times.

— Cada um de vocês venha aqui e assine o pacto.

Todos se reuniram, e o juiz observou atentamente para se certificar de que cada jogador havia imprensado o polegar no meio do símbolo.

— Vocês não vão gostar das consequências caso quebrem este pacto — disse ele a todos. — Portanto, nem sequer tentem fazer isso.

Todos os jogadores correram para ocupar suas posições e começar o jogo. O time verde ganhou o cara ou coroa, então Sunny entrou no círculo central à medida que o time branco chegava para trás.

— Os jogadores estão nas posições — disse uma voz amplificada de uma mulher jovem. Sunny viu a comentarista diante da torcida. — Parece que o time verde vai começar com a posse de bola. Faz quinze anos, desde que Onyeka Nwankwo jogou para o time verde, que uma mulher não participa da Copa de Zuma. Mas esta garota albina é certamente a primeira mulher a jogar como *centroavante*! Estamos vivendo muitas emoções neste cálido dia do Festival de Zuma!

— O que é isso? — perguntou em inglês o centroavante do time branco para os seus companheiros de time. Ele apontou para Sunny e se virou para os outros jogadores da equipe. — Estão vendo isso?

Um dos outros garotos de branco riu e disse alguma coisa em uma língua que Sunny não entendia. Dois outros garotos de branco riram muito também. O som das conversas da torcida também aumentou. Sunny estava acostumada a ser motivo de zombaria, mas aquilo a magoava mais que o normal. Não era somente pelo fato de ela ser albina, era porque ela era menina: uma menina feia. *Garotos imbecis. Imbecis, babacas, idiotas*, pensou ela.

— Ei, Godwin, quem disse que fantasmas podiam jogar? — perguntou aos berros o garoto que estava na frente de Sunny.

Godwin simplesmente balançou a cabeça e ficou em sua posição. O centroavante do time branco estava prestes a dizer alguma outra coisa quando subitamente caiu de costas. Atrás de Sunny, Sasha riu muito.

— Babaca — xingou Sasha, conforme guardava no bolso um saquinho com pó de juju. Sunny escancarou um sorriso.

— Ibou, você está bem? — perguntou o juiz para o centroavante do time branco.

Ibou resmungou e se levantou, irritado.

— Ei, pare com isso — disse o juiz, apontando para Sasha.

— O jogo ainda não começou — retrucou Sasha, erguendo os braços.

— Pois agora começou. — O juiz pegou um relógio de bolso, deu a bola para Sunny, colocou um apito na boca e soprou.

Sunny pôs a bola no meio do círculo central e respirou fundo. No instante que ela colocou um dos pés para trás, cinco *chittim* de cobre caíram, mas estava ocupada demais para se importar com isso. Ela deu um passe cruzado para Ousman e saiu correndo.

— Bola em jogo — disse a comentarista. — Ousman toca de volta para Sunny. Sunny dá um drible em Ibou, o centroavante do Senegal! *Prestem atenção nesses pés!*

Sunny se lembrou do que Godwin havia dito sobre o time adversário ficar distraído com sua presença, então aproveitou ao máximo o elemento-surpresa. Com rapidez, ela driblava e conduzia a bola, ziguezagueando em meio ao time adversário e checando sua visão periférica na esperança de ver trechos livres do gramado. Notou que Agaja estava à esquerda. Quando chegou perto o bastante da trave, Sunny deu um passe para ele. Ele aproveitou a oportunidade. A bola disparou como uma bala. A multidão saltou e vibrou.

— GOOOOOOOOOOLLLLL! O time verde marca! — gritou a comentarista.

— Ahá! — exclamou Sunny, que partiu para dar um abraço em Agaja. Ela escutou alguém gritar seu nome, e viu Orlu e Chichi saltando em frente aos assentos. Ela soprou um beijo para eles, que torceram mais alto:

— *Sunny, ô! Sunny, ô!!!*

O time adversário ainda estava perplexo. À medida que entrava no círculo central, Ibou parecia furioso. Suas narinas estavam dilatadas, e ele bufava como um touro. Sunny devolveu-lhe um olhar de fúria. Adrenalina corria a toda por suas veias. *Tenho de ser muito rápida agora. Ele vai tentar me machucar.*

Mas ela não tinha medo. Estava sob o sol, jogando futebol com outros jogadores, e ela era *boa*. Ela soube disso no instante que aquela bola tocara o gramado. Não apenas era boa em brincar com a bola: era boa jogando em equipe.

— Mandei entregarem seus *chittim* para seus amigos guardarem — disse o juiz para Sunny.

Ela assentiu, se afastou do círculo central e ficou de olho em Ibou. O juiz apitou enquanto Ibou colocava a bola no meio do círculo. Ele a chutou para um de seus companheiros, que começou a driblar.

— Passe a bola aqui para trás — urrou Ibou. — Deixe que eu dou uma lição nessa garota. — Sunny correu na direção de Ibou assim que ele recebeu o passe, e os dois brigaram pela posse da bola. Ibou tentou dar uma cotovelada nas costelas de Sunny, mas **ela** desviou e lhe roubou a bola.

— E Sunny faz Ibou de palhaço, *mais uma vez* — disse a comentarista.

Ela correu com a bola, procurando pelos companheiros de equipe.

— Sasha! — berrou ela, dando um passe para ele. A bola foi interceptada. Todos eles se viraram e correram para o outro lado. O garoto que tinha roubado a bola era rápido. Antes que ela pudesse perceber, a bola já havia atravessado a linha defensiva. Ibou deu uma cotovelada em Mossa enquanto passava por ele, e Mossa caiu no chão com as mãos contra o peito. O juiz apitou assim que Ibou passou a bola para outro jogador. O garoto chutou com força em direção ao gol. Godwin deu um salto e desviou o curso da bola. Depois, correu até Mossa.

— Você está bem? — perguntou ele, enquanto ajudava o garoto a se levantar.

— Sinto muito — lamentou Ibou. Depois, balançou a cabeça. — Na verdade, não.

No segundo tempo, Sunny mal conseguiu pensar direito, pois estava extasiada. O time branco era todo de brutamontes, mas, quando eles não estavam fazendo faltas nos outros, eram muito bons jogadores. De algum modo, o time de Sunny conseguiu segurar as pontas, perdendo de 3 a 2.

Godwin fez com que eles saíssem de uma formação de ataque para um esquema defensivo quando percebeu que seus zagueiros tinham pavor dos jogadores do time branco. Eram Godwin, Sasha, Ousman, Agaja e Sunny quem realmente mantinham a equipe unida.

— Kouty, chute para fora do campo! — gritou Sunny, à medida que ultrapassava um jogador do time branco que tentava bloqueá-la. Kouty estava rodeado por quatro adversários, encurralado como um coelho. Ele chutou a bola violentamente na direção de Sasha. Ibou apareceu, roubou a bola, e logo depois o time branco marcou outro gol.

— Ah, não! — exclamou Sunny, pisoteando o gramado. Ela tentou dar um sorriso reconfortante para Kouty. — Boa tentativa — comentou ela, e depois voltou ao centro.

— Falta um minuto para terminar a partida — avisou a comentarista. — Será que nesse tempo o time verde vai conseguir fazer dois gols? É pouco provável, mas eles não parecem dispostos a desistir.

— *Eu* certamente não estou — afirmou Sunny, enquanto ficava cara a cara com Ibou.

— Vocês nunca iam ganhar da gente — rebateu o adversário. — O lugar das garotas é depois da linha lateral.

— Você por acaso sabe em que século estamos?

— E por que você se importa com o tempo, menina-fantasma?

— Os jogadores estão trocando grosserias em campo —- ressaltou a comentarista. — Uma das tradições mais divertidas da Copa de Zuma. Parece que estamos presenciando a criação de uma nova rivalidade entre verdes e brancos!

— Ei! — disse Sasha para Ibou. — Por que você não cala a boca antes que eu deixe seus lábios maiores do que eles já são?

Com raiva, Ibou apontou para Sasha e depois passou o dedo pela garganta.

Sasha simplesmente riu e disse:

— Pode vir.

Ele já havia feito seis faltas em Ibou. Mas isso não chegava nem perto do número de vezes que o time branco havia feito faltas na linha de defesa do time verde, que era toda composta por garotos mais jovens, menores e mais medrosos. Ibou tinha cometido três apenas em Sunny, e ela agora tinha hematomas nas canelas e cortes nos joelhos como herança.

O juiz apitou assim que Sunny botou a bola no gramado. Ela deu um passe para Agaja, que tocou para Sasha, que, por sua vez, passou a bola de volta para Sunny. Imediatamente, Ibou foi em direção a ela, e os dois brigaram pela posse da bola. Ibou roubou-a com um dos pés; Sunny pisou nesse pé e roubou a bola de volta. Ele girou em volta dela e pegou a bola de volta. Ela estendeu o pé e tornou a roubar a bola. Assim eles ficaram por vários segundos, com Ibou soltando xingamentos enquanto eles disputavam o domínio da situação. Sunny só ria. Dois jogadores do time branco vieram correndo para ajudar Ibou.

— Fiquem para trás — gritou Ibou, já sem fôlego.

— Uma batalha com os pés — disse a comentarista. — A garota albina contra o jovem craque.

Nem Sunny sabia que ela mesma podia ser tão veloz e ágil. No fim das contas, ele conseguiu roubar a bola e riu, vitorioso. Ela estava tão impressionada consigo mesma que se esqueceu de ficar com raiva.

— Sasha, fique aí! — gritou Sunny, enquanto ia atrás de Ibou. Ele estava ziguezagueando, tentando evitá-la. Mas a menina previa cada movimento. Ela percebeu uma oportunidade e roubou a bola bem do meio das pernas de Ibou. Depois saiu em disparada, trocando passes com Sasha. A maioria da linha de ataque do time branco era confiante demais, então eles deixaram a outra metade do campo livre. Sasha fez um passe para Agaja, que driblou os dois últimos defensores do time branco e depois deu um passe lateral para Sunny. Sunny fez um cruzamento perfeito para Sasha, que meteu no gol assim que o juiz apitou o fim do jogo.

— GOOOOOOOLLLLLL! — gritou a comentarista. A torcida vibrou.

No fim das contas, eles perderam por 4 a 3, mas a disputa foi acirrada. Godwin saiu correndo do gol, e o time todo partiu para um abraço coletivo.

— Isso foi demais, cara! — exclamou Godwin.

— Vocês viram como ela *joga*? — gritou Kouty.

— Igualzinha a Pelé! — bradou Sasha.

Os falantes de francês estavam gritando em seu idioma.

E choveu *chittim* sobre todos eles.

O time branco não aparentava sentir nem a metade da felicidade que o time verde sentia, e ao redor deles caiu menos da metade do número de *chittim*. Eles se reuniram, calmamente bateram palmas e se viraram para ver o time verde comemorar a derrota sofrida.

— E este ano o vendedor da Copa de Zuma é o time branco, capitaneado por Ibou Diop. Espero que vocês desfrutem dos vale-
-presentes para a Loja de Livros Freneticamente Fascinante de Fadio, localizada aqui em Abuja. Parabéns a vocês e a seus professores acadêmicos.

15

Prenda a respiração

— Como vocês querem que eu volte para casa depois de um dia como hoje? — perguntou Sunny. — A vida cotidiana vai parecer chata demais agora.

Chichi e ela estavam no banheiro. Como não havia chuveiros no festival, ela fez o melhor que pôde com um pano úmido, depois passou um perfume que havia comprado com alguns dos *chittim* que ganhara no começo do jogo. Admirou no espelho suas novas tranças. Chichi a levara para a barraca de um cabeleireiro logo após a partida, e o cabeleireiro havia usado suas habilidades combinadas com juju para lavar a jato e depois trançar os cabelos de Sunny. As tranças pequenas e bem-feitas emolduravam bem seu rosto, terminando logo acima dos ombros.

Chichi riu.

— A noite é uma criança.

— E o que é exatamente esse evento social? Será que tem algum jeito de a gente escapar disso? Estou exausta.

— Não, até porque, de qualquer modo, temos de esperar que Anatov saia daquela reunião.

Do lado de fora, o sol acabara de se pôr, e uma brisa refrescante soprava. Sasha e Orlu esperavam sentados em um banco próximo. O americano fumava um cigarro.

— Cara, o que vocês duas estavam fazendo lá dentro? — perguntou Sasha. Ele jogou a guimba no chão e amassou-a com sua sandália.

Ele tem sorte de conseguir correr em campo sem arquejar como um velho, mesmo fumando essas coisas, pensou Sunny.

— Orlu, você sabe para quem temos de devolver os uniformes? — indagou ela.

— Pode ficar com ele. Você vai ser do time verde se quiser jogar no ano que vem.

— Que ótimo — disse Sasha. — Estou dentro.

— Eu também — confirmou ela.

O evento já havia começado quando chegaram. Estava sendo realizado em uma tenda ao lado do campo. Do lado de dentro, música *dance* com um baixo pesado soava no último volume. Dois estudantes mais velhos flanqueavam a entrada.

— Sejam bem-vindos — disse um deles. A menina olhou Sunny e seus amigos de cima a baixo. — Quem é o professor de vocês?

— Anatov — respondeu o outro. Ele apontou para Sasha e Sunny. — Pelo menos desses dois daqui. Eles são os jogadores de futebol do time verde.

— Ah! — exclamou ela, reconhecendo Sunny. — Você foi ótima! Eu sempre quis jogar, mas não sabia que eu *podia*. Pelo menos as garotas que quiserem jogar a partir de agora vão saber que podem.

Sunny estava encantada. Sequer havia pensado nisso.

O garoto abafou uma risada.

— Essas garotas vão ter de jogar tão bem quanto ela, ou é melhor nem se darem o trabalho. — Sunny ergueu a sobrancelha. Por que as garotas têm de seguir padrões mais rigorosos para poder jogar?

— Anatov é nosso professor também — comentou Chichi, que parecia um tanto irritada.

— Tudo bem — respondeu ele. — Entrem e provem a comida. A entrada de professores não é permitida; então, podem relaxar. — Ele deu a cada um deles uma toalhinha branca. — Vão precisar disto.

O ar dentro da tenda era úmido e cheirava a terra fértil, flores de aroma embriagante e folhas. Trepadeiras cheias de redondas florezinhas roxas pendiam do teto. Havia pequenos arbustos e árvores ao longo das laterais, e uma árvore grande no centro.

Sunny observou, boquiaberta, à medida que a árvore se desenraizava e lentamente rodava ao som da música alta. Embaixo dela, alguns estudantes dançavam. Na outra ponta da tenda havia uma mesa com um bufê. Começou a chover e a trovejar, e todos na pista de dança levantaram as mãos e gritaram:

— Eeeeeiiiii!

— Isto aqui está uma loucura — comentou Sasha, enquanto secava o rosto.

— Vamos comer alguma coisa — disse Orlu, que seguiu para o bufê. — Estou faminto.

A chuva logo parou, mas o ar estava tão úmido que as roupas continuavam encharcadas. Várias pessoas reconheceram Sasha e Sunny e disseram-lhes que eles haviam jogado uma ótima partida. Godwin, que estava cercado de garotas, acenou para eles quando passaram por ali. Sasha espalmou a mão contra a dele e depois a apertou. Ele cumprimentou as garotas, e todas ficaram eriçadas, sorrindo. *Ai, às vezes fico constrangida por ser mulher*, pensou Sunny.

— As garotas sempre têm uma quedinha pelos atletas — comentou Chichi, enquanto Sasha papeava com Godwin. Sunny apenas deu um sorriso de leve para Godwin conforme se dirigiam ao bufê.

Havia sopa de *egussi* e *garri*, banana-da-terra frita, sopa de pimenta, ensopado vermelho e arroz, cabrito assado e uma série de outros pratos que Sunny não reconheceu. A quantidade de comida era enorme. Sasha voltou a se juntar a eles enquanto se sentavam para comer.

— Se eles realmente quisessem nos representar culturalmente, deviam acrescentar ao bufê pão de milho, frango frito e couve — comentou Sasha. — Ah, sim, esqueci. Este é um festival da África *Ocidental*, como se os afro-americanos não fossem africanos ocidentais.

— Que tal um KFC? — sugeriu Sunny, rindo.

— Melhor ainda: o Popeye's — disse Sasha. — Ou o Harold's.

— Que prato é esse com o arroz amarelo? — perguntou Orlu. — Ele não é da Etiópia ou algo do gênero? Está delicioso!

— Bom jogo. — Todos olharam para cima. O garoto que havia feito o comentário estava carregando uma bandeja com um prato cheio de fufu e uma enorme tigela de sopa. Três de seus amigos estavam de pé atrás dele.

— Ah, obrigada — respondeu Sunny. Era Yao, o garoto que havia zombado do nome de Sasha. Sasha apenas soltou um muxoxo e virou o rosto.

— Chichi — disse Yao —, você está muito bonita hoje. Pena que isso não vá ajudar.

— Você nunca sabe quando se esconder, né? — retrucou Chichi.

— Acha que eu me esconderia de *você*? — replicou Yao, tentando soar desdenhoso, conseguindo apenas parecer idiota. Era terrivelmente óbvio que ele gostava de Chichi.

— Você quer que eu o faça passar vergonha *de novo*? Você deve ser um desses caras que curte ser humilhado.

— Quando você estiver pronta — disse Yao, rangendo os dentes.

— Por que você não se senta e enche a barriga primeiro? — sugeriu Chichi, com um tom de voz altivo. — E quem sabe depois não dança um pouquinho? Aproveite enquanto durar. Depois, veremos.

Yao apertou os olhos.

— Vamos, galera. — O grupo se afastou.

— Qual é o lance entre vocês? — perguntou Sunny para Chichi.

— *Wahala* — respondeu Orlu. — Encrenca. Encrenca infantil.

— Yao e eu nos detestamos — declarou Chichi. Sunny deu um riso de desdém. Quão burra a amiga achava que ela era? — Mas sou mais esperta — prosseguiu Chichi. — Eu lhe dei uma lição no ano passado, mas ele não aprende; então, vou ter de dar outra.

Por que as pessoas-leopardo são tão competitivas? Mas Sunny não podia falar nada. Duas horas atrás, ela mesma estava com a adrenalina a toda.

— Estou percebendo aquele brilho em seu olhar, Chichi — disse Orlu. — Espero que não esteja planejando nada de perigoso.

— Eu queria estar de volta ao hotel, dormindo — afirmou Sunny. Ela enfiou uma bela colherada de arroz de *jallof* na boca.

Quando terminaram de comer, ficaram tomando chá com leite e acariciando as próprias panças cheias. A música ficou mais alta, e havia mais pessoas dançando.

— Ah, fala sério — resmungou Orlu, enquanto Yao se aproximava outra vez.

— Eu não disse a você... — começou a dizer Chichi.

— Quer dançar? — perguntou Yao, estendendo a mão.

— Não — respondeu Sasha, que parecia muito irritado. — Ela não quer.

Yao lançou um olhar de fúria para Sasha.

— Por acaso perguntei a *você?* — Ele olhou para Chichi, esperando por uma resposta.

— Tudo bem — respondeu Chichi, e se levantou. — Vamos lá.

Sasha franziu o cenho enquanto Chichi andava de mãos dadas com Yao em direção à árvore giratória. Em seguida, ele se virou e acenou para Agaja e Ousman, que estavam de pé com um grupo de meninos e meninas. Eles acenaram de volta e gesticularam para que ele se aproximasse.

— Vejo vocês daqui a pouco — disse Sasha, que se levantou.

Sunny tomou um gole de chá e olhou para Orlu.

— Quer dançar? — Ela havia dito as palavras sem realmente pensar. E, então, sentiu o rosto ficar quente.

Orlu esboçou um sorriso e olhou para a pista de dança.

— Aquela árvore parece perigosa.

— Eu sei — disse ela, rindo mais alto do que pretendia.

Fez-se uma longa pausa.

— Tudo bem — disse ele, finalmente, botando sua xícara na mesa. — Vamos lá.

Enquanto iam até os estudantes que dançavam, pulavam e requebravam, Sunny se lembrou do quão cansada estava. Sempre havia gostado de dançar, e fazia questão de ir para a pista de dança em todas as festas para as quais os pais a levavam, mas naquele momento as pernas doíam. Estava exausta. E o clima estava muito quente e úmido.

No instante que eles chegaram perto da árvore, a música ficou mais alta, e Sunny deu um pulo de susto. Depois, sorriu. Ela podia sentir sua cara espiritual regozijando-se bem atrás de seu rosto. Em seguida, caiu na dança, balançando os quadris, jogando os braços para cima, fazendo passos com os pés e suando como todos os outros. Orlu também não dançava mal. Chichi os viu e arrastou Yao para a pista. Durante aquela hora e meia, todos ficaram alegres.

Enquanto a noite avançava, a árvore passou a tocar música mais lenta; não música para casais dançarem, mas uma música mais *cool*. O evento social estava quase acabando. As pessoas começavam a ir embora. Na entrada, havia um caderno para que os convidados escrevessem seus nomes, endereços etc., para que todos pudessem manter contato. Chichi riu com desdém e disse que aquilo era um costume inútil. Na maioria dos países africanos, era muito difícil manter contato com pessoas que viviam muito distantes, até mesmo por e-mail. Na comunidade dos leopardos, a coisa aparentemente não era muito diferente.

— Somente os acadêmicos sabem como se comunicar facilmente por grandes extensões — afirmou Orlu, enquanto voltavam para pegar as xícaras de chá, agora frio.

— Eles e as pessoas que nascem com essa habilidade — acrescentou Chichi.

— Você já terminou com Yao, certo? — perguntou Orlu rapidamente.

— Cadê Sasha? — indagou Sunny.

Eles olharam ao redor.

— Lá está ele — indicou Chichi, apertando os olhos. Ele estava rodeado por, pelo menos, cinco garotas.

— Achei que você tinha dito que ele estava conversando com os companheiros de time — comentou Chichi.

— Mas ele estava — retrucou Sunny.

Chichi saiu furiosa em direção ao americano. Orlu e Sunny riram. Sasha e Chichi eram sempre muito dramáticos.

Enquanto Chichi ia atrás de Sasha, Yao se encontrou com Ibou, o jogador de futebol. Eles conversaram por um instante. Depois, seguiram em direção a Chichi. O sorriso de Orlu se esvaiu.

— Ah, não. Lá vem problema. Vamos — avisou Orlu, pegando Sunny pela mão.

Chichi chamou o nome de Sasha. As garotas abriram caminho à medida que ela passava. Yao chamou Chichi, que deu meia-volta. Sasha se desvencilhou de uma garota particularmente mais assanhada, que tentava imprensar seu corpo contra o dele.

— Então, qual é o problema? — dizia Yao para Chichi no momento que Sunny e Orlu os alcançaram. Ibou ficou de pé, mudo ao lado de Yao.

— Qual é *seu* problema? — perguntou Chichi.

Yao desembainhou sua faca juju. Ela parecia ser feita de puro ouro liso. A ponta era curvada. O garoto cortou o ar com uma série de movimentos complexos e pegou alguma coisa. Ele soprou aquilo em Chichi. Um vento forte empurrou-a diversos passos para trás. Quando o vento cessou, todos arquejaram. O *rapa* verde fosforescente de Chichi agora era dourado. Em seguida, o vestido começou a ficar cada vez mais apertado em volta do peito, empurrando os seios da garota para cima.

Ibou ergueu as sobrancelhas e começou a rir muito alto.

— *Ha-ha!* Essa foi boa — disse ele, e depois espalmou a mão contra a de Yao. — Você devia ter deixado o vestido mais apertado na bunda também. — Yao e Ibou riram com ainda mais entusiasmo.

Todas as garotas que bajulavam Sasha fizeram "Oooh" e depois bateram palmas.

— Que lindo — comentou uma menina, enquanto sentia entre os dedos o tecido da manga do vestido de Chichi, que puxou seu braço de volta.

— Ah, francamente — disse ela. — Que juju ridículo. Repare bem quem aqui está impressionado e quem não está nem um pouco.

Várias garotas fizeram comentários, e uma delas resmungou:

— Olhem só para essa garota. Era melhor que ela fosse homem, já que não sabe dar o devido valor ao tecido.

Chichi desembainhou sua faca. Àquela altura, Sasha já havia se aproximado. Ele botou um dos braços sobre os ombros de Chichi e lançou um olhar jocoso para Yao e Ibou.

— Yao, você é um idiota — disse Sasha, indiferente. — E Ibou, primeiro você é derrotado no campo de futebol por uma de minhas colegas de classe, e agora seu melhor amigo vai ser derrotado por minha *outra* colega de classe. Que fracasso.

— Você está esquecendo — afirmou Ibou — que *seu* time perdeu.

— Só porque você escolheu todos os jogadores mais velhos — disse Godwin em meio à multidão. — O jogo envolve inteligência e força bruta, e não apenas força bruta.

Yao, que estivera de olho em Chichi o tempo todo, disse:

— Você não vai me derrotar este ano.

— Tome cuidado — sussurrou Orlu para Chichi.

A menina cortou um quadrado no ar e depois disse algo em efik.

Quando nada aconteceu, Yao escancarou um sorriso e disse:

— Acho que não funcionou. Você está perdendo a mão para essas coisas.

— Talvez o vestido esteja muito apertado — comentou Ibou. Várias pessoas riram.

Chichi franziu a testa, prestes a chorar. Ela olhou para baixo.

— Acho que você tem razão — afirmou Chichi em voz baixa. Ela olhou para cima e, lentamente, ergueu uma das mãos e sussurrou: — Você venceu.

— É óbvio — respondeu Yao, com um olhar mais triunfante que nunca. Ele estendeu a mão para apertar a dela. Antes de chegar a um terço do caminho, sua mão atingiu alguma coisa. Ele arquejou, e seus olhos se arregalaram ao golpear a barreira invisível com os punhos cerrados.

— Está vendo! — exclamou Chichi, rindo intensamente. — Você sequer consegue *encostar* em mim!

Yao xingou e socou a barreira. Em seguida, virou de lado e descobriu que a barreira chegava até ali também. Chichi havia literalmente encaixotado Yao.

— Remova esta barreira! — gritou Yao, em pânico. — *Remova esta barreira!*

Hesitante, Ibou bateu na barreira e tateou em volta dela para se certificar de que ele também não estava preso. Isso fez Chichi escancarar ainda mais o sorriso.

— Mandou bem! — elogiou Sasha.

— Eu sei — replicou Chichi. Ela lentamente ergueu sua faca e fez outro quadrado no ar. Dessa vez, optou pela direção oposta, e as palavras que disse eram diferentes. A mão de Yao imediatamente atravessou o ar, pois a barreira havia desaparecido.

— Como você...

— Até parece que vou te contar.

— Isso é juju de terceiro nível — afirmou Ibou. — Estamos proibidos de...

— *Eu* claramente tenho pleno controle — assegurou ela. — Para mim, é fácil. Mas *você* não seria capaz de chegar a entender como é isso. — Ela ergueu o queixo e olhou para as pessoas que estavam atrás de Ibou e Yao. — Alguém mais? — perguntou Chichi em voz alta. — Não me importa que idade tenha.

Ninguém deu um passo à frente.

— Eu ainda não terminei — avisou Yao, irritado.

— Terminou, sim. Você não tem nada mais forte que o que acabei de fazer.

— E como você sabe?

Ela fez uma pausa, inclinando a cabeça para um lado.

— Que tal isto? — disse ela, devagar. — Eu invoco um mascarado, e você jamais volta a me desafiar.

— Chichi, basta! — exclamou Orlu. — Você sempre vai longe demais! Por que precisa levar as coisas a tal ponto?

— Orlu, relaxe — pediu Chichi. — Faz algum tempo que estou querendo experimentar isso. — Ela se virou para Yao. — Percebe como eu disse "experimentar"? Você não é páreo para mim, então é melhor eu desafiar a mim mesma, não? Por que não matar dois coelhos com uma só cajadada? Me livro de você de uma vez por todas, *e* faço uma coisa que nunca fiz antes.

Yao e Ibou pareciam preocupados. Numa voz baixa e trêmula, Yao disse:

— Você nem sequer sabe como...

— Sabemos, sim — afirmou Sasha.

— O que há de errado com vocês dois, hein? — reclamou Orlu, erguendo as mãos. — Acha que não sei onde você arrumou esse juju? Aquele livro era encrenca no minuto que você o viu, Sasha.

— Já fiz isso uma vez — asseverou Sasha.

Um murmúrio alto percorreu a tenda.

— Então faça — incentivou alguém.

— É, quero ver — acrescentou outra pessoa. — Ouvi dizer que você pode morrer caso fracasse.

— Faça logo!

— Como assim você já fez isso? — indagou Orlu. Depois, ele pareceu se tocar de alguma coisa.

Sasha sorriu.

— Sim, foi naquele dia em sua casa.

Orlu ficou em silêncio.

Yao e Ibou sussurraram entre si. Quando eles pararam, já não pareciam tão apavorados quanto antes.

— Ok, eu aceito — disse Yao. — Faça isso. Mas é *você* quem tem de fazê-lo, e não ele.

— Quem você acha que ensinou a ele? — argumentou Chichi, de forma enigmática. — E, caso você não saiba, minha mãe passou do terceiro nível. Herdei um espesso sangue espiritual.

Os sorrisos que Yao e Ibou exibiam foram se esvaindo. Sunny olhou de soslaio para Orlu e ficou se perguntando se não deveria pegá-lo pela mão para que os dois saíssem dali. Até *ela* sabia que um mascarado não era boa notícia. E não havia como deter Sasha e Chichi juntos.

— E quanto a seu pai? — perguntou uma menina atrás dela. — Ouvi dizer que ele é uma ovelha. Seu sangue espiritual não pode ser *tão* espesso assim.

253

Chichi lançou um olhar de fúria para a garota.

— Não se preocupe com meu pai — declarou ela. — Eu, com certeza, não me preocupo.

— Chichi, não faça isso — pediu Orlu. — Mascarados são difíceis de controlar, mesmo quando você consegue invocá-los com sucesso. Eles podem forçar a própria liberdade.

Mas Chichi já havia se sentado.

— Tenho tudo gravado na cabeça — disse ela suavemente, começando a desenhar no chão de terra batida com sua faca.

— Ah, maldição! — sussurrou Orlu com raiva para Sunny. — Eu queria bater nela! Você sabe o quão ruim isso é?

Antes mesmo de se tornar uma pessoa-leopardo, Sunny sabia dos mascarados. Eles supostamente eram espíritos dos mortos, ou simplesmente espíritos genéricos que por diferentes motivos vinham ao mundo físico por meio de cupinzeiros. Em casamentos, festas em homenagem ao nascimento de alguém, funerais e festivais, as pessoas se fantasiavam como eles e fingiam ser um deles. Esta era a palavra-chave: *fingimento*. Mas, no mundo dos leopardos, eles eram reais.

— Chichi — chamou Sunny. — Talvez você deva...

— Não chegue perto — retrucou Chichi, que ainda desenhava. — Sei o que estou fazendo.

— É claro que sabe — disse Orlu. — Até o dia em que você conseguir matar a todos nós.

— Você não prestou atenção? Já fizemos isso antes — afirmou Sasha. — Fique tranquilo.

Toda a tenda ficou em silêncio enquanto o grupo observava. Pela primeira vez naquela noite, Sunny desejou que alguma figura de autoridade *tivesse* permissão de ficar de olho no que acontecia ali dentro.

— Você tem certeza de que não vai ser enviada ao Conselho Leopardo de Abuja? — perguntou Sunny em voz alta.

— Você está vendo alguma ovelha por aqui? — disparou Chichi. O desenho que ela estava fazendo se parecia com um círculo gigante com linhas irradiando para fora e para dentro.

Chichi rapidamente fez uma cruz no centro e depois, ainda sentada, se afastou um pouco, admirando sua obra. Ela se levantou e começou a cantar um cântico em efik enquanto cortava o ar com a faca.

— Olhe só — disse Sunny para Orlu. As pessoas começaram a cochichar entre si. Muitos se afastaram ou saíram correndo da tenda, especialmente quando a poeira no centro do desenho começou a se juntar e formar um montinho.

Um minuto se passou. O monte ficava cada vez mais alto. Parecia um cupinzeiro em formação, que eram, acreditava-se, os lugares pelos quais os mascarados entravam no mundo físico. O monte cresceu até ter cerca de 1,80 metro. Cupins emergiram de pequenos buracos no cupinzeiro. Os que tinham asas imediatamente começaram a voar. Sunny esmagou um que havia pousado em seu braço.

— Este encantamento juju — disse Chichi, em tom dramático — foi retirado de O *livro das sombras de Udide*.

Várias das pessoas que ainda haviam permanecido ali arquejaram. Mais delas se viraram e saíram correndo da tenda.

— O *livro das sombras de Udide?* — repetiu Yao, quase aos berros. Agora ele parecia muito alarmado. Ibou devia ter fugido, porque Sunny já não o via em lugar algum. — Você é louca? Você tem noção do que invocou?

— Udide respeita as pessoas inteligentes, criativas, corajosas —
garantiu Chichi, virando-se para o cupinzeiro.

Foi somente sua amizade por Chichi que impediu Sunny de sair
correndo, principalmente depois que os uivos começaram. Era um
tipo de barulho fantasmagórico, agudo e ondulante, como as ulula-
ções que fazem as mulheres do Oriente Médio. Depois, começou o
característico *toc, toc, toc*, o barulho de pequenos atabaques. Ouviu-
-se um som alegre de flauta entre os uivos e os atabaques. Depois,
veio o ruído que faz os dentes vibrarem, o *TUUUM, TUUUM*
grave de um comprido tambor falante.

— Sunny, se preza por sua vida, *não* saia correndo — advertiu
Orlu.

O cupinzeiro estava desmoronando no centro. Todos deram passos
para trás quando uma protuberância de madeira emergiu dali. Ela
estava presa ao topo de um enorme tufo de ráfia grossa. Depois, o
cupinzeiro começou a se expandir. Eles chegaram ainda mais para
trás. O corpo da criatura era grande e bulboso, coberto por um lindo
tecido azul brilhante. Búzios e contas azuis e brancas pendiam de fios
de lã azul. Eles tilintaram e clicaram conforme o mascarado crescia.

Quando ultrapassou 4,50 metros, parou de crescer. O retumbar dos tambores e o som da flauta atingiram um crescendo. O
enorme tufo de ráfia no topo caiu, revelando uma cabeça com
quatro rostos.

Os estudantes invocaram Alá, Legba, Chukwu, Jesus Cristo,
Mawu, Deus, Chineke, Oiá, Ani, Asaase Yaa, Allat e muitas outras divindades para protegê-los. Sunny gemeu e ficou grudada em
Orlu, que sussurrava xingamentos. Chichi parecia estar em transe,
e Sasha permanecia atrás dela, sem palavras.

Os rostos do mascarado olharam ao redor com expressões ani-
madas. O sorridente abriu um sorriso de deboche. O raivoso fez
cara feia. O surpreso parecia cada vez mais e mais chocado. E o

curioso, mais inquisitivo. A protuberância no topo raspou contra o teto da tenda.

Em seguida, a máscara de madeira caiu. Orlu e Sunny desviaram dos pedaços. Do outro lado, uma aluna junto a Yao gritou de dor quando um dos pedaços a acertou no ombro.

— Ai, meu Deus! — berrou Sunny. Orlu lhe agarrou o braço.

Debaixo da máscara, havia uma enorme massa ondulante de cupins vermelhos, vespas, abelhas, mosquitos, moscas e formigas! Não era ráfia e palmas o que preenchia o corpo coberto pelo tecido azul do mascarado: eram insetos que picavam. As pessoas começaram a gritar, e o mascarado começou a dançar, e uma nuvem de insetos começou a se formar em volta do ser.

— Todo mundo! *Para o chão!* — gritou Orlu. — *Agora! Agora!*

Mas as pessoas estavam apavoradas demais. Elas começaram a correr enlouquecidamente. Orlu empurrou Sunny para o chão. Alguma coisa picou o braço da garota.

— Fique abaixada! — ordenou Orlu. Depois, ele gritou: — Chichi, Sasha, para o chão! Vai acontecer a qualquer minuto!

O mascarado dançou, dando piruetas e piruetas cada vez mais rápidas. Ele moveu milhares de insetos com um chicote ao ritmo dos atabaques e da flauta, rindo sua risada feminina e estridente, e zumbindo seu zumbido de inseto.

Orlu se jogou no chão ao lado de Sunny e disse:

— Prenda a respiração.

Assim que Sunny fez isso, o zumbido ficou mil vezes mais alto. Insetos dispararam em todas as direções. O tecido azul caiu no chão, vazio. Sunny ficou soterrada por milhares de formigas. Abelhas e vespas se chocavam contra ela e voavam em volta de sua cabeça. Ela gritou e berrou com as outras pessoas.

Morte por picada de inseto. Aquilo podia acontecer. Um garoto em seu vilarejo havia sido morto por um enxame de vespas raivosas quando ele tentou derrubar um vespeiro que ficava atrás de sua casa. *Vamos todos morrer aqui*, pensou Sunny, que encolheu ainda mais o corpo. Ela sentiu duas outras picadas em suas pernas. Ficou imaginando o que os pais e os irmãos achariam quando ela fosse levada de volta para casa toda inchada e vermelha e morta. *Eu devia ter ficado em casa*, pensou ela. *É isso o que mereço por mentir.*

Ela sentiu que Orlu começava a se levantar.

— O que você está *fazendo?* — berrou ela, puxando-o de volta para o chão. Alguma coisa havia lhe picado o braço.

Ele se desvencilhou de Sunny e tornou a se levantar. Ela protegeu os olhos com as mãos e olhou para ele. Seu amigo parecia muito deslocado de si mesmo, calmo e destemido. Ele estendia as mãos e as trazia de volta em direção ao corpo, estendia as mãos e as trazia de volta em direção ao corpo. A cada vez que fazia isso, mais insetos se amontoavam de volta no tecido do mascarado.

— Voltem para casa! — Incitava ele em igbo. Sunny conseguia ouvir sua voz em meio aos gritos e o zumbido. — Vocês vieram, vocês picaram, vocês aterrorizaram... Agora, voltem para casa.

Em pouco tempo, Orlu fez com que o mascarado voltasse a se recompor completamente e ficasse ali de pé. O mascarado apontou para Chichi, que estava agachada, olhando para cima. Ele disse alguma coisa em uma língua que Sunny presumiu ser efik. Em seguida, voltou lentamente para o cupinzeiro, que, por sua vez, se enterrou de novo.

— Estão todos bem? — indagou Orlu.

Eles caminharam a passos largos até a entrada do festival. Eram onze e quinze da noite. Estavam atrasados.

— Nem comece — disse Orlu, caminhando rápido. — Odeio desculpas que não são sinceras.

— Não estou pedindo desculpas — retrucou Chichi, que quase tinha de correr para conseguir acompanhá-lo. — Estou apenas agradecendo.

— Cale a boca — disparou Orlu.

— Não seja tão puritano assim — reclamou Sasha, esfregando uma de suas muitas picadas.

Orlu parou tão abruptamente que Sunny se chocou contra suas costas. Ela não queria discutir. Queria apenas encontrar Anatov, voltar para o hotel, catar os ferrões que ainda não havia tirado de sua pele, passar calamina no corpo inteiro e ir para a cama.

— Você tem *alguma* noção do que *poderia* ter acontecido? — bradou Orlu. — Todo mundo *sabe* como você é brilhante! Acho que precisava mostrar como é *imbecil* também!

— Ninguém se machucou de verdade, apesar de tudo — ressaltou Chichi. — Todos vão simplesmente passar um pouco de pó das Mãos Curadoras para se livrar das picadas.

— Mas *não* por sua causa.

— Ei, eu sabia que você estava lá — disse ela. — Você acha que não levei isso em consideração?

— Você sempre arma encrenca presumindo que depois eu vá dar um jeito em tudo — reclamou Orlu. — Por que você também não tenta aprender alguns jujus de quebramento?

— Porque *você* nasceu com esse dom — replicou Chichi. — Você sempre pode salvar o dia.

Orlu fez uma cara de nojo.

— *Não* faça de mim o centro do assunto! Pessoas poderiam ter morrido por sua culpa. Você invocou Mmuo Aku! Se ela tivesse resolvido começar a picar *de verdade*... credo! Você não estuda essas entidades antes de invocá-las? — Ele respirou fundo. — E o que ela lhe disse?

Chichi abriu a boca, mas depois, teimosa, virou o rosto.

— Isso é de minha conta, e de ninguém mais — murmurou ela.

— Deixe eu adivinhar — disse Orlu, em um tom sarcástico. — Aquela coisa maldita lhe agradeceu antes de voltar para onde veio.

— Me desculpe — falou Chichi, baixinho.

— Eu disse que não queria suas desculpas — gritou Orlu, e se afastou.

Anatov parecia irritado, mas muito cansado, quando eles chegaram à entrada. Havia cerca de cinquenta outras pessoas esperando o trem futum.

— Têm sorte de o trem estar atrasado — declarou Anatov. — Caso contrário, eu os deixaria aqui, e vocês teriam de encontrar sozinhos o caminho de volta para o hotel.

Eles pediram desculpas. Anatov bocejou e acenou com a mão para que parassem com aquilo.

— Então, ouvi falar que vocês quatro fizeram fama este ano.

Todos ficaram cabisbaixos, olhando para os próprios pés.

— Quantos *chittim* caíram quando tudo acabou?

— Sete de cobre — murmurou Orlu. — Podíamos ter matado algumas pessoas, e no fim das contas acabamos sendo pagos por isso.

— Em grupo, vocês cometeram um erro, e você aprendeu que poderia corrigi-lo — afirmou Anatov.

— Entrem no ônibus. Sasha, você é um idiota.

Sasha ficou perplexo e, depois, olhou para as próprias mãos.

Enojado, Anatov prosseguiu:

— A mãe de Orlu me contou imediatamente sobre todo aquele barulho que você faz algumas noites, e como a casa parecia estar embaixo d'água. Você obviamente invocou Mmuo Miri, e ela *não* é como aquele mascarado menor que você invocou nos Estados Unidos. Mmuo Miri é um mascarado da água que somente pessoas experientes que já passaram do terceiro nível tem *qualquer* motivo para invocar. Poderiam ter se afogado naquela casa. Você, por acaso, tem algum impulso suicida?

Anatov não esperou pela resposta.

— A mãe do Orlu e eu concordamos que você havia sobrevivido a um acesso de burrice, e que provavelmente jamais voltaria a cometer o mesmo erro. Hoje à noite, você acabou de provar que nós dois estávamos errados, Sasha. Vou fazê-lo levar bengaladas do homem mais forte da Nigéria se aprontar algo desse tipo outra vez. Entendido?

Sasha assentiu.

— Pode ficar com aquele livro, mas sinceramente espero que comece a agir como se fosse inteligente. — Ele se virou para Chichi. — E *você* vai se apresentar ao conselho comigo no instante que botarmos os pés em casa.

A viagem de volta não foi nada como a de ida. Chichi mal abriu a boca, e tampouco Orlu. Sasha e Sunny conversaram rapidamente com Godwin antes de ele ir para o próprio assento.

— Não consegui dormir ontem à noite — disse Godwin.

— Nem eu — confessou Sunny.

— Eu dormi muito bem — declarou Sasha, com um sorriso radiante. Sunny podia perceber que ele estava mentindo. Sasha exibia olheiras.

— Vocês quatro... todos estão falando de vocês — revelou Godwin. — Ninguém nunca viu um juju desse tipo ser feito e depois *impedido* por alunos tão jovens. E é claro que as pessoas ainda estão falando de seus pés velozes, Sunny, e de sua boca veloz, Sasha.

— As pessoas nos odeiam? — perguntou Sunny.

Godwin riu e balançou a cabeça.

— As pessoas ainda vão falar desse festival por anos, cara.

16

Problemas em casa

O trem futum parou bem em frente à casa de Orlu. Chichi acabara de virar o rosto quando Sunny, Orlu e Sasha tentaram se despedir. Ela seguiria direto para Leopardo Bate com Anatov.

— Vejo vocês em duas semanas — avisou Anatov. — Naquela quinta-feira depois do meio-dia. — Ele também havia ficado calado durante toda a viagem. — Sunny — disse ele, pegando a mão da menina antes que ela descesse do ônibus —, você se divertiu?

— Me diverti como nunca! — Até ela ficou surpresa com sua declaração.

— Que bom — retrucou Anatov.

— Tem certeza de que não quer que eu a deixe na porta de casa? — perguntou o General de Jesus. — Para mim não é problema.

— Ah, aqui está bom — respondeu ela, e rapidamente saiu do ônibus.

Eles observaram o trem futum sair dali.

— O que eles vão fazer com ela? — indagou Sunny.

— Acho que ela vai levar uma surra de bengala — comentou Orlu. — Aquele mascarado já era ruim o bastante, mas o fato de ela ter feito tudo isso em um lugar público como aquele... — O garoto balançou a cabeça.

— Era isso o que eu detestava nos Estados Unidos — confessou Sasha.

— O quê? O fato de as pessoas serem punidas quando merecem? — indagou Orlu. — Você deveria estar indo com ela.

— Deveria mesmo — retrucou Sasha, olhando para os próprios pés. Depois, ele soltou um muxoxo alto e chutou um pouco de terra. — Ninguém está disposto a se arriscar. E daí que ela invocou uma Mmuo Aku que ficou descontrolada? Ainda assim, ela *conseguiu* fazer a invocação! Ela fez o juju mais sofisticado que qualquer um deles já viu na vida.

— É verdade, mas você não lhe dá razão — replicou Orlu. — Não podemos viver no caos. Os níveis têm limites de idade por um motivo. Você pode ser capaz de fazer uma coisa, mas não ter maturidade para lidar com as consequências. Assim como... assim como uma garota que desenvolve seios precocemente. Isso não quer dizer necessariamente que ela já seja madura, ou algo do gênero.

— Credo! — exclamou Sunny, de repente. — Vou para casa. Até a próxima.

— Vá em paz — disse Sasha, dando-lhe um abraço.

— Nos vemos no colégio — falou Orlu, que também lhe deu um abraço. Depois de um instante de hesitação, ele deu um beijo na bochecha de Sunny. Ela tocou a bochecha onde havia recebido o beijo e arregalou os olhos para Orlu. Sasha abafou uma risada. Ela não ousou olhar para o americano. Enquanto descia a rua lentamente rumo à casa, ela os ouviu começarem a discutir outra vez.

Quando Sunny chegou em casa, havia música e o pai ria. Ola, um amigo do homem, estava fazendo uma visita, e eles pareciam levemente embriagados de vinho de dendê, como de costume.

— Boa tarde — cumprimentou Ola, quando viu Sunny tentar passar despercebida pela sala.

— Boa tarde — respondeu ela, tentando espantar aquela sensação de deslocamento que sentia. Era como se duas realidades estivessem lutando pelo controle. — Oi, pai. — Ela congelou. O gafantasma estava pousado na cabeça dele.

— Como foi seu fim de semana? — perguntou o pai de Sunny com um sorriso torto.

— Hum, foi bom — respondeu ela, se esforçando muito para não olhar para o gafantasma. — Pai, tem uma folha em sua cabeça.

Quando ele passou a mão na cabeça, o gafantasma pulou para o braço do sofá. Ela saiu de fininho antes que ele pudesse dizer qualquer outra coisa. Sunny ouviu a mãe rindo na cozinha e falando um inglês ágil. Ela devia estar conversando com a irmã, Chinwe, que morava com seu marido afro-americano em Atlanta.

— Ah, aposto que está com saudades — dizia a mãe de Sunny. — Aí não dá para encontrar nem metade dos ingredientes para se fazer uma sopa de *egussi* decente. — Fez-se uma pausa. — Eu sei. Ahã. Sim, eu planejo isso, mas só quando ela estiver... — A mãe percebeu que Sunny estava entrando na cozinha e sorriu — ... pronta. Quer falar com ela? Acabou de chegar. Espere um pouco. Sunny, venha aqui falar com sua tia.

A tia Chinwe era uma das favoritas de Sunny. Sua mãe dizia que ela era o espírito livre da família, e que o avô de Sunny considerava Chinwe uma decepção. Além de ter se casado com um *akata*, como o avô chamava o marido afro-americano da tia, ela havia decidido não se tornar médica. Em vez disso, estudara dança.

Agora, ela era uma dançarina profissional formada, que integrava um grupo chamado Mulheres da Mata. Dava aulas de dança na Universidade de Columbia. O DVD com suas apresentações era um dos bens mais preciosos de Sunny.

— Você deve ter se divertido — falou a mãe de Sunny, beijando-lhe a bochecha e passando-lhe o telefone.

— Foi ótimo, mãe. Obrigada por ter me deixado ir.

Ela deu um tapinha na cabeça de Sunny.

— Alô? — disse Sunny com o telefone na orelha. A mãe saiu da cozinha para dar a elas um pouco de privacidade.

— Sunny — falou a tia. — Como você está?

— Estou bem.

— Ouvi dizer que saiu com seus amigos ontem.

— Sim, foi ótimo. Foi muito bom sair de casa, e tudo mais.

Com o canto dos olhos, Sunny podia ver dois gafantasmas pousados em uma penca de bananas-da-terra que estava no chão. Um deles roía o talo da penca. Então *havia* mais de um.

— Bem, fico contente que tenha feito grandes amigos, e que minha irmã finalmente a esteja deixando mais solta. Você é uma menina responsável e deveria ser tratada assim.

Sunny sentiu uma pontada de culpa.

— Tia? — Sunny botou a cabeça no corredor para se certificar de que a mãe não ouvia atrás da porta, como de costume.

— Ahã?

Sunny diminuiu o tom de voz.

— Me conte sobre a vovó... só um pouquinho. Alguma coisa. Sempre que pergunto para minha mãe, ela se recusa a responder.

Fez-se uma pausa, uma pausa longa.

— Tia? Você está aí? Alô?

— Sim, estou aqui — respondeu Chinwe. — Onde está sua mãe?

— Ela vai voltar daqui a pouquinho.

— Por que você quer saber? Tem alguém implicando com você?

— Não — retrucou ela. — Não... não é nada disso.

— Tem certeza?

265

— Sim. — Sunny ouviu passos. — Minha mãe está vindo! Será que você pode me dizer...

— Não — replicou a tia. — Não posso lhe contar nada de mais. Nossa mãe... sua avó... não era doida, mas era cheia de segredos que levou para o túmulo. Ela jamais permitiu que nenhuma de nós realmente chegasse a conhecê-la de verdade.

— Mas como você sabia que tinha segredos?

A mãe de Sunny entrou na cozinha.

— Porque tenho olhos e ouvidos — respondeu a tia.

— Ok, Sunny — disse a mãe. — Deixe-me terminar de conversar com minha irmã antes que o cartão telefônico dela se esgote.

— Procure no quarto de sua mãe, no lado dela — instruiu rapidamente a tia. — Ela guarda algumas coisas em uma caixa, acho.

— Ok — respondeu Sunny rapidamente. — Eu te amo.

— Eu também te amo, querida — respondeu a tia, e a mãe de Sunny pegou de volta o telefone.

— Irmã? Então, como estão os pequenos James e Gozie?

Sunny pegou um pacotinho de biscoitos e foi para seu quarto. Ela trancou a porta e se afundou no chão. Jamais tivera tantas coisas dando voltas na mente. Nunca, nunca, jamais. Ela teria se encolhido e dormido ali mesmo, caso não tivesse visto um gafantasma pousado em sua cama.

Sunny se levantou com dificuldade. Cuidadosamente, ela pegou o gafantasma. Ficou surpresa quando ele não se debateu. Ela já havia visto um deles se mover rápido como um raio quando queria, e tinha certeza de que as pernas da criatura eram potentes. Ele pesava cerca de meio quilo, e Sunny teve de carregá-lo com as duas mãos. Seu corpo parecia sólido, apesar da aparência fantasmagórica. Ela colocou-o sobre a cômoda.

Sunny deitou-se em sua cama e desembainhou sua faca juju. Ela era realmente magnífica. Do que *era* feita a lâmina? A menina segurou a faca e imediatamente sentiu aquela sensação estranha de que o objeto era parte de si.

Ela soltou um berro quando sentiu algo se mover em seu bolso. Estava prestes a rasgar a calça jeans, achando que se tratava de uma vespa ou formiga que havia sobrado do mascarado, mas depois se lembrou. Parecia que fazia séculos que o Homem das Tralhas lhe dera o feijãozinho azul. Ela segurou-o conforme o feijão dava uma risadinha. Balançou-o entre os dedos e o colocou embaixo da cama, como havia sido instruída. Depois, pegou o jornal.

Quando o desenrolou, um outro jornal, menor e circular, caiu. *Boletim Especial dos Leopardos*, era o que estava escrito. Ouviu-se um leve retumbar de tambores que fez com que Sunny se lembrasse do aterrorizante mascarado.

CORRUPÇÃO NA BIBLIOTECA DE OBI

OTOKOTO, O CHAPÉU PRETO, ROUBA LIVRO CONFIDENCIAL DO QUARTO ANDAR

— Meu Deus! — Sunny jogou o jornal pelo quarto. — Basta disso! — Não se passou nem um segundo antes de ela ouvir um estalo alto. O feijão. — Pensei que ele havia dito para esperar alguns dias. — Sunny franziu a testa. Ela ficou em cima da cama e observou uma vespa azul emergir. Sentiu um calafrio, mas depois relaxou. A vespa não parecia cheia daquela maldade mortal que queria picar.

O inseto se moveu um tanto grogue em volta da casca vazia do feijão. Depois, pegou metade da casca e voou até a cômoda, carregando-a. Depois, pegou a outra metade e fez a mesma coisa. Em seguida, descansou um pouco. Um minuto mais tarde, ela começou a comer a casca ruidosamente, fazendo *crecs* e *crocs*.

— Espero que você não seja venenosa — murmurou Sunny, colocando o pacote de biscoitos do lado da vespa. Antes que a menina pudesse se dar conta, já estava dormindo.

Alguma coisa acordou Sunny por volta da meia-noite. A CEN havia cortado a luz. Como aquela era uma noite fresca, o gerador não havia sido ligado. Um clique veio da cômoda de Sunny. Ela pegou sua lanterna e ligou-a. O pacote de biscoitos estava vazio, e, ao lado dele, havia um castelo do tamanho de sua mão e que parecia feito de farelos. A vespa azul estava no topo do castelo, como se aguardasse aplausos.

— Ai, minha nossa! — exclamou Sunny, sorrindo diante do absurdo daquilo tudo. — Isso é... uau! — Sunny bateu palmas de leve, e a vespa zumbiu de prazer. Ela passou as duas horas seguintes fazendo dever de casa, antes de finalmente voltar a dormir.

17

Juju básico

As duas semanas seguintes voaram. Sunny passou quase todos os dias estudando e lendo e praticando e lendo um pouco mais. Ela estava vivendo duas vidas. Na escola de ovelhas, ela ia bem nas matérias e matinha distância de Jibaku, que parecia acreditar que o que ela vira durante sua briga era apenas o rosto extremamente feio de Sunny.

Na próxima vez em que ela se encontrou com os amigos depois de Abuja, eles não fizeram muitas coisas. Chichi ainda se recuperava da surra de bengala. Sunny encolheu o corpo quando viu as costas da amiga. A pele não estava rasgada, mas estava cheia de hematomas e dolorida. Os membros do conselho não faziam ameaças vãs; se você quebrasse alguma das grandes regras, o preço a se pagar era alto. Chichi se recusava a falar sobre isso, e a simples menção ao nome de Sugar Cream a deixava com raiva.

Depois disso, para grande desgosto de Orlu, Chichi e Sasha ficaram ainda mais obcecados com *O livro das sombras de Udide*. Por sorte, apenas liam e discutiam seu conteúdo.

Eles também ficaram obcecados com outra coisa. Dias após a surra de Chichi, Sunny e Orlu haviam ido até a cabana da menina, na saída da escola, e a encontraram na entrada, trocando beijos com Sasha.

— O que....! — exclamou Sunny. Sasha e Chichi se afastaram um do outro com um pulo e ajeitaram suas roupas. Sasha escancarou um sorriso e deu de ombros. Chichi apenas riu. Orlu revirou os olhos, e Sunny simplesmente ficou ali, chocada. Aquilo era completamente inesperado. Ela olhou de soslaio para Orlu e depois desviou o olhar.

— Não estamos fazendo nada — disse Chichi, e entrou na cabana.

— Pois é — confirmou Sasha.

Mas Sunny viu como ele observava Chichi entrar. Aquilo não era "nada". E não foi a última vez que Sunny os viu trocando beijos.

Além disso, Orlu estava muito cuidadoso em relação a ela. Ele era o mesmo Orlu que sempre conhecera, mas agora ele insistia em lhe abrir as portas e coisas desse tipo. Certa vez, ele inclusive lhe comprou chocolates. Chichi e Sunny nunca discutiam sobre ela e Orlu, ou sobre Chichi e Sasha. Era um acordo tácito que havia entre os quatro.

Em duas semanas, Sunny já sabia vários jujus básicos com a faca, como amplificar sua voz, mover coisas pequenas e manter afastados os mosquitos. Mas nada que pudesse fazer mal a um monstro como Chapéu Preto Otokoto.

— É muito estranho — comentou ela, certo dia, quando estavam sentados do lado de fora da cabana de Chichi. — Ela constrói coisas diferentes a cada dia. Deixo minha janela aberta para que ela possa sair e encontrar materiais novos e se esconder de minha mãe.

— É uma vespa artista — afirmou Orlu. — Elas vivem em prol de sua arte. Se quer que ela viva muito tempo, sempre deixe-a sair, como você anda fazendo, e demonstre que aprecia suas obras.

— Eu a esmagaria — comentou Sasha. — Minha irmã tinha uma quando era criança. Só que, uma vez, ela se esqueceu de elogiar a vespa, que ficou irritada e a picou. A picada o deixa paralisado por dez minutos. Você não consegue fazer nada além de observá-la construindo sua "obra-prima final", e depois observá-la morrer de modo dramático. Essas coisas malditas são psicóticas.

— Não se as tratar bem — declarou Orlu.

— Ninguém deveria ser *obrigado* a tratar nenhuma coisa bem — argumentou Sasha, que lançou um olhar irritado a Orlu. — A escolha deveria ser da pessoa.

— Nem tudo na vida é uma questão de escolha — rebateu Orlu. — Certas coisas devem acontecer naturalmente.

— Em minha opinião, isso...

— Será que você pode calar a boca? — disparou Chichi.

Sunny riu. As coisas haviam voltado ao normal.

18

Sete dias chuvosos

Apesar de ser o meio da época de seca do harmatão, chovia havia uma semana. Os mercados estavam lamacentos. As ruas, alagadas. Fazia dois dias que as escolas haviam fechado. A chuva era tão inesperada que, apesar de o clima estar perfeito para os mosquitos, não havia mais insetos desse tipo que o habitual. Era como se alguém tivesse ligado um interruptor em que estava escrito CHUVA.

A manhã do sétimo dia chuvoso seguido começou como qualquer outra.

A primeira coisa que Sunny fez quando acordou foi olhar para sua cômoda. A vespa artista, que ela havia decidido chamar Della (em homenagem ao famoso escultor Luca Della Robbia, sobre quem ela lera na internet), tinha feito uma escultura da divindade que era uma sereia, chamada Mami Wata. Como sempre, a vespa ficou pousada no topo de sua criação, esperando pela reação de Sunny.

— Isso é *muito* bonito, Della — comentou Sunny sinceramente.

Jubilosa, a vespa zumbiu as asas, voou em volta de sua criação e depois saiu pela janela. Sunny desenrolou seu exemplar do *Diário de Leopardo Bate*. No dia seguinte, eles tinham de encontrar Anatov e, provavelmente, ficariam sabendo o que se esperava que fizessem em relação a Chapéu Preto. Ela se preparou psicologicamente para ler a notícia de seu último ato de devassidão.

Em vez disso, a manchete dizia: CHUVA, CHUVA, POR FAVOR, VÁ EMBORA!

Sunny riu, aliviada. Todos estavam cansados da chuva. Até os criminosos pareciam ter buscado abrigo. Talvez o chapéu de Chapéu Preto não fosse largo o bastante para protegê-lo da chuva.

Ela desceu para tomar café e congelou. Seu coração ameaçou pular para fora do peito. Na mesa da cozinha, a mãe estava sentada e servindo uma xícara de chá quente para... Anatov.

— Bom... bom dia? — cumprimentou Sunny, com voz esganiçada.

— Sunny — disse a mãe, parecendo estranhamente agitada. — Sente-se.

Sunny de fato teve de obrigar o corpo a se mexer.

— Este é... este é o filho de uma amiga de sua avó... minha mãe. — As mãos da mãe de Sunny tremiam enquanto ela pegava sua xícara de chá. Ela riu consigo mesma. Parecia prestes a chorar.

— Sim — concordou Anatov. Ele colocou uma boa quantidade de creme em seu chá, mexeu-o e tomou um gole. — Eu estava na cidade e decidi... fazer uma visita.

Sunny apenas conseguiu balançar a cabeça.

Subitamente, a mãe deu uma meia-volta e encarou Sunny. Ela obviamente queria dizer alguma coisa. Em vez disso, beijou a bochecha de Sunny e saiu quase correndo da cozinha.

Com tranquilidade, Anatov tomou outro gole do chá. Sunny esperou.

— Vamos para Leopardo Bate — comunicou ele.

— O *quê*? Mas isso... isso não é amanhã?

— Traga sua faca, seus pós e uma de suas sombrinhas.

— Mas minha mãe não vai...

— Ela não vai impedir — disse ele. — Vá pegar suas coisas. Temos pouco tempo.

Um dos carros oficiais da Biblioteca de Obi aguardava do lado de fora. Atrás do volante estava um homem hauçá baixo, que parecia sério. Um cigarro aceso pendia de seus lábios.

— Apague o cigarro, Aradu — disparou Anatov.

— Perdão, senhor — retrucou Aradu, que rapidamente jogou o cigarro pela janela com um peteleco.

Sunny olhou para trás para ver sua mãe, que estava parada, como uma estátua, na porta de entrada. Sunny acenou em despedida. Sua mãe não acenou em resposta. Ela simplesmente ficou de pé ali enquanto eles iam embora de carro.

Talvez soubesse que jamais voltaria a ver a filha outra vez.

O motorista manobrou o carro com facilidade, primeiro pela estrada de terra lamacenta, depois pelo asfalto escorregadio. A viagem foi estranhamente tranquila. Quando eles aceleraram, não se ouviu som algum. Assim como o trem futum, era óbvio que aquele carro era movido por algum tipo de juju. Sunny se perguntou por que as pessoas-leopardo não compartilhavam essa tecnologia com o resto do mundo. Aquilo resolveria alguns sérios problemas ambientais.

Eles passaram pelas casas de Chichi e Orlu.

— Nós não vamos buscar...

— Eles nos encontrarão lá — afirmou Anatov. — A situação em sua casa não é fácil; portanto tive de ir até lá buscá-la.

— O que está acontecendo? — perguntou Sunny.

— Quando chegarmos lá. — Sunny assentiu e olhou para fora da janela. — Você progrediu bem, Sunny — declarou Anatov.

— Obrigada.

— Apesar disso, gostaria que você pensasse em *quem* é. Porque este conhecimento é a chave para o quanto pode aprender.

Ela franziu o cenho, pensando no que havia acabado de acontecer com a mãe.

— *Oga* — sussurrou ela —, ultimamente acho que não *sei* quem sou realmente. — Anatov ficou em silêncio. — O que você sabe de minha avó? Quem foi ela?

— Somente a filha mais velha dela, sua mãe, pode lhe dizer isso.

— Por que *você* não me conta? — pediu desesperadamente.

— Não cabe a mim.

— Ela era ruim?

Ele não respondeu.

— Por que ela foi mentora de Chapéu Preto? Justo dele? — indagou ela.

Quando Anatov permaneceu em silêncio, ela golpeou a própria perna com o punho cerrado. Por um instante, o único som que se ouvia vinha dos limpadores de para-brisas.

Anatov deu um tapinha no ombro de Sunny.

— Nossa viagem de carro vai demorar meia hora. Aproveite o tempo para relaxar enquanto pode. — Ele se inclinou para a frente e deu um tapinha no ombro do motorista. — Bote para tocar um pouco de Lagbaja.

Sunny fechou os olhos e escutou a música *afrobeat*.

Sunny acordou com o carro parando. Estavam do lado de fora da Biblioteca de Obi. Sasha e Orlu já se encontravam ali.

— Espere aqui — comandou Anatov, que entrou na biblioteca.

Eles estavam nervosos demais para conversar. Em vez disso, simplesmente ficaram de pé, ombro a ombro. Cinco minutos depois, Chichi chegou com a mãe, andando embaixo de um enorme guarda-chuva verde. Apesar da proteção, as bochechas das duas estavam molhadas. Chichi parecia perturbada. Sua mãe fungava e secava as lágrimas dos olhos. A menina lhe deu um abraço forte e observou conforme a mãe caminhava em direção aos mercados de Leopardo Bate.

Sunny abraçou Chichi. Sasha e Chichi trocaram mais que abraços. Sunny e Orlu simplesmente evitaram o olhar um do outro. De pé ali em meio à chuva, parecia que aguardavam para serem enviados para a batalha, rumo à morte.

— Ok — disse Sasha, empertigando-se. — Que todo mundo relaxe. Meu Deus!

Orlu suspirou. Chichi passou um dos braços pela cintura de Sasha e disse:

— Há crianças sendo mortas e mutiladas, correto?

— Correto — respondeu Sasha. — Nós de fato temos sorte. Vamos ter uma oportunidade de provar do que somos feitos. Algumas pessoas jamais têm esta oportunidade, cara. Nenhuma vez na vida. Mas qual é a desta chuva?

— É isso o que me intriga — retrucou Orlu.

Sunny estava prestes a dizer alguma coisa quando Sugar Cream apareceu atrás dela. A mulher carregava um guarda-chuva branco, vestia calças brancas e um top comprido com franjas. Ela cheirava a flores, inclusive na chuva.

— Eles estão prontos para recebê-los — anunciou ela. — Acompanhem-me.

A biblioteca parecia diferente; as pessoas não estavam sorrindo, e ninguém falava, até mesmo quando chegaram à universidade, no segundo andar. Os estudantes andavam muito próximos uns dos outros, as cabeças lado a lado, sussurrando. E, quando viram os quatro, ficaram os encarando. Alguns até lhes deram falsos sorrisos reconfortantes.

Para surpresa de Sunny, havia baldes e toalhas por todo o piso e nas escadas, por causa das goteiras. Ela imaginara que, de todos os lugares, a biblioteca provavelmente estaria protegida contra algo tão simples quanto chuva forte. Ela esperava que os livros estivessem a salvo.

Eles acompanharam Sugar Cream até uma porta larga no terceiro andar.

— Comportem-se da melhor maneira possível — ordenou ela severamente. — Não façam perguntas até que lhes seja dada permissão.

Sugar Cream abriu a porta. Outra floresta interna. Sunny teve de se esforçar para não gemer. Ela se lembrou da tenda no Festival de Zuma, e *aquilo* lhe trouxe lembranças do terrível mascarado.

Mas aquela floresta era mais controlada: a folhagem crescia somente em volta dos cantos do cômodo. Um tucano estava empoleirado numa árvore perto de uma janela. O pássaro olhou para eles com desconfiança. No centro do cômodo havia uma enorme mesa oval. Em volta dela, havia sete pessoas sentadas, todas anciãs, exceto Taiwo, Kehinde e Anatov. Sugar Cream fez um gesto para que eles ocupassem os quatro assentos vagos.

Uma mulher encurvada, de pele preta e cegos olhos leitosos riu alto. Depois disse alguma coisa que Sunny não conseguiu entender. A língua que ela falava parecia cheia de cliques, provavelmente era xhosa. O homem ria tanto que mal respirava, e batia na mesa com a mão enrugada. Sugar Cream sentou-se em uma cadeira ao lado da mulher cega e disse alguma coisa. Sunny somente entendeu a última palavra: "inglês". Duas das acadêmicas na outra cabeceira da mesa soltaram muxoxos altos.

A mulher cega disse alguma coisa em sua linguagem dos cliques, e o velho ao lado acrescentou um comentário, apontando de modo acusador para Sasha. Sugar Cream reagiu de forma suave. Os dois velhos do outro lado da mesa começaram a participar da conversa. Um deles trocava de uma língua para outra e começou a falar algo que parecia ser francês. Kehinde, Taiwo e Anatov permaneceram calados.

À medida que a conversa acalorada prosseguia, o tucano deu um chiado e voou em círculos até a mesa. Então pousou num assento vazio perto das duas mulheres sentadas na cabeceira. Sunny soltou um arquejo quando o pássaro lentamente cresceu e se transformou em um velho de nariz comprido e olhos verdes, e que parecia ser do Oriente Médio. Vestindo turbante e cafetã brancos, ele espalmou as mãos na mesa e fez uma cara feia para Sasha.

Sugar Cream disse educadamente em inglês:

— É assim que tem de ser. Sasha é dos Estados Unidos. E esta daqui também é de lá, apesar de também ser igbo e de falar a língua.

O homem tucano riu com desdém.

— Não somos ensinados a compreender os outros, somos ensinados a esperar que *os outros* nos compreendam — afirmou em inglês o homem. Ele bufou e disse: — Americanos.

— Ei — replicou Sasha, que estava ficando irritado. — Não sou surdo! Não insultem meu país.

— Sim — retrucou o homem tucano. — Você *é* surdo. Burro e cego também! Agora, *cale-se*!

Irritado, Sasha deu um salto.

— Sasha, *sente-se* — ordenou Anatov, com firmeza.

— Agora! — disparou Kehinde, apontando um dedo comprido.

Sasha se sentou, claramente furioso. Havia inclusive lágrimas em seus olhos.

— Deixe-me abrir seus ouvidos, mente e olhos um pouquinho — falou o homem-tucano, que se inclinou para a frente. *Seu* amado país, os Estados Unidos da América, tornou Chapéu Preto economicamente rico o bastante para levar o plano dele adiante.

— Não nos adiantemos, Ali — comentou Sugar Cream.

— Na verdade, estamos muito atrasados — retrucou Ali, que virou o rosto e tocou seu longo nariz com o polegar.

Sugar Cream se levantou e ficou atrás dos garotos.

— Estes são os quatro meninos do clã *Oha* que foram reunidos para lidar com Chapéu Preto — afirmou ela. Ela tocou na mão de cada um deles. — Sasha Jackson. Sunny Nwazue. Chijioke de Nimm. E Orlu Ezulike. Se vocês têm alguma objeção, manifestem-se.

O cômodo permaneceu silencioso, mas Sunny podia sentir o escrutínio profundo. As duas mulheres à esquerda haviam fechado os olhos. A cega tinha virado um dos ouvidos em sua direção. O velho ao lado estava olhando fixamente. E Ali, o homem-tucano, cantarolava para si mesmo. Uma brisa suave soprou pelo cômodo, fazendo farfalhar as folhas das palmeiras que ficavam nos cantos.

— Aquele dali carrega raiva — disse Ali, apontando para Sasha. — Por coisas muito, muito pequenas, como seu país e sua consciência com relação à política.

— Eles brigam muito — afirmou a mulher cega.

— Mas fazem as pazes na mesma medida — contemporizou uma das mulheres à esquerda. — Também há amor.

— E luxúria — acrescentou Ali, rindo maliciosamente. — Isso é bom.

— Ahã — concordou uma das mulheres na cabeceira. — Você tem razão, Ntombi e Ali: amor e luxúria. Eles têm um sistema equilibrado.

— Caso contrário, estarão mortos assim que encontrarem Chapéu Preto — afirmou Ntombi.

— Então, esta é a neta de Ozoemena, não é? — perguntou a mulher cega, balançando a cabeça para Sunny. — Não se parece nada com ela.

Como ela consegue perceber?, pensou Sunny, irritada.

— Eu *nasci* cega, mas enxergo melhor que qualquer pessoa neste cômodo — disparou a mulher cega. Sunny sentiu o rosto corar, e ficou cabisbaixa.

— De que importa o fato de ela não ser parecida com a avó? — comentou Ali. — Ouvi dizer que ela é uma atleta, assim como Ozo.

— Aquela dali — falou o homem ao lado da mulher cega, apontando para Chichi — é ágil, ágil, ágil e afiada como uma espada feita em Ginen.* — Ele espalmou as mãos uma contra a outra. — Ah, estou muito impressionado. Mas sangue azul significa perigo a mais para ela.

— A ascendência nobre significa que ela tem uma responsabilidade nobre também — comentou Anatov, falando pela primeira vez desde que haviam entrado ali.

— A agente livre — disse a mulher cega. A voz dela estava trêmula. — Ela... ela já viu. — Todos ficaram em silêncio. — Não é mesmo? — indagou a mulher cega.

— Vi o quê? — perguntou Sunny, sentindo um nó na garganta.

— Você sabe do que estou falando — retrucou a mulher. — É por isso que todos estão aqui hoje. É por isso que Chapéu Preto vem sequestrando, matando e mutilando crianças. Ele é apenas uma pata da centopeia, e a cabeça da centopeia ainda está por emergir.

— Vai acontecer? Com certeza? — perguntou Sunny.

— Vai — respondeu a mulher cega simplesmente.

— Você viu de verdade? — indagou Ali pela primeira vez, com um tom de voz suave. Sunny assentiu. — Sinto muito. Ninguém tão jovem quanto você deveria presenciar o fim do mundo.

— O começo — corrigiu a mulher cega.

— Será que alguém pode falar claramente? — reclamou Sasha. — Nos disseram que devemos lutar contra Chapéu Preto. Nós quatro, e não vocês. Sunny é a mais nova, e Chichi, a mais velha. — Ele olhou para Chichi, mas ela não disse palavra. — Ou talvez

---

* Na religião vudu, a África cósmica, lugar sagrado onde habitam os espíritos. (N. do T.)

ela seja a mais nova, e eu, o mais velho. Tenho 14 anos e meio. Por que nós? O que podemos fazer? Quem é Chapéu Preto?

— Ele tem razão — disse Orlu, se levantando. O garoto colocou uma das mãos sobre o ombro de Sasha, um sinal para que ficasse calado. — Precisamos de informações. — Ele se dirigiu às duas mulheres à esquerda e ao homem-tucano. — Grande *Oga* Ntombi, *Oga* Bomfomtabellilaba, *Oga* Ali. — Ele se virou e se dirigiu à mulher cega e ao homem ao lado desta. — E Grande Grande *Oga* Abok e *Oga* Yakobo, vocês todos são muito, muito velhos, e mais sábios do que jamais poderemos imaginar. Vocês viajaram longas distâncias. Mas o que parece claro para vocês é confuso para nós.

"Por favor, expliquem como Chapéu Preto é apenas uma pata da centopeia, como você disse, *Oga* Abok. Por que nós temos de fazer isso, e não um grupo de pessoas mais velhas e mais sábias? Contem o que nós temos de fazer!"

Orlu se sentou, e fez-se silêncio no cômodo.

— É um sistema equilibrado, está vendo? — indagou a mulher que Orlu chamara de Bomfomtabellilaba.

Abok, a mulher cega, falou:

— Vai haver um holocausto nuclear, mas também haverá outra coisa. Ela trará o verde, e tudo mudará. Muitas leis da física vão se alterar e virar outra coisa. Este lugar vai virar outro lugar. Sunny não é a única que viu isso. Vários anciãos também já viram.

"Mesmo que Sunny soubesse ou não, ela *sempre* foi uma pessoa-leopardo. Assim como a avó dela sempre foi. Todos os agentes livres são o que sempre foram: leopardos. E ela é uma criança do mundo físico e do mundo espiritual. Sunny, você tem amigos e inimigos no mundo espiritual, pois antes de nascer, você foi uma pessoa importante ali. Que tipo de pessoa era você? Bem, isto é algo que vai ter de descobrir. Um amigo ou inimigo lhe mostrou aquela visão na vela. Aquilo mudou algo em você, não?"

Sunny assentiu. Aquele havia sido o primeiro sinal de quem ela era.

— Agora, como eu disse, muitos sabem o que está por vir. Alguns veem que podem tirar vantagem disso. Imaginem que, em meio a todo o caos, chega alguém com um projeto lógico de uma nova ordem. O que vocês fariam? Seguiriam essa pessoa, não? Quanto mais próxima estiver a mudança, mais veremos pessoas do tipo de Chapéu Preto. Digo que ele é uma pata da centopeia porque acredito que ele seja um de muitos, um subordinado. Acima dele na hierarquia está o verdadeiro líder.

"O nome verdadeiro de Chapéu Preto é Otokoto Ginny. Como vocês sabem, ele passou do quarto nível, o que significa que ele é expert; ele é mestre; ele é poderoso. Mas algo deu errado, e agora ele é corrupto também.

"Otokoto era um negociante de petróleo nigeriano que fazia grandes transações com os americanos. Mas ele aspirava mais que a fortuna, assim como buscava mais que meros *chittim*. Ele queria poder. Esse ainda é seu maior desejo, e esse desejo o expôs a terríveis poderes da Terra. Existe um juju proibido, um juju negro. É um segredo antigo. Ele tinha apenas parte do juju e precisava do livro que roubou da biblioteca para conseguir o que faltava. O juju é para fazer a cabeça da centopeia atravessar: Ekwensu."

Chichi e Orlu arquejaram tão alto que Sunny deu um pulo de susto.

— Por que alguém *faria* isso? — indagou Orlu, com um tom de voz tenso. Chichi parecia estar prestes a chorar.

— A sede de poder conduz as pessoas a lugares sombrios, de morte — argumentou Abok. — Ele perdeu o controle de si mesmo. Ele está perdido. E vai tentar fazer isso. Especialmente agora que tem aquele livro. Se ele conseguir atravessar Ekwensu, ela irá construir um império. Ela já fez isso uma vez, há milhares de anos, e foi por pura coincidência que Ekwensu foi mandada de volta. — Abok fez uma pausa. — Dizem que foi uma combinação de raios, uma garota raivosa e determinada, uma manga podre e o timing perfeito.

"O que se espera de vocês quatro é simples. Duas crianças foram levadas. Isso aconteceu há duas horas. Sua missão é devolver essas crianças a salvo para os pais. Esta chuva não é nenhuma coincidência. Está sendo mandada por Ekwensu. Os trovões, os raios e a água limpam a atmosfera, em preparação para a chegada de Ekwensu. É como o desenrolar de um tapete vermelho para uma grande rainha. Estão vendo todas estas goteiras? Nenhuma chuva natural seria capaz de penetrar as paredes da biblioteca.

"Dentro de seis horas, Chapéu Preto vai fazer a cerimônia com essas duas crianças. Ele vai fazê-las beber Fanta misturada com pó de pemba branca, uma substância que vai aumentar a vida espiritual interior das crianças. Depois, vai matá-las. E, quando terminar a cerimônia, terá reunido forças suficientes para fazer Ekwensu atravessar."

— Ele vai... — Sunny hesitou. Mas ela precisava saber. — Ele vai me reconhecer?

Sasha, Orlu e Chichi olharam para ela, perplexos.

— É possível — afirmou Abok. — Apesar de você não se parecer com sua avó, há outras maneiras de reconhecer uma linhagem espiritual quando ela é forte.

— Como os encontramos? — perguntou Sunny, cerrando os punhos.

— Ele é dono de um posto de gasolina perto de Aba — respondeu Taiwo. — Comecem por ali, sigam seus rastros. Usem o elemento-surpresa. Ele é arrogante e não tem respeito pelos jovens. Não os estará esperando e, quando os vir, vai pensar que são inofensivos.

— E por que as pessoas não fizeram isso por... por todas as outras crianças? — indagou Sunny.

— Timing é tudo — explicou Abok. — Não era o momento.

— Tentamos com algumas pessoas, mas todas elas terminaram mal — acrescentou rapidamente Ali.

— Timing — repetiu Abok. — Desta vez vai dar certo.

— Esperamos que sim — comentou Ali.

Sunny franziu o cenho.

— Quer dizer que vocês mandaram outros grupos como nós antes? E...

— Mandamos e continuaremos mandando, até que Chapéu Preto seja derrotado — declarou Yakobo. — Há mais coisas em risco do que suas vidas.

— Chapéu Preto é um feiticeiro astuto — ressaltou Abok. — Ele tem proteção, mas estamos procurando brechas. As crianças que foram devolvidas com vida, ainda que mutiladas, foram todas resgatadas por clãs *Oha*.

— E aqueles que resgataram as crianças escaparam também? — perguntou Sunny.

Nenhum dos acadêmicos respondeu. Isso já era resposta o bastante.

Sunny segurou seu telefone bem junto da orelha e se virou de costas para os outros. Eles estavam no trem futum, acelerando estrada abaixo na chuva. Ninguém falou nada do outro lado da linha, mas a menina sabia que alguém estava escutando.

— Mãe, alô? Posso ouvir sua respiração.

— O que você quer? — indagou seu irmão Chukwu. — O que você aprontou? — Ouviu-se um barulho de briga. — Quero saber! — exigiu seu irmão.

— Me deixe falar com ela! — Sunny ouviu o irmão Ugonna pedir.

— Me deem o telefone! — Sunny ouviu a mãe disparar. — Sunny? — Sua voz soava embargada, e ela fungava alto. — Você está aí?

— Sim, mãe. — Silêncio. — Alô? Mãe? — Silêncio.

— Está... está chovendo aí? — A mãe finalmente perguntou.

— Sim.

— É claro que sim — respondeu baixinho a mãe de Sunny.

— Mãe, você... — Sunny tentou falar, mas alguma coisa parecia apertar de leve sua garganta. Era o pacto que fizera com Orlu e Chichi.

Silêncio.

— Ap-apenas volte para casa — sussurrou a mãe de Sunny. — Certifique-se de voltar para casa. — Silêncio. — Seja corajosa. Eu te amo.

Sunny desligou o celular, secou as lágrimas e removeu todos os questionamentos da mente. Ela precisava se concentrar. Virou-se para seus amigos.

— Me falem sobre Ekwensu.

— Ela é como Satanás para os cristãos — explicou Chichi. — Mas ela é mais real, mais tangível. Não é uma metáfora ou um símbolo. É um dos mascarados mais poderosos da vastidão. Se ela atravessar, se Chapéu Preto for bem-sucedido... pense naquilo que você viu na vela. Agora, visualize isso sendo controlado por um supermonstro enlouquecido que ninguém ou nada pode deter.

Faltavam vinte minutos para eles chegarem ao posto de gasolina. Sunny colocou as mãos na cabeça.

19

Sob o chapéu

Não foi difícil achar, mesmo com a chuva. Nunca é difícil encontrar problemas.

Tudo o que eles tiveram de fazer foi seguir a fila de carros, que começava onde o trem futum os havia deixado, e os conduzia até o posto de gasolina imaculado e brilhante. Eles se apertaram embaixo da enorme sombrinha preta de Sunny enquanto caminhavam, a sombrinha que antes Sunny costumava usar para se proteger do sol.

— Qual é o sentido em ficar nesta fila? — perguntou Sasha.
— Essas pessoas provavelmente vão atolar na lama no caminho de volta para casa. São ovelhas.

— Acho que o posto de gasolina está com preços muito baratos — disse Chichi.

— E daí? — retrucou Sasha, franzindo o cenho. — Será que realmente vale a pena?

— É difícil encontrar combustível — afirmou Chichi. — E combustível barato é ouro. — Ela fez uma pausa. — Fico imaginando se o fato de haver pessoas circulando por aqui contribui de alguma forma para os planos de Chapéu Preto.

— Provavelmente — comentou Orlu. Eles estavam quase chegando. — Parem. Esperem. — Orlu hesitou. — Atravessem a rua. Depressa.

Eles esperaram até que dois carros e um caminhão passassem a toda, jogando água neles. Rapidamente, atravessaram a rua correndo, e pararam em um estacionamento lamacento.

— Eca — reclamou Chichi, enquanto limpava a lama dos braços. — Que falta de educação!

— Agora isso não importa — disse Sunny. — Já estamos encharcados.

— O que foi, Orlu? — indagou Sasha.

— Não sei — respondeu Orlu. — Conforme nos aproximávamos, fui sentindo... Sabe, quando desfaço as coisas? Isso nem sempre é de modo voluntário.

— Tem algo lá? — perguntou Chichi. — Protegendo esse lugar contra pessoas-leopardo?

— Acho que sim — replicou Orlu. — Você não sentiu nada?

— Mas você consegue desfazer isso, certo? — perguntou Sasha.

— Estou com medo — respondeu ele, simplesmente. Sunny ficou enjoada. Orlu era uma pessoa orgulhosa. A coisa devia ser séria para que ele admitisse o próprio medo. Ele soltou um longo suspiro. — Se eu fizer isso... tudo começa. Eu sei.

— Então, faça logo — declarou Sasha. — É por isso que estamos aqui.

— E quanto ao elemento-surpresa? — indagou Sunny. Ela estava pensando em como a surpresa ajudara seu time de futebol a marcar o primeiro gol.

— Nem sempre conseguimos as coisas do jeito que queremos — argumentou Chichi.

— Vamos ser como caubóis entrando em um bar cheio de foras da lei — disse Sasha, rindo quase que de modo histérico. Ele estampava um olhar insano. — Esqueçam a surpresa. Vamos simplesmente invadir. Todos temos armas potentes. — Ele desembainhou sua faca juju. Sunny, Chichi e Orlu fizeram a mesma coisa.

Como a equipe que eram, eles bateram suas facas umas contra as outras. À medida que as facas se tocaram, elas pareceram se tornar uma só coisa: um ser composto de quatro pessoas. Todos eles deram um salto para trás e se entreolharam.

— Então, vamos — incitou Orlu rapidamente.

Sunny fechou a sombrinha, enterrou a ponta na lama e deixou-a para trás. Eles estavam com suas facas juju em punho.

As pessoas os observavam de dentro do conforto dos carros. Várias delas franziram o cenho, piscaram e esfregaram os olhos. Sunny podia imaginar o que eles viam: quatro crianças, sendo que uma delas parecia brilhar por conta da pele albina. De repente, os rostos das crianças pareciam máscaras cerimoniais, e seus movimentos mudaram radicalmente; no instante seguinte, eram apenas crianças novamente.

Mais que apenas algumas pessoas dirigiram para fora dali. Os que não queriam perder seus lugares na fila enfiaram os carros nas vagas criadas, desligaram o motor e saíram correndo. Outros se afundaram em seus assentos, mas não a ponto de não conseguir ver o que estava prestes a acontecer.

Quando os quatro estavam a alguns metros do posto, Orlu parou, estampando uma expressão de enjoo no rosto. Subitamente começou a se mexer: agarrando, lacerando, cortando e socando o ar tanto com a mão livre quanto com a que segurava a faca juju. Ele estava lutando contra alguma coisa. Gradualmente, caiu de joelhos, ainda lutando.

— Podemos ajudar? — gritou Sasha.

Orlu não respondeu. Sunny jamais o havia visto mover a mão e a faca tão rapidamente. Ele era como Bruce Lee, com a exceção de que Orlu não parecia tão confiante assim.

Depois, ela sentiu: uma mudança muito leve no espaço, como se eles tivessem sido deslocados cerca de trinta centímetros para a frente.

— Ei! Vocês viram isso?! — exclamou alguém atrás deles.

— O quê? — gritou outra pessoa.

— Vou dar o fora daqui!

Mais carros voltaram a ser ligados. Vários saíram de lá cantando pneus. Diante deles, pessoas ainda bombeavam gasolina em seus carros. Um grupo de homens deixou o posto de gasolina correndo. Ouviu-se o barulho alto de sucção. Orlu caiu estatelado no concreto encharcado.

— Orlu! — berrou Sunny.

Ele havia rolado e ficado de costas para o chão, respirando com dificuldade.

— Me ajude a levantar — pediu ele, com dificuldade.

Sasha e Sunny levantaram Orlu. Sua pele estava quente, e vapor exalava das roupas molhadas. Orlu se escorou nos amigos, esfregando os olhos. No mais, parecia bem. Olhou para o outro lado do posto de gasolina, apontou e disse:

— Vocês estão vendo? Ali.

Antes, havia simplesmente um lote de terra cheio de lixo e ervas daninhas. Agora, em meio ao lixo e às ervas daninhas, havia um trecho de grama selvagem e um *obi*. Mas não era um *obi* normal. Ele tinha o costumeiro telhado de sapê, mas era sustentado por vigas de aço; havia desenhos que tinham sido queimados no metal. Do lado de dentro, eles mal conseguiam distinguir um homem grande e dois vultos pequenos no chão. Raios estouraram pelos céus, seguidos um instante depois por uma trovoada de fazer tremer os ossos. Sunny pulou de susto e se agarrou com força a Orlu. Agora era *ele* quem *a* ajudava a ficar de pé.

— A tempestade está bem acima de nós — disse ele. — Este é o lugar.

Um borrão verde e amarelo saiu do *obi* e veio rápido na direção do grupo, chiando e grasnando. Sunny esfregou os olhos para se certificar de que realmente via uma revoada de periquitos raivosos.

— Almas da mata! — gritou Sasha.

— Estou vendo — falou Chichi, rapidamente enquanto segurava sua faca. A revoada fez um movimento em onda e circundou algumas árvores, dando piruetas em sua direção. — São cinco.

— Ei! Garotos! — gritou alguém. — Aonde vocês estão indo? — Era um dos capangas da loja de conveniência do posto de gasolina.

Orlu disparou a correr, e Chichi, Sasha e Sunny fizeram a mesma coisa.

— Vamos entrar — bradou Orlu.

— Nós lhe daremos cobertura — afirmou Sasha.

Sunny viu Sasha dar uma pirueta e talhar alguma coisa. Uma ferida se abriu em seu braço, assim que ele desapareceu em meio à revoada de pássaros verde-amarelos. Chichi lançou uma espécie de juju contra outro vulto preto, e depois também foi coberta pela revoada de periquitos. Antes que Sunny pudesse descobrir como se defender, uma coisa gelada lhe acertou a cabeça. Tudo ficou avermelhado e dolorido. Em seguida, Orlu a balançava e arrastava. Ela lutou contra a dor que persistia.

Eles correram em direção ao *obi*. Agora ela podia distinguir os vultos ali dentro. Eram crianças. Não tinham mais de 2 anos. Deitadas no chão. Uma usava um vestido, e a outra, apenas um short, sem camisa. Elas eram muito pequenas e inocentes, e, talvez, já estivessem mortas.

Eles entraram no *obi*.

O olhar de Sunny foi de encontro ao do homem que havia assassinado sua avó.

Chapéu Preto Otokoto tinha a pele escura, lisa e brilhante; seus músculos do braço eram tão grandes que esgarçavam a roupa; e ele tinha uma barriga de cerveja que era como um barril. Seu rosto de bochechas gordas não sorria, e seus olhos ficavam entre dobras de pele gorda. Ele encarou Sunny com fúria, e ela quase deixou cair sua faca juju.

— *Essa* é a última tentativa? — Ele riu, virando-se, como se eles fossem insignificantes. Chapéu Preto começou a desenhar algo com giz em volta das crianças. Atrás deles, Sunny podia ouvir Sasha e Chichi abrindo caminho enquanto lutavam contra as almas da mata, escapavam dos pássaros e faziam seus jujus para deter os capangas de Chapéu Preto.

— Se você se aproximar mais, vai arruinar o que já está em curso. Então vou ter de massacrá-los, além destas crianças. Deem o fora daqui — disse Chapéu Preto. Em seguida, pareceu falar com outra pessoa. — Vocês podem sair também. Estas crianças são inofensivas. Fiquem de olho em ameaças reais — mandou ele. Toda a comoção e a grasnada atrás de Sunny imediatamente cessaram quando as almas da mata obedeceram. Até os capangas de Chapéu Preto voltaram para o posto de gasolina. Sasha e Chichi entraram correndo no *obi*.

— *Que diabos você fez?* — berrou Chichi no instante que viu as crianças. — Seu *desgraçado* maligno!

Sasha deu uma olhada nas crianças, retirou algo do bolso e soprou. Era o búzio que ele havia comprado do Homem das Tralhas. Seu som grave e gutural fez a cabeça de Sunny vibrar.

— Vá agora! — berrou Sasha. — Tirem o sangue do Otokoto.

Todos os insetos existentes ali obedeceram, como se soubessem que o mundo dependia daquilo. O ar ficou preto por conta do enxame, ao passo que os bichos tentavam picar, morder ou defecar em Chapéu Preto. Surpreendido, ele gritou e cambaleou para trás. Orlu e Sunny pegaram uma criança cada um. Sunny pegou o menino. O corpo estava mole quando ela o segurou, a pele, gelada. Ele estava morto.

Chapéu Preto gritou alguma coisa em uma língua que Sunny não entendeu, e todos os insetos caíram no chão, mortos. Ele ergueu uma das mãos, e o búzio de Sasha virou pó. Ele lançou um olhar de fúria para Chichi e Sasha.

— Vocês são tão patéticos quanto homens-bomba — zombou Chapéu Preto. — Assim como eles, vocês irão morrer em vão.

Sasha ergueu sua faca juju. Chapéu Preto riu e fez a mesma coisa. Orlu e Sunny saíram com as crianças. Quando chegaram a alguns arbustos que estavam a metros de distância, colocaram as crianças no chão.

— Elas não estão vivas! — exclamou Sunny, secando freneticamente a chuva de seu rosto. — Elas estão mortas! Chegamos tarde demais! Elas estão mortas! Nós... Sasha...

— Cale a boca! — repreendeu Orlu. — Saia daqui. Vá ajudar os outros.

Ela deu um gemido quando olhou em direção ao *obi* onde Sasha e Chapéu Preto travavam um tipo de batalha de jujus. Sasha estava lentamente afundando no chão enquanto uma nuvem branca pairava a seu redor. Mas o garoto ainda segurava sua faca. Sunny não conseguia ver Chichi.

— Elas estão mortas! — berrou Sunny. — Vamos todos morrer! Por que viemos até aqui?

Orlu se ajoelhou na lama ao lado das crianças. Colocou sua faca no chão e bateu palmas altas, com as mãos molhadas. Arregaçou suas mangas, balançou as mãos e secou o rosto. Um raio brilhou e foi imediatamente acompanhado por uma estrondosa trovoada e uma chuva mais forte ainda.

— Orlu, o que vamos fazer com... *Orlu?*

Ele estampava um olhar distante no rosto, o mesmo que estampara no Festival de Zuma quando lidou com o mascarado. O garoto começou a balançar para a frente e para trás, desenhando símbolos na lama com o dedo; os desenhos se dissolviam na lama segundos depois.

— Saia daqui — disse Orlu, com calma, sem olhar para Sunny. — Estas crianças estão mortas. Não sei o que estou fazendo, mas tenho de fazer isso sozinho.

Sunny se virou, prestes a sair correndo dali.

— Espere — pediu Orlu. — Arranque uma de suas tranças.

Sunny arrancou uma trança. Ela estava num estado de choque tão grande que nem sentiu a dor.

— O cabelo de alguém que caminha entre mundos — falou ele, pegando a trança. — Agora, saia daqui.

Sunny não tinha um plano. A chuva agora era um dilúvio. As crianças estavam mortas. Chapéu Preto estava matando Sasha. Onde estava Chichi? Sunny entrou no *obi* bem a tempo de ver um raio vermelho sair da faca juju de Chapéu Preto e atingir Sasha em cheio no peito. O garoto saiu voando do *obi* para a chuva, derrapando de costas na lama. Depois, ficou imóvel.

Sasha!, gritou Sunny em sua mente. Ela agarrou sua faca juju. Não tinha a intenção de usá-la para fazer encantamentos. Ela ia enterrá-la nas costas de Chapéu Preto.

— *Sou uma princesa de Nimm!* — berrou Chichi, que estava de pé na entrada da frente. Ela cortou o ar com sua faca, da esquerda para a direita, e gritou algumas palavras em efik. Depois, enfiou a faca com força do chão de concreto do *obi*. A lâmina faiscou, mas não quebrou. — Este feitiço é da avó de Sunny, Ozoemena, que o repassou para minha mãe, contra você, Chapéu Preto Otokoto.

Chapéu Preto encarou Chichi como se a visse pela primeira vez. Chichi balançou a cabeça, com um olhar selvagem no rosto. Em seguida, vieram as cores. Vermelho, amarelo, verde, azul, roxo. Elas lançaram uma onda de calor que atingiu Sunny enquanto passavam por ela e iam bem na direção de Chapéu Preto. À medida que as cores envolviam Chapéu Preto, ele soltava gritos agudos.

— Os pecados do passado sempre voltam para nos assombrar — garantiu Chichi.

Chapéu Preto continuava a soltar gritos agudos; fumaça saía de sua pele, e suas roupas pegavam fogo enquanto as cores o atacavam. Uma de suas orelhas caiu no chão. Chichi rapidamente correu para um lado enquanto ele saía correndo do *obi* e ia para a chuva. As gotas d'água emitiam chiados e evaporavam quando lhe tocavam a pele. Mas, em seguida, seus gritos viraram risadas. Era um som muito, muito horrível.

— Vocês podem me matar — disse ele, a voz como um gargarejo. Ele soltou uma tosse úmida e riu de novo. — Sou apenas um receptáculo! Chegaram tarde demais! — Ele jogou a cabeça para trás e gritou: — *EkwensUUUU!* — Chapéu Preto escancarou um sorriso para Chichi, com a boca cheia de dentes agora.

— Não! — gritou Sunny, conforme Chapéu Preto levava sua faca ao pescoço e cortava a própria garganta.

— Eu só precisava de mais *uma morte* — anunciou Chapéu Preto, com sua voz gorgolejante. Ele caiu no chão, com o sangue e a vida escorrendo dele.

Silêncio. O olhar de Sunny encontrou o de sua amiga, e mesmo na chuva ela conseguia perceber que Chichi chorava.

Subitamente, o chão tremeu com a batida mais aterrorizante que ela já tinha ouvido. *TUM! TUM! TUM!*

— Sunny! — berrou Chichi. — Me ajude! — Ela havia corrido até Sasha e estava tentando arrastá-lo de volta até o *obi*.

— É tarde demais! — bradou Sunny por cima da batida grave, que vinha de tudo ao redor. Sunny agarrou Sasha pelas axilas. Chichi pegou-o pelas pernas. Elas arrastaram Sasha para dentro. Em seguida, Chichi se ajoelhou ao lado do garoto e checou seu pulso.

— Ele está vivo — afirmou ela, com os olhos arregalados e trêmulos.

Do lado de fora, a cada batida, a lama se elevava, tornando-se um cupinzeiro cada vez mais alto.

— Ai, meu Deus, ela está vindo — avisou Sunny, gemendo.

— Se prepare — disse Chichi, com uma expressão irritada. — Onde está Orlu?

— Lá fora. Com as crianças. Do outro lado, perto dos arbustos.

Sunny não conseguia tirar os olhos do que estava acontecendo. A chuva forte alagava o chão. Os raios e trovões haviam se tornado uma coisa só. Mas nada abafava a batida ritmada do mascarado. O cupinzeiro agora tinha quase um metro de altura e empurrava o corpo de Chapéu Preto para o lado ao crescer.

Chichi soltou xingamentos enquanto dava tapas na bochecha de Sasha.

— Sasha, acorde! — Ela lhe abriu os olhos com os dedos. Só se via o branco, e nada mais.

O cupinzeiro agora tinha mais de 1,80 metro. Cupins saíram zumbindo dali, mas a chuva fazia com que caíssem na lama. Uma coisa enorme estava emergindo. A coisa se parecia com um feixe bem amarrado de folhas de uma palmeira morta e seca que estalava. As folhas estalaram mais ainda quando foram atingidas pela chuva. Chichi pegou a mão de Sasha e, depois, a de Sunny.

— Ele conseguiu — lamentou ela. — Nós fracassamos.

Sunny ficou sem palavras, congelada de pavor. Uma monstruosidade crescia diante dela. O mascarado Aku não era *nada* comparado a Ekwensu. Ela tinha uma maldade tão arraigada que seu nome era raramente pronunciado, mesmo no mundo das ovelhas. À medida que sua forma monstruosa crescia, ela começou a exalar um cheiro: um cheiro oleoso, gorduroso, como o cano de escapamento de um carro.

Ekwensu tinha mais de 30 metros de altura, e cerca de 15 de largura. Era toda feita de feixes de palma bem amarrados.

— Arraste-o para trás — disse Chichi subitamente. — Vá para trás.

— O que vamos fazer? — perguntou Sunny, enquanto elas arrastavam Sasha para o centro do *obi*.

— Reze — retrucou Chichi. — Não adianta correr.

Por mais de um minuto, a coisa horripilante que era Ekwensu simplesmente ficou parada de pé. Em seguida, veio uma rajada de vento, e Ekwensu começou a cair lentamente. Quando ela atingiu o chão, água e lama foram lançadas em todas as direções.

As duas garotas se jogaram em cima de Sasha. Chichi limpou a lama de seu rosto para que ele não sufocasse.

As batidas de tambor pararam. Os trovões também. Sunny tirou a lama de seus braços, pernas e rosto, e lentamente se levantou.

— Ele está morto? — sussurrou ela. Sunny ainda tinha esperanças. Quem sabe Chapéu Preto não fizera o juju direito, ou talvez tivesse se apressado demais.

Mas, então, a flauta começou a tocar.

Era uma música inquietante, que fez com que Sunny tivesse vontade de sair em disparada na direção contrária, gritando. Era a música dos pesadelos; rápida e melodiosa e cheia de avisos, como o canto doce de um pássaro que alegremente conduz o demônio para dentro do quarto.

A princípio de modo lento, Ekwensu passou a girar. Levantando lama e plantas encharcadas, a coisa monstruosa gemeu, um gemido grave e potente, que parecia vir de outro lugar. Ela começou a girar mais rápido. E mais rápido, e mais rápido.

Em pouco tempo, o ar estava vermelho por conta da lama que voava. O vento de Ekwensu atravessou rapidamente o *obi*. Ela girava tão rápido que estava conseguindo se levantar. Ali estava ela, de pé, girando como um esfregão gigante de lava a jato. A música da flauta incitou-a a dançar, e as batidas dos tambores recomeçaram. Em volta da área ao ar livre em frente ao *obi*, a alguns metros do posto de gasolina, ela dançou, espalhando lama, água e plantas desenraizadas e tufos de grama.

Ekwensu soltou um grito muito agudo, como se avisasse à Terra que estava de volta. E tudo passou a tremer com tanta força devido ao som grave dos tambores que o *obi*, mesmo com suas fundações de aço, começou a ruir. Sunny sentiu aquilo no fundo de seu âmago, logo abaixo do coração: uma vibração e, em seguida, uma batida. Ela levou as mãos contra o peito.

Sunny se levantou.

Seu corpo parecia leve. Ela se sentia forte. Sunny percebeu que, acima de tudo, não queria morrer toda encolhida, com medo, impotente. Ela ia sair e enfrentar Ekwensu, que se danassem as consequências.

Frequentemente a menina se perguntava como reagiria se estivesse correndo risco de vida. Se ela estivesse sob a mira de uma arma em uma estrada escura durante o roubo de um carro, será que seria capaz de olhar o ladrão bem nos olhos e negociar por sua vida? Ou, se visse uma criança se afogando em um rio, será que pularia para salvá-la? Agora tinha a resposta. Reunindo tudo o que havia aprendido nos últimos meses, decidiu sair do *obi*.

Um passo de cada vez, aproximou-se de Ekwensu, que estava tão contente pela volta ao mundo físico que só percebeu a presença de Sunny quando a menina estava de pé a sua frente.

Instintivamente, Sunny evocou sua cara espiritual. Naquele instante, o medo que ela sentia se esvaiu: o medo da maldade de

Ekwensu, de ser esfolada viva pelas folhas de palmeira do monstro, de sua família receber a notícia de sua morte, de o mundo acabar. Tudo simplesmente evaporou. Sunny sorriu. Ela sabia como o mundo iria acabar. Ela sabia que um dia iria morrer. Ela sabia que sua família sobreviveria se ela morresse agora. E ela se deu conta de que conhecia Ekwensu.

E Sunny a detestava.

Ekwensu parou de dançar. Ela não tinha olhos visíveis, mas estava olhando para baixo, na direção de Sunny. Relaxando os ombros e a mente, Sunny deixou Anyanwu, seu espírito, seu *chi*, o nome do seu outro eu, guiá-la.

Sunny agarrou com força sua faca juju. Seus movimentos eram ágeis. O mundo mudou. Subitamente, todas as coisas eram... mais. Elas estavam na grama alta sob a chuva, mas também estavam em outro lugar, onde as cores pulsavam, onde havia verde, verde demais.

Ekwensu soltou um uivo e começou a girar de novo, mais rápido que antes. Sunny sabia que tinha apenas uma palavra a dizer. Ela a pronunciou em uma língua que Sunny sequer sabia que existia.

— Volte — disse ela.

Ekwensu deu um grito agudo e açoitou Sunny para um lado com várias folhas de palmeira. A menina voou para trás, batendo contra uma árvore. Ekwensu girou mais rápido. Mas não importava o quão rápido Ekwensu girava, pois ela estava afundando. Sunny se esforçou para levantar. Conforme via Ekwensu afundar, lembrou-se da morte da Bruxa Má do Oeste em *O mágico de* Oz. Ekwensu não estava derretendo, mas parecia que estava, à medida que afundava na lama molhada e vermelha.

Ela desapareceu.

— Ótimo — sussurrou Sunny.

20

Vejo você

Tudo se acalmou. Lama e plantas e pequenas árvores caíram do céu. O barulho cessou, exceto pelo som dos *chittim* caindo aos pés de Sunny. A forte pressão provocada pelo medo desapareceu. Em seu lugar veio uma dor na lombar, também uma sensação generalizada de dor por todo o corpo de Sunny.

— Chichi!

— Aqui! — respondeu Chichi.

Sunny escorregou e caiu na lama duas vezes antes de chegar ao *obi*.

— Acho que ele está recobrando a consciência — disse Chichi. — Vá encontrar Orlu!

Sunny cambaleou para fora do *obi*. Orlu ainda estava lá com as duas crianças, mas tudo havia mudado.

Elas estavam vivas.

Ambas olharam para Sunny com uma desconfiança aterrorizada enquanto se agarravam ao peito e à perna de Orlu.

— *Orlu!* — A pele marrom-escura estava coberta de lama, e seu corpo, imóvel demais.

— Não o machuque! — exclamou uma das crianças, que se agarrou com mais força ainda a Orlu enquanto Sunny se aproximava. A criança beijou a bochecha do garoto, cobrindo seus lábios de lama, e fez uma cara assustada para Sunny. — Não machuque nosso anjo. Por favor!

— Não vou machucá-lo — disse Sunny com voz suave. — Ele é meu amigo. Seu nome é Orlu.

— Oh-lu — disse a outra criança, que também beijou o garoto. A criança cuspiu a lama de seus lábios, limpou o rosto de Orlu e tornou a beijá-lo.

Lentamente, Sunny se ajoelhou ao lado das crianças e sentiu o rosto de Orlu com as mãos. Ainda estava morno. Ela lhe tocou o peito e sentiu o coração bater forte.

— Graças a Deus, graças a Deus — falou Sunny aos soluços. Ela sussurrou o nome de Orlu nos ouvidos dele e sacudiu-o de leve. Quando nada aconteceu, ela beijou seu ouvido e sussurrou seu nome outra e outra vez. Quando mesmo assim ele não reagiu, ela o sacudiu com força, começando a entrar em pânico.

— O que foi? — disse ele, finalmente. Seus olhos se abriram, e ele olhou para Sunny. Orlu se virou para as crianças. — O que aconte... funcionou?

Sunny assentiu, com os olhos rasos d'água.

Orlu ergueu uma de suas mãos e limpou um pouco da lama do rosto de Sunny. Ela se inclinou para a frente e o abraçou por um longo tempo.

— Você consegue ficar de pé? — perguntou ela, por fim.

— Sim — respondeu ele. Sunny quase teve de arrastá-lo para que ele conseguisse se levantar. — Elas estavam mortas — contou ele, enquanto se levantava. — Eu reverti... Agora elas estão vivas. — Ele riu e apontou para uma enorme pilha de *chittim*. — Desmaiei enquanto os *chittim* caíam.

Eles caminharam até o *obi*, e as crianças foram logo atrás.

— Chapéu Preto conseguiu fazer Ekwensu atravessar — afirmou Sunny. — Ele tirou a própria vida para fazer isso. — Sunny se sentiu um tanto enjoada. — Eu... alguma coisa aconteceu onde eu... Eu não sei, mas consegui mandá-la de volta.

Orlu olhou para Sunny fixamente por um instante.

— Os anciãos nos mandaram até aqui por um motivo.

Sasha estava sentado no chão, esfregando o peito quando eles entraram. Ao lado dele havia uma poça de vômito. Quando ele e Chichi viram Orlu e as crianças, sorriram.

— Sasha, você está bem? — indagou Sunny.

Ele assentiu, olhou para o próprio vômito e deu de ombros.

— Ela usou o pó das Mãos Curadoras em minha *cabeça*. Acho que finalmente aprendeu a fazer isso funcionar... bem até demais.

Chichi riu.

— Bem, pelo menos você está vivo.

— Vamos recolher nossos *chittim*. Um carro do conselho provavelmente vai chegar aqui em breve — comentou Orlu.

— Como vamos carregar tudo isso? — perguntou Sunny, vendo no largo caminho até o posto de gasolina outra pilha de *chittim*, que havia sido dada a Chichi e Sasha, e ainda outra pilha no *obi*, enviada a Chichi quando ela usou sabe-se lá qual juju contra Chapéu Preto.

A van do conselho da biblioteca chegou meia hora mais tarde. Sunny riu. Esperava que viessem a toda pelo menos dez carros do conselho, trazendo todos os acadêmicos da África Ocidental. Tolice de sua parte.

— Desculpe o fato de estarmos todos enlameados — pediu Orlu ao motorista. As crianças estavam agarradas a suas pernas.

— Não tem problema — retrucou o homem. — Está chovendo.
— Pelo sotaque, Sunny pôde perceber que era do Caribe. — En-

trem — disse o motorista. — Não se preocupe, cara. Lama não é tinta, sabe?

Na van, as crianças se recusaram a sair do lado de Orlu. Elas se aconchegaram a seu corpo no banco de trás e logo dormiram profundamente.

— Então sua mãe passou a você aquele feitiço? — perguntou Sunny para Chichi.

— Minha mãe conhecia sua avó — respondeu Chichi. — Mas não intimamente. Sua avó apareceu para minha mãe ontem à noite em uma visão e disse para ela o feitiço, e ela repassou para mim. Minha mãe o chamou de um "traz de volta". Somente acadêmicos poderosos conseguem fazer esses feitiços. Depois que eles morrem, repassam o feitiço para alguém que esteja vivo, e quem quer que seja o alvo do juju vai ver seus piores pecados voltarem, se assim desejar a Terra.

— Um clássico — comentou Sasha. — Os pecados de Chapéu Preto realmente voltaram para assombrá-lo.

— Me pergunto como será que os outros clãs *Oha* conseguiram libertar aquelas outras crianças — disse Chichi.

— Chapéu Preto provavelmente matou os membros desses clãs em vez de matar as crianças, usando a vida destes para abrir ainda mais o caminho. Mas as vidas provavelmente não tinham o mesmo efeito que as das crianças — comentou Orlu.

O motorista parou na delegacia de Aba e saiu da van.

— Você — falou o motorista para Orlu —, ajude-me a levá-las para dentro. Deixe que eu falo com os policiais.

Orlu assentiu enquanto o motorista cuidadosamente pegou o menino. Orlu carregou a menina. Eles ficaram meia hora na delegacia.

— Passamos por um interrogatório pesado — comentou Orlu, enquanto dirigiam para longe dali. — Apenas dissemos a eles que encontramos as crianças caminhando a esmo perto do posto de gasolina. Nem me dei o trabalho de explicar por que eu estava coberto de lama. Motorista, eles vão ficar bem, certo?

— Certo como o tipo certo de chuva — retrucou o motorista. — Que criancinhas duras na queda aquelas...

Orlu havia ficado apegado às crianças, e elas, a ele. Aquilo fazia sentido; ele as trouxera de volta à vida. Sunny deu um tapinha no ombro do amigo.

— Foi melhor assim. Elas têm de voltar para casa, para suas famílias.

— Espero que não tagarelem sobre o que viram — comentou Sasha.

— Por mais que elas queiram, não têm vocabulário para descrever tudo o que viram, na verdade — garantiu Chichi. — E quem vai acreditar no que diz uma criança pequena?

— Ei, este caminho nos levará até Leopardo Bate? — indagou Sunny. Eles tinham entrado em uma estrada estreita e esburacada, ladeada pela floresta. Sunny podia jurar ter visto um macaco azul balançando em um galho.

— Vai, sim — disse com indiferença o motorista. — Somente oficiais podem entrar por este caminho.

Sunny olhou atentamente para fora da janela. Alguns minutos depois, eles se aproximaram de uma larga ponte de concreto que cruzava o rio. Todos fecharam os olhos, inclusive o motorista. Ele até tirou as mãos do volante. Sunny manteve os olhos abertos. Considerou perguntar o que estava acontecendo. *Que nada, vou ficar apenas olhando*, pensou Sunny. No instante que o carro entrou na ponte, Sunny sentiu sua cara espiritual surgir. Era involuntário. Ela olhou à volta. As caras de todos também haviam mudado!

A cara de Orlu era quadrada e de um verde vivo. Ela era decorada com milhares de símbolos ondulantes em nsibidi, pequenos demais para que ela conseguisse lê-los. Sasha tinha a cabeça de madeira de um papagaio de expressão feroz, com um bico grosso de um amarelo vívido, e o restante da cabeça em um tom vibrante de vermelho. Ela já havia visto a cara espiritual de Chichi, comprida e feita de mármore. Não podia ver a cara do motorista porque ele estava no banco da frente. Em seguida, eles estavam sobre a ponte. Sunny rapidamente fechou os olhos e fingiu abri-los com os demais. Ela olhou para fora da janela, sentindo-se envergonhada e um tanto culpada. O que vira era algo muito, muito íntimo. Mas ela estava contente por ter olhado.

Quando chegaram à Biblioteca de Obi, o sol começava a despontar.

— Seus *chittim* vão ser levados até suas casas — disse com indiferença o motorista.

— E quanto aos meus? — indagou Sunny. — Meus pais não vão saber do que se trata.

— Já cuidamos disso — retrucou ele. O motorista saiu dirigindo sem se despedir. Nenhum deles se importou realmente. Quando entraram na biblioteca daquela vez, a mudança era óbvia. Apesar de ainda haver vários baldes embaixo de goteiras, as pessoas estavam caminhando pela biblioteca rapidamente e conversando de forma animada: alguns pareciam agitados; outros, felizes. A notícia havia chegado rápido.

Samya deu um pulo de susto atrás da mesa com a placa WETIN quando os viu.

— Vocês chegaram! — exclamou ela. As pessoas ficaram olhando. Samya correu em sua direção. — Venham!

Mais uma vez, eles foram conduzidos até o terceiro andar, não ao quarto. Ao escritório de Sugar Cream, que se levantou e foi apressada até eles.

— Samya — disse ela —, arrume roupas limpas para eles.

— Sim, *Oga* — respondeu Samya, e saiu.

— O que aconteceu? — perguntou Sugar Cream. — Contem-me tudo.

Eles levaram meia hora para contar toda a história. Samya veio com uma pilha de roupas, que deixou no chão, ao lado da cadeira de Sugar Cream.

— Vocês quatro fizeram um trabalho *excelente* — comentou Sugar Cream quando terminaram. — E você, Sunny, incutiu o medo mais profundo em Ekwensu. Mas por conta do que Chapéu Preto fez, agora será mais fácil para ela retornar, e ela vai começar a reunir forças no mundo espiritual. Então, aqui no mundo físico, nós temos de nos preparar também. Eu sabia que este momento chegaria. — Ela fez uma pausa. — Vou contar a seu professor e a seus mentores o que todos vocês fizeram. Ela se levantou, deu um abraço em cada um deles, e puxou Sunny para um canto.

Por vários instantes, Sunny e Sugar Cream olharam nos olhos uma da outra. Sunny prendeu o fôlego, mas não desviou o olhar. Em seguida, Sugar Cream franziu os lábios e disse:

— Você comprovou seu valor hoje de várias formas. — Ela cruzou os braços sobre o peito e balançou a cabeça. — Ok.

Sunny abriu um sorriso. Ela finalmente tinha uma mentora.

21

Timing

Quando Sunny chegou em casa, o sol estava se pondo outra vez.

Ela ficara mais de 24 horas fora de casa. O ar estava carregado de névoa por conta da água da chuva que evaporava com o calor. Seus irmãos estavam do lado de fora, brincando com uma bola de futebol. Sunny vestia um *rapa* verde e uma camiseta branca limpos. Suas sandálias, aquelas que ela calçava quando saíra de casa, estavam cobertas de lama, assim como os cabelos. Ela correu e roubou a bola de futebol dos irmãos com o pé. Mesmo vestindo o *rapa*, ela era mais rápida.

— Onde você esteve? — perguntou Chukwu. Ele parecia irritado. — Você está com uma aparência horrível. — Sunny chutou a bola para Ugonna.

— Tentando salvar o mundo — retrucou ela.

Ugonna chutou a bola para Chukwu, que chutou para Sunny.

— Papai vai arrancar seu couro com vontade — avisou Chukwu, olhando Sunny de cima a baixo. — Mamãe defendeu você, dizendo que ela havia lhe dado permissão para sair, mas papai... — Ele olhou para seu relógio. — É melhor se preparar para encontrá-lo.

Ela colocou um pé para trás e zuniu a bola do outro lado da rua, passando pelo muro de concreto do vizinho. Chukwu xingou Sunny à medida que corria para buscar a bola. Ugonna deu um soquinho no ombro da irmã antes de ir atrás de Chukwu. Sunny entrou em casa.

O cheiro de sopa de pimenta preencheu suas narinas assim que abriu a porta. Do quarto dos pais soava um *highlife*. Eram seis e meia da tarde. Ela não se importava com o *horário*. Tinha motivos para estar atrasada. E as questões do pai não eram as questões de Sunny. Ela foi para a cozinha, onde a mãe estava debruçada sobre uma enorme panela de sopa.

— Oi, mãe.

A mãe de Sunny deu meia-volta, e seus olhos examinaram cada centímetro da pele de Sunny, procurando por machucados. Ela abriu um sorriso e ficou com os olhos rasos d'água. Em seguida, o sorriso sumiu de seu rosto. Sunny se virou para encarar o pai.

Fazia já um dia e meio que nenhum dos dois ia para o trabalho por conta da chuva. Era raro que tivessem algum tempo livre. O pai de Sunny vestia sua roupa favorita de ficar em casa, um *rapa* amarelo e azul e uma camiseta. Mas não havia qualquer indício de relaxamento em seu rosto.

— *Onde diabos você esteve o dia todo?*

— Pai — disse ela, com voz trêmula. — Eu não estava fazendo nada de profano, vergonhoso ou sujo. Eu estava com meus amigos e... — Sunny deu um pulo para trás à medida que a mão de seu pai voou em direção a seu rosto. Ele errou o alvo. Ela ergueu uma das mãos trêmulas. — Chega, pai! — Ele investiu contra ela outra e outra vez. Sunny desviou dele todas as vezes, afastando a mesa de jantar para um lado.

— Emeka! — gritou a mãe para o pai de Sunny. — *Ah, ah*, pode parar já, *biko*, por favor! — Ela arrastou Sunny para trás de si.

— É por *isso* que ela corre solta por aí — berrou o pai de Sunny, bufando, perdendo a cabeça. A raiva que Sunny sentia aumentou conforme o homem continuava gritando: — É tudo culpa sua! Você a protege, e ela acha que pode fazer o que quer. Ela tem *seus* genes, os genes de sua maldita mãe! *Você não se preocupa com isso? Hein?*

A mãe de Sunny ficou em silêncio.

— Você não diz nada porque sabe que tenho razão, minha esposa — acusou ele. — Sua mãe começou a desaparecer à noite quando tinha a mesma idade, não? Não foi isso o que me disse? E então, certo dia, ela voltou para casa carregando você na barriga! Ela teve sorte de aquele cara ter se casado com ela. — Ele se virou para Sunny, enojado. — Uma surra não vai dar jeito em você. Olhe bem para você mesma, é uma causa perdida. Não suporto isso! — Ele se virou e saiu da cozinha esbravejando.

Sunny se sentou na mesa e simplesmente ficou olhando para o nada, com lágrimas escorrendo pelo rosto. Aquilo era triste, muito triste. Ela pousou a cabeça sobre a mesa. Em meio aos pensamentos sobre Ekwensu, seus amigos, seus pais, as brigas na escola e sua avó, uma pergunta lhe ardia em brasa na mente:

— Quem sou eu, mãe?

Sunny não viu o que sua mãe estava fazendo porque abaixara a cabeça na mesa. A mãe devia estar no fogão olhando para ela enquanto mexia a sopa de pimenta porque, minutos depois, colocou uma tigela na frente de Sunny. Ela podia sentir o calor da comida contra o braço. E podia sentir o cheiro da pimenta.

Sua mãe puxou uma cadeira e se sentou com outra tigela na mão. Sunny ouviu o tilintar da colher na tigela enquanto a mãe comia. Lentamente, Sunny sentou-se com a coluna reta. A mãe lhe deu vários lenços de papel e observou enquanto Sunny enxugava seus olhos vermelhos e assoava o nariz. Em seguida, Sunny pegou a colher e começou a comer. A sopa estava quente e tinha nacos de frango e de tripa. A comida estava gostosa.

— Seu pai jamais quis uma filha — revelou a mãe de Sunny.

Sunny comeu mais uma colherada de sopa. Deliciosa.

— Sabe, seus irmãos, eles são iguaizinhos a seu pai — comentou ela. — Por eles serem filhos homens, para seu pai, eles estão seguros. — Ela deu um sorriso amarelo. — Ele não entende que, com seus irmãos, ele simplesmente teve sorte. Isso poderia ter afetado a eles também. Todos vocês vêm de mim, assim como vêm dele. E *isso* vem dela, de minha mãe.

Sunny fechou os olhos.

— Mãe, por favor, me fale sobre minha avó.

A mãe de Sunny olhou para a própria sopa e suspirou.

— Sua tia Chinwe me disse que você andou perguntando sobre ela. — Ela olhou para Sunny. — Você tem certeza de que quer saber?

— Sim.

— Uma vez que eu disser, não poderei voltar atrás — avisou a mãe de Sunny.

— Não tem problema. Por favor, mãe.

A mãe de Sunny retirou um naco de frango da sopa e começou a mordiscá-lo.

— Tenho duas irmãs mais novas, como você bem sabe. Não sei ao certo como meu pai e minha mãe se conheceram, mas minha mãe ficou grávida de mim quando era muito jovem. Meu pai se recusou a abandoná-la. Ele a amava demais.

Ela fez uma pausa e comeu uma colherada de sopa.

— Meus pais não eram casados — revelou ela, finalmente. — Eu não sei o motivo: nenhuma de nós jamais soube. Mas eu disse a seu pai que eles eram casados. Se ele tivesse sabido da verdade, jamais teria... — Ela olhou para as próprias mãos, envergonhada. — Minha mãe era uma mulher estranha. Ela nos amava muito. E nos criou para sermos espertas, independentes e educadas. Minha mãe costumava nos examinar de perto, procurando por alguma coisa, mas não sei o quê. O que quer que fosse, ela não encontrou. Nem em mim ou em minhas irmãs. Acho que ela teria encontrado em você.

"Não sou burra. Consigo ler nas entrelinhas. — Ela fez uma pausa. — Algumas semanas atrás, eu estava passando pelo seu quarto e vi... vi uma pilha de coisas de metal que uma vez eu encontrei no chão do quarto de minha mãe quando ela ainda era viva."

Sunny cobriu os lábios com a mão, chocada. Sua mãe balançou a cabeça e abanou a mão na direção de Sunny.

— Está tudo bem — suspirou ela. — Todos pensavam que sua avó saía à noite para se relacionar com homens, mas havia outros motivos. Meu pai foi apenas uma coincidência. Minha irmã certa vez viu nossa mãe desaparecer do nada. Todos sabíamos que havia algo de estranho com ela.

— O que você acha que ela fazia?

— Não tenho ideia. — A mãe de Sunny deu de ombros. — Por que não me diz?

— Eu... eu não posso — retrucou Sunny. Sua mãe balançou a cabeça.

— Era isso o que minha mãe costumava dizer.

Fez-se um silêncio.

— Eu confio em você — disse a mãe de Sunny, se inclinando para a frente e pegando as mãos da filha. Isso deixou Sunny com os olhos cheios d'água, especialmente depois do monte de porcarias que o pai havia cuspido sobre ela.

— Mãe, você *pode* confiar em mim. Eu *juro* — disse Sunny.

— Eu sei.

— E quanto a meu pai? — perguntou Sunny, desesperançosa.

Sua mãe deu um sorriso triste.

— Certas coisas são inevitáveis. Mas você está sofrendo por conta da desonestidade de minha mãe. Seu pai pode até não saber que meus pais nunca foram casados, mas ele conhece bem a reputação de sua avó. Os homens sempre culpam a mulher quando uma criança não lhes agrada. Neste caso, ele tem razão... de muitas maneiras, e não só de uma.

— Ele me odeia? — indagou Sunny.

Sua mãe fez uma pausa.

— Nós nos mudamos de volta para a Nigéria por sua causa. Eu tive uma sensação muito forte de que alguma coisa de ruim iria acontecer a você nos Estados Unidos, e eu disse isso a seu pai. Ele não queria se mudar para cá.

Sunny ergueu as sobrancelhas.

— Então foi por isso que ele concordou em vir? Porque ele achou que seu pressentimento estava certo? — Seu pai então havia se mudado de volta para a Nigéria por causa dela? Sunny achou aquela ideia difícil de aceitar.

A mãe de Sunny assentiu.

— Mas eu estava errada. Não é que algo de ruim ia acontecer com você em Nova York. O que houve é que alguma coisa precisava acontecer com você aqui na Nigéria.

Sua mãe se levantou e deu um abraço apertado em Sunny.

— Eu te amo, mãe — sussurrou Sunny.

— Eu também te amo. Mas tenha cuidado. Tenha muito, muito cuidado. — Ela segurou o rosto de Sunny entre as mãos. — Hoje é o dia em que minha mãe foi assassinada.

Sunny congelou.

— Sim — disse a mãe. — E naquele dia, estava... estava chovendo também. Tudo aconteceu no *obi* de meu pai, atrás da casa.

Timing, pensou Sunny. *Os acadêmicos haviam dito que tudo era uma questão de timing.*

Quando ela voltou para o quarto, encontrou uma caixa de madeira sobre a cama. Um gafantasma estava pousado sobre ela. Sunny rapidamente fechou a porta. Aquela devia ser a caixa de que sua tia lhe havia falado. Ela era feita de uma madeira fina. Era barata. No instante que Sunny a tocou, ela se abriu. Dentro havia uma carta escrita à mão e uma folha com símbolos nsibidi. A carta dizia:

Querida filha de minha filha,

Caso você consiga ler isso, então é porque você conseguiu abrir a caixa, o que significa que você manifestou o toque de meu espírito. Seja bem-vinda. Oh, seja bem-vinda, bem-vinda, bem-vinda! Deixei esta caixa com minha filha mais velha. A caixa foi encantada com um juju que faria minha filha guardá--la em um lugar seguro e mantê-la em segredo até que chegasse a hora de repassá-la. Ela fez tudo certo, pois o juju só funcionaria se ela quisesse, se ela acreditasse em mim. Isso é bom.

Sou Ozoemena Nimm, mas quase todos me chamam de Ozo. Venho do povo guerreiro do clã de Nimm, nascida de Mgbafo do guerreiro Efuru Nimm, e de Odili do povo fantasma.

Vou chegar ao ponto que quero discutir. Eu era uma criança rebelde. Não gostava que me dissessem o que eu devia fazer. Então, saí pelo mundo e encontrei um homem-ovelha e lhe dei filhas. Não me dei conta de que, para fazer isso, eu teria de viver uma vida dupla. Uma mulher-leopardo não deve dizer a um homem-ovelha o que ela é, pois ovelhas temem os leopardos por instinto.

Eu não me dei conta de que minhas atitudes a levariam a viver uma vida dupla também. E eu sinto muito por isso. Somente depois que dei à luz e fui morar com os pais de minhas filhas é que percebi o erro que havia cometido.

Eu nasci com a pele preta, preta, preta. E minha habilidade não era apenas a invisibilidade: era também a habilidade de transitar entre a vastidão e o mundo físico. Só aprendi isso depois que cheguei ao terceiro nível. Qual é sua habilidade? Sinto com muita intensidade que ela vai ser parecida com a minha. Caso seja, então há mais história em você do que você sabe. Assim como eu, você tem andado atarefada.

Há algo vindo. É tudo o que posso dizer. Não dentro em breve, mas, no fim das contas, breve o bastante. Talvez você já saiba disso. Caso saiba, não tenha medo. Há mais nisso do que você imagina.

Saiba que eu te amo. Saiba que eu te quero bem. Saiba que eu confio em você porque confio em mim mesma. Eu sou incrível. Faça amizade com outros leopardos para que você não fique sozinha, e perdoe a cegueira de seus pais e seus irmãos. A culpa não é deles. Cabe a você ter maturidade.

Tenho de ir. Escuto Kaodili chamar. Quero trancar esta caixa hoje à noite, pois tenho uma sensação intensa de que algo de ruim vai me acontecer em breve. Cuide-se e lembre-se do que é importante.

Sinceramente,
Sua ancestral, Ozo

Era como se Sunny tivesse vislumbrado a própria alma.

Agora ela sabia por que a avó não era casada. Assim como a mãe de Chichi, ela também era de Nimm, apesar de a mãe de Chichi ser algum tipo de realeza, e a avó de Sunny, uma guerreira. O que isso significava? E será que isso tornava ela de Nimm também? Será que isso significava que ela não poderia se casar? Seria ela uma guerreira?

Sunny olhou para a folha com símbolos nsibidi. Aquilo tudo era sofisticado demais para que ela o compreendesse... por enquanto. Ela colocou a folha de volta na caixa junto com a carta. Depois, piscou e voltou a tirar da caixa a carta e a folha com símbolos nsibidi. Havia outra coisa lá dentro: uma foto em preto e branco de uma mulher de pele escura que não sorria, e que segurava uma enorme faca contra o peito.

— Minha avó — sussurrou Sunny. Assim como a velha mulher cega do conselho havia dito, ela não se parecia nem um pouco com sua avó. Mas de que isso importava? Ela riu para si mesma e com cuidado devolveu a foto à caixa.

22

Decapitado e noticiado

Na manhã seguinte, a vespa artista de Sunny havia esculpido um homem feito de algo que parecia serragem, com um chapéu feito de folhas mastigadas. O homem era corpulento e curiosamente se parecia com Chapéu Preto. Quando Della viu que Sunny olhava para a escultura, ela voou em direção à cabeça do homem de serragem e ficou batendo as asas a seu lado. A cabeça do homem voou com o movimento. Sunny riu, bateu palmas e disse:

— Bom trabalho! Ficou igualzinha a ele! — A vespa zumbiu as asas, jubilosa, e voou para fora pela janela.

Sunny pegou o jornal do dia e desenrolou-o com as mãos trêmulas. A manchete dizia:

CRIANÇAS DEVOLVIDAS A SALVO
PARA SEUS PAIS

ABA, Nigéria (AFP) — Uma menina de 3 anos e um menino de 2 anos, que se acreditava serem as crianças recentemente sequestradas pelo assassino ritualista Chapéu Preto Otokoto, foram devolvidas a salvo para os pais. Elas foram encontradas andando a esmo pelas ruas por dois jovens durante as tempestades de ontem. Ambos não quiseram ter seus nomes divulgados.

— Eles eram anjos enviados por Deus — disse a mãe do menino. — Se vocês estiverem lendo isto, saibam que salvaram minha vida, assim como a de meu filho, e eu serei eternamente grata. — Os pais da menina não quiseram dar entrevistas, mas também estavam profundamente agradecidos e aliviados.

Mais abaixo, na mesma página, havia uma foto do posto de gasolina de Chapéu Preto. E a manchete dizia:

POSTO DE GASOLINA PEGA FOGO
DEPOIS DE SER ATINGIDO DUAS VEZES
POR RAIOS

Epílogo

Sunny se sentou para assistir à primeira aula depois das chuvas. Ela se sentia estranha. Olhou de soslaio para o lado, e seu olhar encontrou o de Orlu. Eles trocaram sorrisos, como se compartilhassem uma piada. Quando a professora começou a falar, Sunny ficou impressionada com o fato de ela ainda estar interessada em aprender coisas normais, como álgebra, literatura e biologia. Ainda conseguia se concentrar.

Na hora do intervalo, Orlu lhe contou que Anatov diria a Chichi quando seria seu próximo encontro.

— Ele provavelmente vai nos dar duas ou três semanas para nos recuperarmos — disse Orlu. — Mas cada um de nós vai se encontrar com seus mentores, cada um a seu tempo, eu acho.

— Acho que vou ter muito trabalho pela frente.

— Com Sugar Cream como mentora, não há dúvida disso — comentou Orlu, rindo. — Ah, Chichi te contou? Ela e Sasha vão se preparar para passar ao segundo nível.

— Achei que a pessoa precisava ter 16 ou 17 anos para fazer isso.

— Bem, quem sabe qual é a idade de Chichi? Sasha ainda é jovem demais, mas depois do que eles passaram, é bem capaz que ele tenha amadurecido uns dois anos.

Sunny assentiu.

— E você não precisa realmente ter essa idade — afirmou ele. — Isso é apenas uma recomendação. Mas, se você não passar, sofre terríveis consequências; percebe como faz sentido esperar?

— Sim — respondeu Sunny. — Então você não acha que *você* está preparado?

Orlu deu de ombros.

— Você tem medo de fracassar?

— E você? Quem entre eles pode dizer que enfrentou Ekwensu e sobreviveu? Nem os acadêmicos podem dizer isso. E você tem amigos na vastidão.

— Ah, fala sério, nem consigo me lembrar do *nome* do segundo nível.

— *Mbawkwa* — falou Orlu enquanto tocava o sinal do fim do recreio.

— A sensação é estranha, não é? — comentou ela com Orlu enquanto os dois voltavam para dentro da escola.

— Você vai se acostumar — replicou ele. — Ter duas vidas é melhor que não ter nenhuma.

— É verdade. — Sunny riu.

Agradecimentos

Gostaria de agradecer a minha editora, Sharyn November, por ter tido a coragem de provar a sopa de pimenta (literal e metaforicamente). A minha mãe, por ter me falado sobre os *tungwas*, e a meu pai, por ter me mostrado como os mascarados dançam. A minhas irmãs, Ifeoma e Ngozi, por terem achado hilário o título deste livro. A meu irmão Emezie, por ter me apresentado à luta livre profissional e por ter dado o nome a meu personagem de Miknikstic. A minha filha Anyaugo, a minha sobrinha Dika e a meu sobrinho Obi-Wan, que são lembranças constantes de que o significado do nome deste livro é profundo. A Tobias Buckwell e Uche Ogbuji, pela tão necessária ajuda com relação à terminologia do futebol. E, finalmente, a Naija, por ela ser Naija. *One love*.

Este livro foi composto na tipologia Berling LT Std,
em corpo 11,5/17,1, e impresso em papel off-white,
no Sistema Cameron da Divisão Gráfica
da Distribuidora Record.